KB095886

고구려

3

고구려3 낙랑정벌

개정판 1쇄 발행 | 2021년 6월 14일
개정판 9쇄 발행 | 2024년 7월 10일

지 은 이	김진명
발 행 인	김인후
편 집	정은진, 박 준 **마 케 팅** 홍수연
디 자 인	이정아, 원재인 **경영총괄** 박영철
주 소	서울시 은평구 통일로 1034, 시설동 228호
문의전화	02-322-8999
팩 스	02-322-2933
블 로 그	https://blog.naver.com/eta-books
발 행 처	이타북스
출판등록	2019년 6월 4일 제2021-000065호

ⓒ 김진명, 2021
ISBN 979-11-970632-3-7 04810
         979-11-970632-0-6 (세트)

* 이 책에 사용된 광개토대왕릉비 탁본은 국립문화재연구소로부터 제공받아 사용하였습니다.

김 진 명 역 사 소 설

고구려

3
미천왕

낙랑정벌

이타

「고구려」미천왕 편 등장인물

고을불(高乙弗)

고구려의 기상을 떨친 정복자. 제15대 미천태왕. 오랜 여정의 끝에 고구려의 태왕이 된 그는 즉위와 동시에 여러 영웅을 거느리고 고구려의 숙원인 한사군 수복을 꿈꾼다.

최비(崔毖)

진(晉)의 마지막 기둥이자 낙랑 태수. 고구려의 숙원인 한사군 수복을 위해서는 반드시 넘어야만 하는 강적. 낙랑을 꿰차고 앉아 진나라의 흩어진 힘을 모아가던 그는 때가 되었음을 느끼고 명장인 대장군 문호를 찾는다.

모용외(慕容廆)

전연(燕)의 시조. 천하제일의 무인이자 따르는 이들의 사랑을 한 몸에 받는 인물로 강한 군사까지 거느렸으나 우직하고 순수한 심성 탓에 최비의 계략에 엮여 천하의 쟁패에서 한 걸음 뒤로 물러나 있다.

창조리(倉租利)

당대의 첫손에 꼽히는 재사. 피폐해진 고구려를 곧게 세우고 한사군 수복의 대업을 이루기 위해 을불의 오른팔이 되어 필생의 힘을 다한다.

여노(如孥)

아달홀과 더불어 고구려의 모든 전쟁을 도맡는 장군. 무수한 전장에서 적장을 베고 적병을 궤멸시킨다. 장수가 갖춰야 할 모든 재주와 덕목을 한 몸에 지닌 명장의 표본.

아달휼(阿達鷸)

여노와 함께 고구려의 무력을 상징하는 장군. 각종 진법에 통달하고 모든 종류의 병장기를 능숙하게 다루는 여노와 달리 철창, 대도 등의 무거운 무기만 쓰며 생사를 건 결전에 특히 강하다.

주아영(周娥榮)

여인의 몸으로 내놓는 담대하고 참신한 기략으로 세상의 주목을 받기 시작한다. 혼사를 두고 을불과 모용외 사이를 저울질하며 본인과 가문의 이익을 챙기는 듯 보이지만 잊히지 않는 옛 기억은 이미 그녀의 선택을 한쪽으로 정해둔 지 오래이다.

저가(邸可)

옛 안국군을 따르던 이로 평생 모은 재물을 풀어 방랑하던 을불의 기반을 마련한다. 을불이 즉위한 후로도 늙은 몸을 이끌고 전쟁에 종군하며 오직 고구려의 내일만을 생각하는 충신.

國 新 教 … 以 八 六 以
… 嘗 王 … … 十 家 因
上 守 略 教 … 城 為 國
廣 漢 來 言 一 六 香 因
南 而 韓 祖 家 家 烟 一
立 國 織 王 為 為 罷 香
境 烟 令 先 香 香 黃 烟
好 州 福 王 烟 烟 城 三
太 香 涵 俾 於 就 國 興
汪 烟 律 教 利 鳴 烟 利
第 三 言 即 城 城 一 城
為 百 教 遠 八 五 香 因
祖 都 如 此 家 完 烟 因

차례

서진의 조건

"나는 안국군의 손자이며 고추가 돌고 공의 아들이다!"

을불의 즉위 일성은 당당하고 우렁찼다. 그 한마디는 지난 팔 년간 잊혔던 고구려의 혼을 불러내는 다짐이었고 새로운 시대가 열렸음을 만천하에 알리는 천둥소리였다.

을불은 곧바로 새 사람들로 조정을 정비했다. 재정에 밝은 저가를 주부로 임명하여 나라의 살림을 보살피게 했고 고노자가 사라져 공석이 된 신성 태수로는 여노를 보냈다. 아달흘은 숙신 자치주를 이끌게 했고 소우와 조불, 양우는 장군에 봉해 각기 일군씩을 맡게 했다. 그러나 고구는 새로운 시대에 걸림돌이 될 수 있다며 스스로 몸을 감추어버렸다.

또한 을불은 창조리의 충정과 지혜가 남다른 것에 깊은 감명을 받아 새 국상(國相)으로 청했다. 그러나 창조리는 수많은 충신을 죽인 죄인이라 칭하면서 집에서 향을 사르고 근신하며 정전에 나오지 않았다. 을불이 직접 집을 찾아가기도 했으나 그는 한사코 고개를 가로젓기만 했다.

"그의 뜻이 완고하니 다른 이로 하여금 국상을 맡도록 하는 게 낫겠습니다."

신료들이 창조리를 놓아주자며 설득했지만 을불은 들은 척도 하지 않았다.

그런 와중에도 을불은 전력을 다해 국정을 보살피기 시작했다. 을불은 특히 유랑하면서 백성의 어려운 삶을 수없이 보아 왔기에 그들에 대한 애정이 남달랐다.

고국천왕 시절 을파소에 의해 처음 도입된 이후 백여 년 동안 시행되다가 상부에 이르러 맥이 끊긴 진대법(賑貸法)을 되살려 굶주리는 백성이 있으면 그때그때 신속히 나라에서 곡물을 조달하게 했다. 진대법의 지나친 확대 시행으로 인하여 국고가 빈약해지는 것을 걱정한 신료들이 이 문제를 어전 회의에서 상주했지만 을불의 대답은 명료하고도 확고했다.

"나라의 창고보다 백성의 창자를 먼저 살피시오!"

을불은 남부욕살 을소루를 태대사자로 임명하여 특별히 농사를 관장하게 했는데 그는 다름 아닌 명재상 을파소의 후손이었다.

"태대사자, 다녀보니 세상천지에 소를 이용해 땅을 가는 나라는 우리 고구려와 진(晉)밖에 없었소."

"그러합니다. 남쪽의 백제와 신라는 기름진 평야가 국토의 태반이 넘지만 아직 소와 보습을 쓸 줄을 몰라 나뭇가지로 땅을 갈고 있습니다."

"그런데 꼭 소를 한 마리만 써야 하는 것이오?"

"무슨 말씀이신지요?"

"땅을 가는 이유는 한 번 지력이 약해진 겉흙을 밑으로 내려보내고 땅속 깊이서 지력을 왕성히 키운 흙을 밖으로 끌어내는 데 있지 않겠소?"

"그러합니다."

"그렇다면 보습을 큰 걸로 바꾸어 달고 소 두 마리로 동시에 갈면 땅이 더 깊게 갈리지 않겠소?"

"해보고 효과가 좋으면 백성들에게 보급하기로 하겠습니다."

을불이 이렇게 백성을 보살피자 온 나라 사람들의 믿음은 높아만 갔고 즉위한 지 얼마 되지도 않아 벌써 현군(賢君)이라는 칭송이 돌아다녔다.

나라의 형편이 어느 정도 잡히자 을불은 대소 신료를 모두 모아놓고 서진(西進)의 일성을 터트렸다.

"그간 나라가 수차례 외적의 침입을 당했지만 방어에만 급급해 영토는 조금씩 줄어들고 변방의 백성은 삶의 터전을 잃었소. 나는 가깝게는 원상을 회복하고 멀리는 낙랑과 현도를 몰아내 서진을 완수하고자 하오!"

대사자 우영이 대답했다.

"서진은 고구려의 국시(國是)이고 안국군 전하의 숙원이니 폐하의 영단은 현명하기만 합니다."

서진의 열정을 불태운 을불이었지만 군사를 살핌에 따라 그는 점점 회의적이 되었다. 군사들 중 제대로 된 창과 칼을 가지고 있는 자가 별로 없는 탓이었다. 창칼이 없는 형편에 갑주는 상상도 할 수 없었다.

"대체 이게 어떻게 된 일이오? 군사들이 무기를 제대로 못 갖추고 있으니! 이런 군사들로 무슨 서진을 이룬단 말인가!"

을불이 분통이 터져 군사들이 들고 있던 녹슬고 이가 빠진 칼을 대전 바닥에 집어던지자 이제껏 보지 못했던 왕의 진노에 신하들도 장수들도 모두 고개를 들지 못했다.

"어찌 된 일이란 말인가! 내가 알기론 이 나라에 질 좋은 철이 풍부한데 어떻게 나라의 군사가 갑주를 갖추기는커녕 창칼조차 이런 하품을 쓰고 있는가! 이 녹슬고 무딘 걸 들고 어떻게 낙랑의 날 선 무기와 맞서겠다는 건가?"

을불이 대전에 온통 노기를 남긴 채 벌떡 일어나 나가버리자 문무 신료들은 어쩔 줄을 몰랐다.

"국상을 모셔옵시다. 그분이라면 태왕의 진노를 달랠 수 있지 않겠소?"

후원의 정자에 앉아 단풍나무를 바라보고 있던 창조리는 중신들이 대거 찾아와 을불의 분노를 전하자 고개를 가로저으며 탄식했다.

"나라의 철이 어떻게 빠져나가고 있는지 아무도 얘기를 안 했소?"

"칼을 내팽개치시는데 감히 누가 그 얘기를 한단 말입니까?"

신하들은 오랫동안 조금만 화가 나면 다짜고짜 가슴을 찌르고 목을 쳐버리는 폐왕 상부를 겪어온 터라 새로운 태왕의 분노에 잔뜩 겁을 집어먹고 있었다. 창조리의 얼굴에 수심이 깔렸다.

"성군이 되실 재목이거늘 조정에 폐하의 젊은 혈기를 잡아줄 이가 없구나."

다음 날 조회에 창조리가 나온 걸 본 을불은 침중한 중에도 반색을 했다.

"국상, 나와주셨구려!"

"태왕 폐하, 저와 함께 신성을 한번 다녀오심이 어떠하옵니까?"

얼마 후 을불과 창조리는 말을 타고 신성으로 방향을 잡았다. 을불은 몸의 편안함을 멀리하고 격식을 싫어해 어가(御駕)를 대동하지 않고 숙신에서 와있던 아달휼과 최소한의 호위무사만 거느린 채 창조리와 말 머리를 나란히 했다.

"폐하, 긴 여행길이라 가는 동안 신이 동천태왕 시절의 전쟁을 좀 말씀드리고자 합니다."

"귀를 씻고 듣겠소."

"고구려의 열한 번째 태왕이신 동천태왕의 시대에 이르러 서는 군사적 약진이 있었습니다. 그것은 신성에서 발견된 거 대한 철맥으로 말미암은 것이었습니다."

"신성의 철맥이 그렇게나 풍성하오?"

"그렇습니다. 신성의 철은 그때까지 고구려에 소량의 철만 을 높은 가격에 팔아오던 위(魏)나 가야의 철에 비해 품질이 나 매장량에서 월등하게 앞서는 것이었습니다. 크게 기뻐하 며 신성의 철을 채굴하고 제련하는 데 힘쓰던 동천태왕께서 는 곧 낙랑 사신의 방문을 받게 되었습니다."

창조리의 얘기가 본격적으로 시작되었다.

"태왕 폐하, 낙랑의 사신이옵니다."

"들라 하시오."

동천왕 16년, 낙랑의 사신은 거만한 표정으로 고개를 꼿꼿 이 든 채 대전에 들었다.

"낙랑 태수께서 태왕의 안녕을 기원하셨습니다."

"고맙구려."

"오늘은 귀국의 철과 관련해 드릴 말씀이 있습니다."

"무슨 말이오?"

"매년 낙랑에 이만큼의 철을 넘겨주셔야겠습니다."

사신은 문서 하나를 내밀었는데 거기에 적힌 것은 고구려 철 생산의 반절에 해당하는 양이었다. 동천왕이 물었다.

　"왜 그래야 하지?"

　"낙랑은 본국에 철을 공급하고 있는바 근래 본국의 전쟁이 많다 보니 자연히 철이 달립니다. 이에 황제께서는 저희 태수로 하여금 본 사신을 보내도록 하셨습니다."

　"낙랑이나 위나 철이 모자라면 모자랐지 어찌 고구려에 철을 내놓으라 하는가?"

　"황제께서는 고구려를 아주 가깝게 생각하고 계십니다. 얼마 전 공손씨를 토벌할 때 고구려가 군사를 내어 도와준 후로 형제처럼 생각해 오고 있는데 그렇게 말씀하시면 황제께서 서운해하지 않겠습니까?"

　"그거야 우리나 위나 각자의 필요에 의해 공손씨를 쳤던 건데 고맙고 말고 할 게 뭐 있겠는가?"

　"그러면 태왕께서는 황제의 요구를 거절하시는 겁니까?"

　"음!"

　동천왕은 낙랑 사신의 노골적 협박에 못내 고개를 끄덕였다.

　"알았소. 내 얼마의 철을 보낼 것인지 의논해 조치할 터이니 낙랑으로 돌아가서 기다리시오."

　"반드시 문서에 적힌 만큼의 철을 보내셔야 합니다!"

　낙랑 사신은 힘주어 강조한 후 돌아갔다. 그러나 동천왕은 사신이 대전에서 물러나기가 무섭게 일갈했다.

"여봐라! 기병 일만 오천 기와 신성의 중갑기병 오천을 출진 준비시켜라!"

동천왕은 기병을 정비하여 직접 요동의 서안평으로 바람같이 내달렸다. 요동군의 한 현(縣)인 서안평은 낙랑, 현도와 유주를 잇는 지역으로 이곳을 점령하면 낙랑을 본국 위로부터 고립시킬 수 있었다.

요동 태수 조영은 구름같이 몰려온 고구려 군사를 보자 눈이 휘둥그레졌다. 조영은 유주의 군사 총책인 현도 태수 왕기에게 급히 전령을 보냈고 왕기는 일단 동천왕에게 사절을 보내 자초지종을 물었다.

급히 달려온 사절을 향해 동천왕은 목소리를 드높였다.

"낙랑 태수 유무라는 자가 고구려에 사신을 보내 철을 넘기라 하니 이는 감히 고구려를 능멸함이 아니고 무엇이냐? 유주자사는 즉각 낙랑 태수를 파면하고 고구려에 사죄 사절을 보낼지어다. 그리하지 않으면 낙랑 태수는 물론 유주자사에게도 그 죄를 물을 것이다!"

사절이 돌아가 그대로 고하자 왕기는 분노를 참지 못했다.

"내 고구려왕을 그냥 두지 않겠다!"

그러나 왕기는 고구려와의 싸움에서 연전연패를 거듭하다 퇴각할 수밖에 없었다. 현도군의 전력이 결코 약한 건 아니었지만 여러 부족 국가와의 싸움에서 수없는 전투 경험을 쌓은 데다 질 좋은 철제 무기로 무장한 고구려군을 감당하기에는 역부족이었다. 더욱이 고구려는 이 싸움에서 중갑기병을 동원했는데 철갑으로 온몸을 감싼 이들이 달려들자 현도군은 곧 무너지고 말았다.

그로부터 사 년 후 당대 제일의 명장으로 꼽히던 유주자사 관구검이 서안평 침략에 대한 보복으로 정병 일만을 이끌고 고구려를 침략해 왔다.

"태왕 폐하, 관구검은 위나라 제일의 명장입니다. 그는 이제껏 한 번도 패한 적이 없다 하니 각별히 주의해야 할 것입니다."

"우리에겐 중갑기병이 있거늘 걱정할 것이 무엇이란 말이냐!"

동천왕의 호언대로 고구려군은 관구검과의 첫 싸움에서도 큰 승리를 거두었다. 동천왕은 비류수(沸流水) 전투에서 삼천이 넘는 관구검의 군사를 죽이고 양맥곡(梁貊谷)을 벗어나는 군사를 추격하여 삼천을 더 죽였다.

"위나라 군사가 저토록 허약하니 이참에 현도와 낙랑을 되찾아야겠다."

평소 그 어떤 왕보다 현도와 낙랑을 몰아내고 싶어 했던 동천왕은 관구검의 정병을 크게 격파하자 지금이 기회라고 판단했지만 장수들의 생각은 달랐다.

"태왕이시여, 이만하면 위든 낙랑이든 다시는 철 이야기를 못 꺼낼 것인즉 이제 그만 돌아가심이 온당한 줄 아뢰오!"

"그렇지 않다. 나는 이참에 우리 땅에서 한족(漢族)을 완전히 몰아내고자 한다."

거듭된 승리로 자신감이 넘친 동천왕은 관구검의 군사가 필사의 방진을 펼치고 있는 가운데로 중갑기병 오천을 거느리고 뛰어들었다.

하지만 이미 고구려 중갑기병의 위력을 맛본 관구검은 평지로 나와 들판에 진흙을 잔뜩 깔아두었다. 게다가 창의 길이를 두 배로 해 길게 뻗으니 거의 칠팔십 근이나 되는 강철 갑주를 두른 고구려의 중갑기병이 진흙 속에서 갈팡질팡하며 제대로 달려들지를 못했다. 이 순간을 노려 장창부대가 마구 창을 찔러대자 중갑기병은 우왕좌왕하며 무참하게 쓰러졌다.

"퇴각하라!"

동천왕은 말 머리를 돌려 황급히 물러났으나 기세를 탄 관구검의 날랜 군사가 곧 추격해 왔다. 그러자 그동안 위력을 발휘했던 갑주가 오히려 고구려군의 발목을 잡는 무거운 짐이 되었다. 고구려군은 중갑기병이 전멸하고 후위의 보병까지 크게 격파당하여 처음 출발했던 이만 군사 중 단지 이천 군사만이 겨우 살아남아 퇴로에 올랐다.

"아아! 내가 적을 너무 깔보았구나!"

동천왕은 지친 걸음을 재촉하여 도성(都城)인 환도성을 향했지만 관구검은 거기에 만족하지 않았다. 앞선 전쟁에서 이미 정병을 육천이나 잃은 그의 복수심과 집념은 끈질겼던 것이다.

"고구려왕을 잡아 죽이지 못한다면 결코 이긴 싸움이 아니다."

동천왕은 가까스로 환도성에 들었으나 적은 즉각 환도성을 공격해 왔다. 터지는 가슴을 부여잡은 채 성을 버리고 떠나는 동천왕의 뒤로 백성들의 비명이 귀를 찔렀다. 위나라 군사들은 성안의 남자란 남자는 모두 잡아 죽여 씨를 말리고는 소와 닭을 마구 잡아 배를 불렸다. 그 와중에 여자들을 닥치는 대로 겁탈하며 머리채를 휘어잡고 개처럼 질질 끌고 다니니 환도성은 공포와 비탄의 아비규환이 되고 말았다.

"아아, 이 죄를 어떡한단 말이냐!"

동천왕은 불구덩이 속에서 외마디 비명을 지르고 죽어가는 백성들을 보며 피눈물을 흘렸다. 이 패전 이후로 고구려는 위나라에 고개를 숙이게 되어 애초에 낙랑이 요구했던 만큼의 철을 매년 넘기게 되었다.

동천왕 시절의 얘기를 끝낸 창조리가 담담하게 말을 이었다.

"……이후 동천태왕이 승하하시고 중천태왕이 왕위에 올라 다시 철의 공급을 끊었습니다. 그러자 위(魏)의 사마소가 위지해라는 자에게 군사를 주어 다시 침공해 왔는데 이 전투에서 고구려군은 위군을 물리치고 승리를 거두었지만 중천태왕께서는 얼마만큼의 철 공급을 약속하게 됩니다. 그것은 위가 촉(蜀)과 오(吳)를 무너뜨리고 곧 삼국을 일통할 것이라 예견한 까닭입니다. 과연 여섯 해가 지나 위의 사마염이 나라 이름을 바꿔 진(晉)을 건국하고 황제가 된 후 천하를 통일했으니 중천태왕의 판단은 맞았던 것입니다."

"이후에도 진에 계속 철을 주었소?"

"아닙니다. 진제 사마염은 천하통일을 완수하자 분란의 불씨가 되어온 철을 교역품에서 뺐습니다."

"충돌의 여지를 없앤 것이군."

"그렇습니다. 서로 한 발짝씩 물러난 것이지요. 하지만 폐왕 상부가 왕위에 오른 뒤 다시 이 철 문제가 불거졌습니다."

을불의 미간이 좁혀졌다.

"무슨 일이 있었소?"

"당시의 낙랑 태수 유건이 철을 요구해 오자 또다시 철을 낙랑에 넘겨주기로 한 것입니다."

"그러면 상부가 왕이 된 이후부터 지금까지 고구려의 철이 계속 낙랑에 넘어가고 있다는 얘기요?"

창조리는 침통한 표정으로 말했다.

"예, 폐왕은 주변국과의 화친이 중요하고 고구려에 남아도는 철이니 내어주자며 신료들의 반대를 물리쳤습니다. 낙랑이 그에 대한 대가로 진귀한 물건이나 공예품 등을 보내오긴 했으나 합당한 대가가 될 리 없지요. 진(晉)도 아닌 낙랑에 교역과 화친이란 명분으로 막대한 철을 바쳐온 것이 이제 여덟 해가 되었습니다."

"잠깐만! 나는 과거 낙랑의 남아도는 철을 거래한 적이 있소. 낙랑이 그토록 철을 중요시한다면 어찌 내가 철을 살 수 있었던 것이오?"

창조리의 얼굴에는 더욱 큰 그림자가 드리웠다.

"그 교역이란 낙랑에 수요가 있어서가 아니라 고구려를 견제하는 방법이었습니다. 철기로 무장한 고구려가 다시금 전쟁을 일으킬까 두려워 그 싹을 자른 것이지요."

"으음!"

을불의 입에서 신음이 새어 나왔다.

"장수들은 창칼을 들고 나섰으나 폐왕이 한사코 전쟁을 반대해 결국 화의를 하고 말았던 겁니다."

"그건 화의가 아니라 항복이 아니오? 그러면 얼마나 되는 철이 낙랑으로 가게 되어있소?"

"신성에서 나는 철의 전량입니다."

"안 될 말이오!"

을불은 단호하게 내뱉었다.

"아마 이번에 철을 주지 않으면 최비는 그를 구실로 바로 군사를 일으킬 것이옵니다. 그의 군사는 훈련이 잘 되어있고 우리 고구려의 군사들은 그간 먹지를 못해 허약해질 대로 허약한 데다 무엇보다도 태왕께서 지적하셨듯이 무기가 빈약합니다."

"상대가 안 된다는 말인가?"

곧 을불의 이마에 깊은 주름이 패었다. 철을 지키자면 당장 전쟁을 치러야 했지만 그러기에는 상부 치하의 팔 년을 거치는 사이 고구려의 국력이 너무도 쇠락해 있었다. 을불은 생각에 잠겨 말없이 길을 재촉하기만 했다.

어느새 일행은 신성 근처에 이르러 있었다. 고갯마루에서 창조리가 손을 들어 발밑의 성을 가리키자 을불의 눈길이 창조리의 손끝을 따라 거대한 성으로 향했다.

"저곳이 신성입니다."

을불은 신성의 요새와 같은 모습을 보자 기분이 좀 나아졌다. 고구려의 모든 성 중 가장 전쟁을 치르는 횟수가 많은 성이 바로 신성인 까닭에 성벽은 거대한 바위를 비롯해 크고 작은 돌들로 견고히 쌓여있었다.

을불은 신성에 들어 창조리와 아달흘, 여노를 마주하고 앉았다.

"앞으로 몇 년이 걸리겠소?"

세 사람 모두 울분과 오기로 가득 찬 을불의 물음이 무엇을 뜻하는지 잘 알고 있었다. 먼저 침묵을 깬 것은 창조리였다.

"십 년 이내에는 불가합니다."

"나와 국상이 밤낮으로 고민하고 노력하면 십 년 세월을 얼마나 당길 수 있겠소?"

창조리는 입을 다물고 대답하지 않았다.

"얼마나 걸리겠소?"

거듭되는 을불의 단호한 물음에도 창조리가 계속 침묵을 지키자 민망했던 나머지 여노가 입을 열었다.

"아마도 국상께서는 새로이 낙랑을 차지하고 들어앉은 최비를 염두에 두시는 것 같습니다. 과연 그자는 천하의 효웅(梟雄)입니다."

여노는 창조리의 안색을 흘낏 살피고는 말을 이었다.

"하지만 그간 제가 보아온 태왕의 지략이라면 십 년이라는 시간을 반으로 줄일 수 있을 것입니다. 거기에 국상의 지략이 더한다면 어찌 그것이 시간의 문제이겠습니까?"

굳어있던 을불의 입가에 미소가 번졌다.

"나 역시 그렇게 생각하고 있던 참이었소. 그런데 국상은 왜 십 년이라는 세월을 고집하는 것이오?"

창조리는 을불에게 답하는 대신 여노에게 고개를 돌렸다.

"무릇 전쟁이란 군사의 수와 사기, 그리고 갖추고 있는 장비가 승패를 가르는 중요한 요소일 것이오. 여기에 장수의 능력을 더하면 이길 수 있는 조건을 나름대로 갖추었다고 볼 수 있소. 하지만 그 전에 얻어야 할 것이 있소."

"가르침을 주십시오."

"하나는 백성의 호응이오. 비록 전장에서 창칼을 쓰는 건 군병이지만 모든 전쟁은 군사를 내기 전에 이미 승패가 갈리는 법이오. 곧 백성이 마음으로부터 호응하면 그 전쟁은 져도 이긴 것이요, 백성이 마음으로부터 거부하면 그 전쟁은 이겨도 진 것이기 때문이오."

여노가 고개를 숙였다. 사실 백성의 삶이 겨우 곤궁에서 벗어나려는 지금의 형편으로 큰 전쟁을 일으킨다는 건 무리임을 여노 역시 모르는 바가 아니었다.

"제가 가벼웠습니다."

"백성과 군사를 함께 살찌우는 일은 긴 시간이 필요한 일이오. 또 한 가지는……."

여노는 창조리의 입에서 어떤 말이 나올지 짐작조차 할 수 없었다.

"지금 태왕은 홀몸이시오."

"아!"

여노는 그제야 창조리가 하려는 말이 무엇인지 알 것 같았다.

"만약 전쟁을 수행하다 태왕께 일이 생기면 고구려는 사직이 끊기는 것이오. 왕족다운 왕족이 모조리 역모로 몰려 폐왕에게 몰살당한 지금의 현실에서는 더욱더 사직을 챙겨야 하거늘 이런 상태에서 장군은 어찌 지략 운운하며 작은 것만 논하는 것이오!"

여노는 다시 한번 고개를 숙였다.

"제가 생각이 부족했습니다."

듣고 있던 을불도 고개를 끄덕였다. 창조리의 나무람이 여노를 빗대어 자신에게로 향하고 있음을 모르지 않았던 것이다.

"국상이 내 젊은 혈기를 나무라는구려! 좋소. 정히 그러하다면 국상께서 말씀하신 십 년, 나는 와신상담(臥薪嘗膽)하며 힘을 키우겠소. 그러나 나는 그 시기를 가능한 한 앞당기려 노력할 것이오. 그러니 국상도 내 뜻을 헤아려 주시오."

말을 마친 을불이 여노에게 물었다.

"신성 태수는 관구검에게 참패한 동천태왕의 전쟁을 알고 있소?"

"그러합니다."

"중갑기병은 고구려의 자랑이오. 어떤 싸움에서도 결코 무너지지 않아야 하오."

"태왕께서는 관구검이 펼쳤던 그 방진을 깨고 싶은 것이로 군요."

"동천태왕이 일만 팔천이나 되는 군사를 관구검에게 잃은 것은 바로 그의 장창 방진 때문이오. 장군이 중갑기병과 장창 방진의 이치를 잘 궁구(窮究)해 이기는 방법을 내놓으시오."

"명심하겠습니다."

숙신의 반란

한 달 후 을불과 신료들이 조회를 하는 도중 낙랑에 보내질 철 수레가 신성을 출발했다는 보고가 들어왔다. 이에 모든 신하들이 을불의 기색을 살폈으나 의외로 그는 담담한 얼굴이었다.

"나라의 힘이 약해 이런 일을 당하고 있소. 하지만 군사란 백성의 삶이 여유로울 때에 강해지는 법이니 모두 오늘의 치욕을 잊지 말고 더욱 단단히 백성의 삶을 챙기시오."

을불의 말에 모두 몸 둘 바를 몰랐다.

"망극하옵니다!"

그로부터 며칠 후 조용하던 고구려 조정에 청천벽력 같은 소식이 날아들었다. 광녕성으로부터 바람같이 날아든 전령이 평양성을 통과하고 이내 궁문을 번개처럼 지나친 후 대전에 몸을 던졌다.

"급보이옵니다! 숙신이 반란을 일으켰습니다!"

"무엇이!"

이 청천벽력의 소식에 문무백관은 모두 놀라지 않을 수 없었다.

전령은 며칠간 꼬리를 물고 뛰어들었다.

"반란의 수괴는 족장 아달휼입니다. 그를 중심으로 숙신군은 굳게 뭉쳐있습니다!"

"숙신에 있는 고구려인은 모두 내쫓겼습니다."

"광녕성 태수는 태왕께서 속히 원군을 보내주시길 바라고 있습니다."

숙신의 반란 소식은 고구려 조정을 거세게 흔들었다. 아달휼은 을불의 심복 중 심복이었기에 그 놀라움은 더욱 크기만 했다. 그에 따른 대책 회의는 소란스러웠다.

"폐하, 숙신의 반란을 속히 평정해야 하옵니다. 이것을 그냥 두는 건 화를 점점 키우는 일일 뿐입니다. 시기를 놓치면 온갖 소수 부족들이 이어서 반란을 일으킬 것입니다!"

그러나 이를 반대하는 신하 또한 상당수 있었다.

"지금 우리 고구려의 군세는 지난 팔 년간 쇠락을 거듭해 약하디약하기만 합니다. 얼마 전 바로 이 자리에서 논의했던 대로 우리는 철을 내주면서 간신히 전쟁을 막았습니다. 비록 이제 겨우 군사를 먹일 수 있게 되었으나 아직 전쟁을 치를 힘은 없습니다. 일단 기회를 기다렸다 나중에 난을 평정함이 옳을 것입니다."

대사자 경림이 나섰다.

"폐하, 군사를 보내 전쟁을 치르는 것도 그냥 두고 보는 것도 각각 문제가 있사옵니다. 차라리 숙신의 반란을 인정하고 회유하여 다른 외적의 준동을 막는 것이 옳을 줄로 아옵니다."

반대하는 쪽도 찬성하는 쪽도 나름대로 타당한 이유가 있었다. 침중한 표정으로 이야기를 듣던 을불은 어느 쪽으로도 결론을 내리기 힘듦을 알고 고개를 저었다.

"간단히 결정할 수 있는 문제가 아니오. 일단 아달휼에게 사자를 보내 그가 원하는 것이 무엇인지 알아본 연후에 이 문제를 다시 논의하는 게 좋을 것 같소."

그렇게 조회를 파하고 을불이 자리에서 일어나기도 전에 하급 관리 하나가 다급히 대전으로 뛰어들었다.

"폐하! 얼마 전 낙랑으로 떠난 철 수레 행렬이……."

"행렬이 어찌 되었다는 말이냐!"

다그치는 양우에게 관리가 다급히 외쳤다.

"숙신군의 습격을 받아 모조리 사로잡히고 철 수레를 하나도 빠짐없이 빼앗겼습니다."

"무엇이! 호위하던 군사는 무얼 했단 말이냐!"

"호위군도 얼마 되지 않는 데다 도적 떼를 아달휼 족장이 직접 이끄니 방도가 없었습니다!"

"아아!"

조정에는 걷잡을 수 없는 동요가 일었다. 이에 정벌을 주장하던 중신이 더욱 커다랗게 외쳤다.

"이놈들이 무기를 만들고자 함입니다. 그간 고구려는 숙신이 철을 가지는 걸 극도로 억제해 왔습니다. 숙신이 이제 그 엄청난 철로 무기를 만들면 다음 차례는 고구려 침공이 될 것입니다."

이에 대다수의 신하가 동참하여 다시 정벌을 논하는 가운데 신중한 성격의 소우가 무거운 표정으로 입을 열었다.

"폐하, 당장 어려운 문제는 낙랑으로 향하는 물건을 빼앗겼다는 사실입니다. 숙신이 반란을 일으켰다 해도 함부로 고구려를 침하지는 못할 것입니다. 설사 침한다 하더라도 나가 막으면 그만입니다. 그러나 낙랑이 침공해오면 이것은 정녕 큰 문제이옵니다."

소우의 말이 맞았다. 숙신의 반란이 작은 일은 아니었으나 철의 탈취는 낙랑의 침공을 불러올 소지가 있는 더욱 큰 문제였다.

그 수괴가 아달흘이라는 배신감에 을불은 한참이나 화를 삭이는 듯 말이 없었다. 그가 창조리를 부른 것은 꽤나 시간이 지난 이후였다.

"국상."

"예, 폐하."

"철을 다시 보낼 여력이 있소?"

"없습니다. 굳이 전쟁을 피하자면 군사에게 지급된 병장기를 걷어 녹여야 그를 충당할 수 있을 것입니다."

"가당찮은 일이오."

을불은 좌우를 둘러보았다. 대응책을 내놓을 수 없는 신하들은 모두 그의 눈길을 피할 뿐이었다. 신하들은 왕위에 오른 후 강경한 모습만을 보여오던 을불의 입에서 무슨 말이 나올지 너무도 잘 알고 있었다. 바로 전쟁이었다.

그러나 모두의 예상과 달리 을불의 입에서 흘러나온 목소리는 뜻밖에도 잔잔하기만 했다.

"낙랑과의 전쟁이란 결과가 뻔한 일이오. 깨질 걸 뻔히 알면서도 계란으로 바위를 치는 우를 범할 수는 없소. 이미 백성을 살피기로 한 터에 그들을 이기지 못하는 전장으로 내몰 순 없는 일. 다른 방법을 택해야만 하겠소."

신하들이 가만히 안도의 한숨을 내쉬는 가운데 을불의 말이 이어졌다.

"철을 보낼 수가 없으니 낙랑에 이 사실을 알리고 사정을 보아주기를 부탁할 사신을 보내야겠소. 어려운 길인데 어느 중신께서 이 일을 맡아주시겠소?"

선뜻 나서는 이가 없는 가운데 저가가 한 발짝 앞으로 나섰다.

"소신 이미 살 만큼 산 늙은이입니다. 저를 보내주신다면 목숨을 걸고 힘써보겠습니다."

"좋소. 저가 주부께서 맡아주시오."

그로부터 십수 일 후, 저가는 오만 가지 생각을 떠올리며 최비 앞으로 나아갔다. 최비가 매몰차게 몰아붙일 경우 고구려의 자존심을 지키며 큰소리를 내어야 할지, 아니면 무릎을 꿇고 더욱 비굴하게 굴어야 할지, 사정을 보아주면 그 또한 어떻게 받아들여야 할지, 이윽고 최비 앞에 이른 저가는 복잡하기만 한 머리를 들어 그간의 사정을 고했다.

"고구려의 사정이 어려운 것을 잘 알겠소. 신속히 반란을 진압하길 바랍니다."

뜻밖에도 최비는 몸소 자리에서 일어나 저가의 손을 잡으며 위로의 말을 건넸다. 더군다나 저가가 미처 무슨 말을 하기도 전에 먼저 좌우에 명하여 선물을 내어주고 성대한 잔치를 열도록 했다.

"새로 즉위한 고구려왕이 덕으로 백성을 다스려 급속히 나라를 재건하고 있다면서요?"

술이 몇 순배 돌아가자 최비는 입가에 인자한 웃음을 머금은 채 물었다.

"그렇습니다."

저가가 을불의 공덕을 칭송하는 동안 최비는 진심으로 기뻐하는 표정을 보이며 그의 말에 귀를 기울였다.

"돌아가거든 내가 고구려왕에게 관심을 갖고 지켜보고 있다고 전하시오. 그리고 머잖아 요동도독(遼東都督)에 제수할 것이라고도 하시오."

순간 저가는 깜짝 놀랐다. 주변국의 왕에게 도독 칭호를 내리는 건 진의 황제만이 할 수 있는 일이었다.

'이자는 황제를 꿈꾸고 있단 말인가.'

이제껏 그가 보인 부드러운 태도를 일시에 이해한 저가는 갑자기 자애로운 표정 뒤에 웅크린 최비의 야심이 무겁게 압박해 옴을 느꼈다.

"그리고 숙신의 정벌에 필요하다면 원군을 보낼 것인즉 철을 되찾는 일에 전력을 기울여달라고 전하시오."

"알겠습니다."

"만약 철을 되찾지 못하면 어쩔 수 없이 고구려왕을 문책하고 내가 직접 숙신을 벌하겠소."

저가는 당장의 전쟁을 피하는 것만이 능사가 아니란 생각이 들었다. 이 사람은 고구려가 그의 앞에 무릎을 꿇고 영원한 신하를 자청하지 않는다면 머잖아 대군을 몰아 고구려를 칠 것이었다. 지금 자신을 너그럽게 대하는 건 그가 더욱 큰 천하경영을 머릿속에 넣고 있단 사실을 보이는 것이란 걸 깨달았다.

잔치가 파하고 숙소로 돌아온 저가는 밤새 잠을 이루지 못하다 이튿날 서둘러 고구려로 떠났다.

　한편 엄청난 양의 철을 획득한 숙신군은 이를 고스란히 숙신 땅으로 가지고 갔다. 아달휼이라는 불세출의 영웅을 족장으로 세운 숙신족은 이미 한마음이 되어있었다. 상부의 시대에 그토록 핍박을 받았던지라 숙신의 용사들은 누구보다도 용감하게 나서 철 수레를 성공적으로 탈취했다. 다만 아달휼의 엄명에 따라 호송군을 살해하는 것은 극도로 자제했다. 용사들 역시 철이 목적이니만치 수적으로 상대가 되지 않는 고구려 병사를 죽일 필요까지는 없었다.

　신성에서 낙랑으로 이르는 길목과 숙신의 본거지인 홀한주성이 가까운 길은 아니었으나 이들은 짐수레마다 말을 몇 마리씩 더 붙여 신속히 홀한주성으로 돌아갈 수 있었다.

　그리고 며칠 후 광녕성 성문을 나서며 홀한주성을 바라보는 양우는 자신의 창을 굳세게 붙잡았다. 을불은 그에게 군사를 내어주면서도 가능한 한 충돌을 피하라 명했지만 양우는 말이 통하지 않을 경우 혈전을 불사할 생각이었다. 충의를 제일로 여기는 그에게 아달휼이 준 배신감은 너무도 컸다.

　"아달휼, 어찌 네놈이 태왕 폐하를 배반할 수가 있느냐. 네놈이 아무리 대단하다 한들 반드시 내가 꺾어 보이리라."

양우는 각오를 다져야만 했다. 과거 자신을 간단히 패배시킨 사나운 장수 해추의 목을 불과 몇 합 만에 날려버린 무인. 그런 아달휼을 적으로 마주하는 일이 쉽지만은 않은 까닭이었다. 곧이어 각오를 다진 양우는 군사를 진군시켰다.

"멈추시오!"

그렇게 양우가 전의를 불태우며 숙신 땅에 닿기 직전 평양에서 숨 가쁘게 달려온 전령이 그에게 태왕의 성지(聖旨)를 전했다.

— 숙신의 군세가 생각보다 크고 아달휼의 뜻이 굳으니 양우는 진군을 멈추라. 대신 새로이 광녕성 태수의 직위를 내리니 경계를 늦추지 말고 군사를 키우라.

반란군을 코앞에 두고 양우는 한껏 끌어올린 전의를 흩어야만 했다. 영문 모를 내용이었으나 태왕의 뜻을 따르지 않을 수는 없는 노릇이었다. 을불을 향한 충의만큼이나 큰 것이 그에 대한 믿음이었다.

'따로 생각이 있으시겠지.'

곧 숙신의 경계에까지 이르렀던 양우는 회군하여 광녕성에 주둔하며 을불의 뜻에 따라 새로이 군사를 뽑고 이를 훈련시키는 일에 열중했다.

두 역적

창조리는 숙신으로 떠난 양우가 태왕의 명으로 광녕성에 머물며 훈련만 하고 있다는 보고를 받고는 을불을 찾아갔다.

"태왕께서 양우 장군에게 성지를 보내 숙신으로 들어가지 못하도록 하신 데는 그만한 이유가 있을 터인데 저는 쉬이 짐작할 수가 없습니다."

을불은 마침 창조리를 찾던 참이었다.

"국상, 바람이나 좀 쐬면서 얘기를 들으시면 어떻겠소?"

창조리는 을불의 습성을 잘 알고 있었다. 그는 무언가 중요한 얘기를 할 때는 정전이나 내전보다는 후원 같은 탁 트인 곳으로 나가곤 했다.

"좋습니다."

"그럼 사냥 행궁으로 갑시다."

말을 타고 나선 두 사람은 오랜만에 힘껏 채찍을 휘둘러 사냥 행궁까지 내달렸다. 창조리는 문사(文士)이면서 젊은 시절 안국군을 따라 전장을 내달렸던 무인이기도 하여 이미 서너 살 때부터 말을 배운 을불과 말 머리를 함께하는 데 부족함이 없었다. 두 사람은 시위 병사들을 멀찌감치 따돌리고 사냥 행궁에 도착했다.

"아, 아니!"

행궁을 지키던 교위는 태왕과 국상이 호위무사나 시위대도 없이 불쑥 나타나자 열린 입을 다물지 못한 채 두 사람을 맞았다. 을불이 시원한 목소리로 물었다.

"손님은 오셨느냐?"

"예."

"내가 왔다고 이르거라."

교위가 안으로 들어가자마자 바로 두 사람이 달려 나와 고개를 숙였다.

"소장 여노가 폐하를 뵈옵니다."

"신 아달휼이 폐하를 뵈옵니다."

여노의 뒤를 이어 나타난 사내는 다름 아닌 아달휼이었다. 창조리는 그를 보는 순간 깜짝 놀랐지만 이내 모든 걸 눈치챌 수 있었다.

"아달휼 장군!"

아달휼은 창조리에게 고개를 숙여 보였다.

"낙랑으로 철이 가는 걸 그냥 두고 볼 수는 없었습니다."

"음!"

창조리는 아달휼의 손을 잡았다. 그 또한 막상 철 수레가 낙랑으로 향한다는 보고를 들었을 때에는 가슴이 미어졌다. 평양성이 온통 불바다가 되더라도 철을 보내지 말았어야 했다는 뒤늦은 후회가 들기도 했지만 창조리는 억지로 의연한 표정을 짓고 있었던 것이다. 그랬던 그에게 아달휼의 반란과 철수레의 탈취는 더욱 큰 고통이요 고뇌였다. 그런데 이게 모두 지략이라니!

아달휼의 손을 놓은 후 창조리의 눈길이 을불에게 가서 멎었다.

"태왕께서는 이 모든 걸 다 알고 계셨던 게로군요."

"일찍 귀띔하지 못한 걸 용서하기 바라오."

"용서는 제가 청해야 할 일입니다. 폐하의 마음을 알면서도 신하로서 그 뜻을 좇지 못했으니!"

"옳고 그름을 따지자면 국상이 맞소. 참아야만 하는 일이오. 하지만 저 아달휼이 철을 넘기느니 차라리 죽겠다며 뛰쳐나가는데 어찌 그 뜻을 막겠소?"

아달휼의 목소리가 을불의 말을 이었다.

"철은 하나도 빠짐없이 숙신에서 무기로 만들어지고 있습니다. 머잖아 우리 고구려군은 전부 완전한 무장을 하게 될 것입니다."

창조리의 시선은 이제 여노를 향했다.

"신성 태수도 이미 알고 있었소?"

38

"예. 고구려 최고의 제련 기술과 대장장이가 신성에 있는 까닭이지요."

여노는 고개를 숙이며 말을 이었다.

"그보다 태왕 폐하와 국상께 보여드릴 게 있습니다."

세 사람을 바깥에 세워둔 채 잠시 사라졌던 여노는 곧 무장을 갖추고 이들 앞에 나타났다. 그런데 여노의 무장은 평소와 그 모습이 크게 달랐다. 이에 호기심이 동한 을불이 관심 깊게 살피며 물었다.

"생소한 갑주로군."

"먼저 이 갑주를 보아주십시오."

여노가 양팔을 들어 갑주를 자세히 보여주었다.

"이 갑주는 양 어깨에서 상박까지만 철판을 대고 팔꿈치는 놔둔 채 다시 손가락까지 철판을 대었습니다."

여노는 경비병들을 불러 한편에게는 이 철갑을 끼게 하고 나머지 한편에게는 날이 무디고 끝이 뭉툭한 창으로 공격을 하게 했다.

"너희들은 사정없이 공격하라!"

곧 병사들이 창을 힘차게 휘둘렀다. 그러자 반대편 병사들이 손등으로 이를 쳐냈다. 다시 창날이 팔을 베어가자 병사들은 팔꿈치를 들어 상대의 공격을 흘렸다. 이후로도 몇 번이나 창날이 병사들을 노렸으나 금속성을 내며 튕겨져 나왔다. 이렇게 수십 합이 지나자 여노는 공격을 중지시켰다.

"이들은 특별한 무예가가 아니라 보통 병사들입니다. 몇 달간 제가 전장에서 행해지는 동작을 연구하다 보니 숙련된 무예가가 아닌 보통 병사들은 무기보다도 오히려 맨손과 맨팔을 내밀어 상대의 무기를 막는다는 사실을 발견했습니다. 부상병 중 팔이나 손이 잘린 자가 월등히 많은 건 바로 이 까닭입니다. 특히 손가락은 노상 잘립니다. 따라서 손과 팔만 잘 보호하면 온몸을 감싼 중갑의 구 할에 가까운 효과를 내는 것을 알았습니다."

"오호!"

"철이 오분의 일만 들어가기 때문에 철도 아끼고 동작도 가볍습니다. 물론 중갑기병의 무게가 내는 힘이나 단단함과 비할 바는 아니지만 이들의 빠르기란 오히려 경기병에 가깝습니다."

여기까지 말한 여노는 을불을 향해 고개를 숙여 보였다.

"중갑기병의 무게를 감당할 수 있는 말이 많지 않아 그 숫자를 늘리는 데 한계가 있습니다. 과거 폐하께서 분부하신 중갑기병을 키우라는 말씀에 이 같은 생각을 해보았습니다."

"정녕 훌륭하오, 여노 장군!"

을불과 창조리는 그날 밤 사냥 행궁에서 술을 마시며 밤새 두 사람의 노고를 치하한 후 오전에 두 사람이 돌아가는 모습을 보고서야 말 머리를 궁으로 향했다.

최비는 낙랑으로 찾아온 저가를 잘 대접해서 보냈지만 시간이 지나도 고구려로부터 철을 찾았다는 소식이 없자 사신을 보내 독촉했다. 사신은 깐깐하게 철을 되찾을 방법을 캐고 들었다. 창조리가 이미 양우의 오천 군사를 보냈으니 기다려보자고 달랬음에도 그는 으름장을 놓으며 평양에 머물렀다.

"나는 여기서 당신들이 철을 내놓을 때까지 기다릴 것이오. 숙신에 가서 철을 되찾아 오든 땅을 파내든 철을 마련하시오. 아니면 각오하시오!"

낙랑의 사신이 대놓고 위협을 가하자 창조리가 내전에 들었다.

"태왕 폐하, 어쩌면 전쟁을 피할 수 없을 것 같습니다."

"차라리 잘되었소. 어차피 낙랑은 멸해야 할 대상이니 우리가 나가서 싸우는 것보다 찾아오는 적을 기다려 토멸하는 게 더 쉽지 않겠소?"

창조리도 아달휼과 여노를 만난 이후로 전쟁을 반대하지만은 않았고 을불과 더불어 전쟁에 대비하며 군사를 훈련하는 것을 하루도 게을리하는 일이 없었다.

그러던 어느 날 묘한 자가 창조리의 서전(西殿)에 잡혀왔다. 본시 서전은 상부가 조정을 감시하기 위해 설치한 악명 높은 기구였지만 창조리는 서전을 없애지 않고 본인이 직접 관리하며 나라 안팎의 동향을 살피는 일에 쓰고 있었다.

"이자가 태왕 폐하를 욕되게 하기에 끌고 왔습니다."

서전에 잡혀온 자는 이름을 음모라고 했는데 늙수그레한 얼굴에 교활한 빛이 가득했다. 창조리가 자초지종을 들어보니 태왕 을불이 자기 집에서 부리던 종이었다며 사방에 떠들고 다녔다는 것이다.

"끌고 가 참하라. 거짓으로 태왕을 욕되게 한 죄를 놓아둘 수가 없다."

단호한 창조리의 명령에 음모는 황급히 좁은 두 눈을 크게 뜨고 외쳤다.

"구, 국상 어른! 잠시만요!"

"할 말이 있느냐?"

"제가 떠들고 다닌 말은 거짓이 아닙니다. 태왕께 여쭈어 주십시오. 그리고 저는 나라의 큰 비밀을 알고 있습니다. 원래 저는 을불태왕께서 어릴 적에 심하게 구박해서 오늘날 앞에 나설 수 없는 사람입니다만 이 비밀을 알려드리고자 이렇게 나타났습니다."

"나라의 비밀? 이놈이 나랏일을 멋대로 농단하는구나. 혼이 나 내서 보내려 했더니 정말 참해야 할 놈이구나! 여봐라!"

음모는 더욱 다급한 목소리로 헐떡였다.

"이, 이건 정말입니다! 저는 역적의 행방을 알고 있습니다."

"역적?"

창조리는 역적이라는 말에 신경을 곤두세웠지만 누구를 말함인지 짐작할 수 없었다. 폐왕 상부는 현 태왕의 은혜를 입어 그의 원대로 목숨을 구걸해 궁에서 나간 뒤 광행을 일삼다가 두 아들과 함께 목을 매어 자결했던 터였다. 역적이라면 상부의 심복 중 누군가를 가리키는 것일 터이지만 딱히 짚이는 사람이 없었다.

"역적이라면 누구를 말함이냐?"

"그건 태왕을 뵙고 말씀드리겠습니다."

"말을 않으면 당장 참하겠다!"

"목을 쳐도 할 수 없지만 저는 태왕을 뵙고 말씀드릴 수밖에 없습니다."

"어째서 그런 것이냐?"

"그 역적이 혹여 국상 어른과 어떤 관계라도 있으면 입을 여는 즉시 저는 죽은 목숨이기 때문입니다."

"허허, 그놈 묘한 놈이로구나! 글자 몇 개 아는 놈으로 보이긴 했다만 훨씬 더한 놈이로구나."

엄한 표정을 풀지 않던 창조리는 그 말을 듣자 웃음을 터트리고는 이 사실을 을불에게 보고했다.

"음모!"

직접 음모와 대면한 을불은 과연 그를 알아보았다. 과거 상부의 칼날을 피해 평양성을 떠났던 을불은 낙랑으로 향하기 전 수실촌이라는 곳에 숨어들어 음모의 집에 몸을 의탁한 적이 있었다.

"오랜만이옵니다, 태왕 폐하!"

"그렇군. 그대를 다시 볼 줄은 몰랐다."

어린 자신을 심히 핍박하였던 음모였으나 을불은 머리를 조아리는 그를 붙잡아 일으켰다.

"비록 그대가 나를 융숭히 대접하지는 않았으나 그것은 나의 신분을 모른 까닭이었겠지. 잠시나마 나를 숨겨주었으니 그대 또한 은인이 아니라 할 수는 없을 것이다."

"폐하……."

음모가 감격한 빛을 지어 보이며 더욱 고개를 깊이 낮추었다.

"그런데 그대가 역적의 거취를 알고 있다 했느냐?"

"예, 폐하! 수실촌에 새로 생긴 초가가 있습니다."

"그래서?"

"새로이 두 내외가 살러 들어왔는데 남자는 비록 땅을 일구고 산초를 캐러 다니지만 모습이 비범한 데가 있었습니다. 제가 사람 하나는 확실히 알아보는 건 태왕께서도 잘 아시지 않습니까?"

을불은 묵묵히 고개를 끄덕였다. 음모는 여간 눈치가 빠른 자가 아니었다.

"제가 생각컨대 절대 수실촌에 들어와 그런 삶을 살 사람이 아니었습니다. 그 사람 정체가 하도 궁금해 어느 날 두 내외가 다 집을 비웠을 때 작심하고 들어가 세간을 샅샅이 뒤져보았는데 천장에 숨겨둔 칼을 한 자루 발견했지 뭡니까. 워낙이 훌륭한 보검 같아 살펴보다 거기 새겨진 글씨를 보고는 그만 손이 떨려 걸음아 나 살려라 하고 뛰어나왔습니다."

"뭐라고 새겨져 있었기에?"

"정반대장군!"

순간 을불도 창조리도 놀라고 말았다. 정반대장군이란 바로 홀한주성에서 평양성으로 오던 중 홀연히 사라져버린 고노자였다.

을불과 창조리의 반응에서 자신의 밀고가 힘을 받았다고 판단한 음모가 조금 전 주눅 들었던 모습과는 달리 어느새 당당한 기색으로 말했다.

"역적 고노자 내외가 사는 곳을 안 이상 어찌 태왕께 고하지 않을 수가 있겠습니까. 제가 태왕을 욕되게 하는 말을 하고 다닌 것 또한 이렇게 태왕을 뵙고 고하기 위함이옵니다."

"그대의 충정이 고맙구나. 여봐라!"

곧 을불은 형부의 위두대형을 불러 명했다.

"이자가 고노자의 행적을 말하니 확인 후 상을 주도록 하라. 다만 중요한 말이 퍼질 가능성이 있으니 잠시간 그대의 부서에 두도록 하라."

위두대형은 음모를 신문하여 사실을 확인한 다음 다시 대전으로 들어 아뢰었다.

"태왕 폐하, 그자의 말은 사실입니다. 지금 바로 군사를 보내 고노자를 잡아오겠습니다."

그러자 을불이 고개를 가로저었다.

"그는 고구려의 큰 인물이다."

"중신을 보내 청해 올까 합니다."

창조리의 말에도 을불은 고개를 가로저었다.

"고노자 같은 큰 인물을 찾았는데 어찌 신하를 보내겠소."

곧 을불은 평복으로 갈아입고 소수의 수하만을 거느린 채 수실촌으로 향했다. 수실촌에 이르러 행적을 수소문하자 금세 고노자의 거취가 드러났다. 얼마 전 새로 들어와 농사를 시작한 내외가 있다는 촌민들의 말에 을불은 혼자 그곳으로 향했다. 과연 허름한 옷을 입은 채 밭을 일구는 남자가 있었다. 좀 떨어진 곳에서 그를 지켜보던 을불은 다가가려다 말고 한 농가에 들어갔다.

"어렸을 때 음모 어른의 집에 기거하던 다릅니다. 기억하시겠습니까?"

"으응, 다루? 그때 고생을 많이 하다 도망친 그 아인가?"

농부는 어렴풋이 을불을 기억해냈다.

"옛날 생각이 나서요. 헛간에 짚을 깔고 며칠 지내려 합니다."

"응, 헛간에 짚은 깔려 있어."

을불은 곧 다 해진 농부의 옷을 얻어 입고 얼굴과 몸에는 흙먼지를 묻힌 후 괭이를 들고 고노자가 밭을 갈고 있는 곳으로 갔다.

"새로 이사 오셨다면서요?"

"그러네."

"뭐니 뭐니 해도 고향이 최고예요. 전 어릴 때 갑갑해 고향을 떠났다 죽어라 고생만 하고 다시 돌아왔지요."

"하하, 그런가?"

"새로 이사 오셨나 본데 앞으로 같이 잘 지내요. 제가 힘은 좋으니 밭을 좀 갈아 드릴게요."

"그래, 고맙네."

그날 늦게까지 고노자와 밭을 간 을불은 농부의 헛간에서 자고 다음 날 아침 다시 고노자의 밭으로 나갔다.

"이거 소찬이라 미안한데."

점심때가 되어 고노자의 아내가 참을 내오자 세 사람은 정

답게 앉아 이런저런 얘기를 나누며 같이 먹었다. 오후 일이 끝
나자 세 사람은 같이 저녁을 먹었고 고노자 내외는 이틀 새 예
의바르고 부지런한 을불과 친해졌다.

　하루를 더 고노자 부부와 함께 보낸 을불은 나흘째 되는 날
아침 고노자에게 직별을 고했다.

　"어른, 저는 떠나야겠습니다."

　"아니, 왜?"

　"같이 소금장수 하던 패들이 하는 말이 이제 곧 낙랑이 쳐들
어오니 군영에 찾아가 나라를 지키자 합니다."

　"뭐라! 낙랑이 쳐들어와?"

　"그렇다 합니다. 철을 넘기지 않는다고 평양성을 불태운다
고 합니다. 우리 소금장수 패들이 나라의 녹을 먹은 적은 없으
나 백성 된 도리로 그냥 있을 수는 없습니다."

　"으음!"

　고노자의 안색이 무겁게 가라앉았다.

　"그럼 다시 뵐 때까지 편안히 계십시오."

　고노자는 떠나는 을불의 뒷모습을 말없이 보고만 있다 갑자
기 소리쳐 불렀다.

　"다루, 돌아와!"

　"왜요?"

　"이리 와보게."

을불이 돌아오자 고노자는 초가에서 작은 칼집을 하나 가지고 나왔다.

　"이것을 가지고 가게."

　을불이 칼집에서 뽑아보니 파랗게 날이 선 단검이었다.

　"예리한 단검이군요."

　"내가 오랫동안 간직해 오던 물건일세."

　"귀중한 물건을 제게 주셔서 되겠습니까?"

　"몇 가지 동작을 가르쳐주겠네. 목숨을 보전하는 데 도움이 될 걸세."

　고노자는 을불로 하여금 자신을 공격하도록 했다.

　"사실 저도 몇 가지 호신술과 권법을 아는 편입니다."

　고노자의 얼굴에 웃음이 번졌다.

　"마음대로 공격해 보게."

　을불은 고개를 숙인 후 천천히 팔을 뻗다가 갑자기 고노자의 옆구리를 걷어찼다.

　"이크!"

　고노자는 화들짝 놀라 몸을 피했지만 이미 그의 옆구리에는 흙이 묻어 있었다. 고노자는 반신반의하는 표정으로 말했다.

　"다시 한번 공격을 해보게."

　을불이 고개를 숙인 후 잠시 노려보다 바닥을 차고 뛰어올라서는 공중에서 한 바퀴 빙글 돌아 고노자의 뒤통수를 쳤다.

그 속도가 너무 빨라 고노자는 머리카락 한 올 차이로 피할 수 있었다. 이번에는 고노자의 얼굴이 완전히 굳어졌다.

"너는 수실촌 사람이 아니다. 도대체 누구냐!"

을불은 대답 없이 이번에는 주먹을 날렸다. 고노자는 몸을 피하며 역시 주먹으로 반격을 해왔는데 그 움직임이 어찌나 빠른지 을불도 피하기가 쉽지 않았다. 다시 을불이 휘익 하는 바람 소리가 나게 고노자를 치자 고노자는 주먹을 뻗어 막아 내고는 비호같이 을불의 옆구리를 걷어찼다.

"아앗!"

을불이 땅바닥에 나동그라졌다.

"말하라! 너는 누구냐?"

고노자가 쓰러진 을불을 내려다보며 물었다.

"저는 을불입니다."

"을불?"

순간 고노자의 동작이 딱 멈추었다.

"대장군!"

을불의 힘 있는 목소리에 고노자는 눈을 내리깔았다.

"사람을 잘못 보았소."

"아니, 그대는 고노자 대장군이 맞소."

이때 두 사람이 겨루는 걸 멀찍이서 보고 있던 수하들이 급히 달려오자 흔들리는 눈빛으로 을불과 수하들의 얼굴을 번

갈아 바라보던 고노자는 이윽고 모든 사실을 알아차렸다. 고노자는 땅에 무릎을 꿇었다.

"죽여주십시오."

"어째서 무릎을 꿇는 것이오? 대장군이 무슨 죄가 있기에!"

"폐왕의 학정을 알면서도 태왕 폐하를 역도로 몰아 칼을 들이대었으니 그것이 바로 죄가 아니겠습니까?"

"그러나 왕명을 따른 신하에게 잘못이 있다고는 할 수 없소. 대장군! 옛 고구려와 지금의 고구려는 다른 것이오?"

고노자는 말이 없었다.

"진정 옛 고구려와 지금의 고구려가 다른 것이오?"

"저는 죄인이옵니다."

"죄인이라! 나라를 지킨 것이 죄가 되는가? 그대는 공신이며 충신이오. 오랜 세월 신성을 철옹성으로 만들어 고구려를 지켜온 그대가 어찌 충신이 아니란 말이오?"

"폐하!"

"지금 낙랑의 최비는 신성의 철을 몽땅 바치라 협박하고 있소. 숙신의 아달휼이 그 철을 넘겨주기 싫어서, 그 철을 넘겨주는 건 고구려를 팔아넘기는 일이고 낙랑의 노예가 되는 일이라며 철을 숨겼소. 이제 전쟁은 목전에 닥쳤소. 고구려 조정은 최후의 한 사람까지 철을 지키고 나라의 존엄을 지키기 위해 싸울 것이오. 백성 또한 무릎 꿇고 평화를 구걸하느니 차라리 싸우고자 하고 있소."

"폐하!"

"상부의 시절 전쟁이 두려워 철을 넘겨주겠다 약속했을 때 대장군은 피눈물을 흘렸다고 들었소. 어서 일어나 대장군의 자랑스러운 그 보검을 꺼내 들고 나와 같이 갑시다. 가서 고구려를 지킵시다."

고노자의 얼굴에 짙게 깔렸던 고뇌의 기색이 서서히 걷혔다.

"폐하, 그런데 어찌하여 며칠간 흙을 묻혀가며 천한 몸을 도와 땅을 일구셨습니까?"

"내가 먼저 존경하는 대장군께 숙이고 싶었소."

"저의 자존심을 살려주고자 하셨군요. 지금 일부러 맞고 쓰러진 것 또한."

고노자는 눈시울이 뜨거워짐을 느꼈다.

"대장군, 나와 함께해 주겠소?"

"폐하와 같은 분을……."

고노자의 목소리가 떨려 나왔다.

"폐하와 같은 분이 고구려의 태왕이 되시다니…… 소신 목숨을 바칠 것이옵니다."

조정으로 돌아온 을불은 고노자에게 대장군부를 내주고 군권을 일임했다. 고노자가 돌아오자 고구려군은 사기가 크게 오르고 전력 또한 확연히 치솟았다. 절노부나 소노부가 가진 독특한 변방의 전술, 그리고 안국군으로부터 이어져 내려온 고구려 전통의 진법 모두가 훌륭한 것이었으나, 고구려의 정병을 이끌던 고노자의 세련된 전법과 진법에 비할 바가 아니었다. 더욱이 갈등을 빚던 을불의 신진 세력들과 과거의 무장들이 고노자 밑에서 어우러지자 고구려의 무력이 비로소 한 마음으로 단합했고 낙랑의 침공에 대한 공포심을 어느 정도 극복하게 되었다.

이들이 모두 힘을 키우는 데 여념이 없는 사이 신성의 여노는 북쪽에서 고구려 국경을 넘나들며 약탈을 일삼던 소수 부족 대부분을 고구려에 복속시키며 군사를 단련시켰다. 더 이상 전투를 벌일 적(敵)이 없게 되자 그는 한숨만 내쉬었다.

"아, 더 많은 실전을 겪어야 하건만!"

전쟁이 사라지자 도리어 아쉬워하는 여노의 이름은 인접한 선비족 모용부에도 퍼져나갔다. 모용외는 묘한 호승심이 일어 도환에게 일천의 군사를 주며 고구려에 복속한 여러 소수 부족 중 하나를 치도록 했다. 순식간에 한 곳을 유린한 도환이 진지를 세우고 상황을 살피고 있자니 과연 여노가 나서 작지만 치열한 전투가 벌어졌다.

서로를 알아본 양 진영의 선두에서 여노와 도환의 두 장수가 겨루는데 둘의 무예가 필적하여 쉽사리 결판이 나지 않았다. 워낙이 백중지세인 터라 한 팔이 없는 도환이 불리할 법도 했으나 모용외로부터 받은 명검 한상보도(漢上寶刀)의 날카로움은 이 차이를 메우고도 남았다. 본래 기마 무예란 칼이 아닌 창으로 겨루는 것이 일반적이지만 몇 번 부딪치지 않아 창이 모조리 잘려나가자 여노는 장기(長技)인 창을 버리고 칼을 들어 싸우는 수밖에 없었다. 그러나 칼 또한 한상보도와 부딪칠 적마다 이가 빠지고 금이 가 여노는 실력을 십분 발휘하기 어려웠다.

"창이 이래서야!"

수세에 몰린 채 돌아온 여노가 분기에 이를 바득바득 갈자 이를 본 신성 제일의 명장(名匠) 현승이 온 정성을 쏟아 평생 담금질해 오던 철로 한 쌍의 창과 칼을 만들어 찾아오니 여노는 엎드려 이를 받았다.

"오오! 명기가 세상에 태어났구려!"

여노는 칼은 을불에게 바치고 창은 직접 사용했는데 이 명검의 강도와 날카로움에 감탄한 을불은 여노와 고구려의 이름을 넣어 여려검(呂麗劍)과 여려극(呂麗戟)이라 명명하였다. 을불은 이 여려검에 대한 보답으로 아달홀이 보내온 숙신 최고의 명마 한왕마를 여노에게 주었는데 천하의 신기와 명마를 모두 가진 여노는 이후로 천하에 두려울 것이 없었다.

천하지계

고구려가 힘을 키우며 전쟁을 대비하는 사이 모용외는 백여 개에 달하는 주변의 군소 부족들을 모조리 통합하고 끝까지 복속하지 않는 우문부와 단부 등을 멀리 쫓아내 그 세력을 거대하게 확장했다. 수백 번에 이르는 크고 작은 전투에서 그가 이끄는 모용부는 결코 패하거나 물러서는 법이 없었다. 일방적인 살육과 정벌의 여로를 마치자 그의 땅은 서쪽으로는 진나라에, 동쪽으로는 고구려에 닿아 광활하기가 이루 말할 수 없을 정도였다. 그러자 그는 예전 선비족을 통일한 영웅 단석괴가 사용했던 대선우(大單于)라는 호칭을 스스로에게 붙였다.

"오늘로 나를 선비 대선우라 칭한다!"

수천 명이 흘린 피로 붉어진 대지 위에서 당당하게 울려 퍼진 모용외의 외침이었다.

"앞으로 선비라 함은 나의 백성을 말하는 것이며 모용씨는 선비의 우두머리를 뜻하는 성씨가 될 것이다!"

온 선비 군사들이 천지가 떠나갈 듯 환호하며 떠받들자 그의 위세는 흡사 황제와도 같았다. 이에 사도중련이 조심스레 그에게 제안했다.

"주공의 위세가 진 황제보다 나으면 나았지 못하지 않습니다. 나라를 세우고 국호를 정하여 황제의 위(位)에 오름이 어떻겠습니까?"

"중련, 내 스스로 맹세한 것이 있지 않느냐."

모용외의 거칠고 굳은 얼굴에 어울리지 않게 아련한 빛이 떠올랐다.

"아영. 나는 그녀를 곁에 둔 이후에야 황제의 위에 오를 것이다. 나는 결코 이 맹세를 번복하지 않는다."

아야로가 큰 목소리를 내었다.

"형님! 이제 그만 낙랑으로 가서 주 낭자를 맞이하는 것이 어떻겠습니까? 이 아야로는 정말 답답하기만 합니다."

"아니다, 아야로. 아직 준비가 되어있지 않아."

"그 준비라는 건 대체 언제 된다는 말입니까?"

"고구려의 을불이라는 저 작자를 죽여 없앤 뒤다. 그래야만 아영의 마음에 오로지 나 홀로 남아 그녀를 온전히 갖게 되는 것이야."

"그러면 형님, 당장 고구려를 칩시다. 그깟 놈들이야 한 싸움에 모조리 털어 없애면 되는 게 아닙니까?"

"나는 때를 기다려야만 한다."

"도대체 그때가 언제란 말입니까?"

"내 낙랑의 비 형님과 뜻이 맞아 약조한 것이 있다. 곧 형님과 나는 군사를 일으켜 진 황실을 치고 저 거대한 중원 땅을 서로 나누어 가질 것이니 그 이전에 큰 싸움을 일으키는 것은 손해이니라."

"대체 형님께서 최비 그자를 그토록 높게 사는 까닭을 모르겠습니다. 약해 빠진 한족 나부랭이에게 형님이라니요! 그자는 예전에 형님이 두려워 성문을 걸어 잠그고 숨어만 있던 자가 아닙니까?"

모용외가 버럭 소리를 질렀다.

"아야로는 더 말을 말라! 너는 아직 최비를 모른다."

그제야 우렁우렁하던 아야로의 목소리가 멎었다.

모용외는 꿈틀거리는 주먹을 쥐어 보이며 외쳤다.

"어떤 길로든! 나는 천하의 주인이 될 것이다. 고구려를 쳐 없애고 아영을 맞아들이는 것은 그 다음이 되어야 한다. 천하의 패자(霸者)가 된 이후에야 그녀를 맞아들일 자격이 생기는 것이란 말이다!"

모용외의 다짐을 듣던 사도중련은 천하의 주인이라는 말에 이르러 흠칫 고개를 들었다.

'천하의 주인!'

문득 쳐다본 모용외의 눈빛에는 커다란 불길이 타오르고 있었다. 그 이글거리는 눈을 보며 사도중련은 혼잣말처럼 중얼거렸다.

"그렇지, 천하를 나누어 담기에는 주군의 그릇이 너무나 거대하다. 최비는 헛꿈을 꾸고 있을 뿐이야."

이 무렵 남서쪽의 머나먼 익주 땅 성도에서는 드넓은 벌판을 가득 메운 군마의 무리가 멀찍이 드러난 성벽으로 말 머리를 향하고 있었다. 이 거대한 군세의 선두에는 특히 빼어난 한 필의 말이 보무당당하게 걸음을 옮기고 있었는데 말에 달린 거창한 장신구와 기수가 높이 든 대장군기가 그의 신분을 말해주고 있었다.

대장군 문호.

과거 진무제 사마염은 두 명의 기재(奇才)를 거두고 기뻐하며 외쳤다.

"이제 나라를 지킬 두 기둥을 얻었으니 언제 눈을 감아도 한이 없구나."

그 두 명의 기재란 다름 아닌 최비와 사도중련으로 갓 스물도 되지 않은 이들이 시재에서 병법에 이르기까지 터득한 바가 깊어 온 나라에 비교할 자가 없었다. 이들이 특히 자랑스레 여기는 재주는 바둑이었는데 사마염 또한 바둑을 좋아하여 이들의 대국을 즐기곤 했다.

하루는 두 사람이 상하를 가리는 단판 대국을 벌여 많은 신하가 함께 구경했는데 승부가 묘연한 가운데 결정적인 한 수를 서로 다투는 순간이 있었다. 결국 오래 생각하던 사도중련이 한 수를 놓는데 어디선가 갑자기 긴 한숨 소리가 들렸다. 이에 호기심이 든 사마염이 찾으니 문사(文士)도 아닌 무장 문호였다. 그가 문호를 옆에 앉히고 소리를 낮추어 물었다.

"너는 왜 한숨을 쉬었느냐? 네가 저들만큼 바둑을 잘 둔단 말이냐?"

"저는 전술을 조금 아는데 지금 사도중련이 놓는 수를 보니 문득 대군을 일으키고도 뒤를 자꾸 돌아보는 선봉장이 떠올랐습니다."

"그럼 너는 사도중련이 질 것이라 생각하느냐?"

"아마도 잔싸움은 많이 이기되 종내는 큰 싸움을 질 것 같습니다."

"허허, 그래?"

사마염은 대수롭잖게 웃어넘기고 바둑판으로 눈길을 돌렸다. 그러나 수가 얽혀들며 대국이 깊어가던 어느 순간 사마염은 크게 놀라며 문호를 다시 돌아보았다. 과연 사도중련은 작은 싸움에서 모조리 이기다가 결국 큰 싸움을 놓쳐 패배한 것이었다. 그 믿지 못할 사실에 사마염이 문호를 가까이 불렀다.

"전술에 대한 너의 성취가 놀랍기만 하구나!"

문호는 묵연히 고개를 숙일 뿐이었다. 이때 곁에 서 있던 그의 형 문앙이 사마염에게 고했다.

"저의 전공은 오로지 아우로 인한 것입니다. 아우의 말을 들어 전략을 행하면 패하는 법이 없더이다."

문호는 볼수록 문무(文武)를 통틀어 탁월한 재주를 가진 이였다. 결국 사마염은 그를 장군의 자리에 올렸고 이후로 문호는 누구보다 큰 공훈을 쌓으며 이름을 떨쳤다.

"진에는 세 보물이 있으니 고금에 나만큼 복된 황제가 또 있으랴!"

세 보물이란 바로 최비와 사도중련, 그리고 문호를 일컬음이었다. 사마염이 죽고도 진나라를 굳건히 지키던 이 세 명의 인재는 가남풍 황후가 권력을 전횡한 후로 조정이 혼란에 휩싸이자 결국 뿔뿔이 흩어지게 되어 사도중련은 모용외에게, 최비는 동해왕 사마월에게 몸을 의탁했다. 문호만이 혼란한 조정에 끝까지 남아 황제의 곁을 지켰지만 그와 배다른 형인 문앙을 중심으로 뜻있는 신하들이 모여들기 시작하자 가 황후는 이를 견제하여 문앙을 죽이기에 이르렀다.

"이제 진에는 희망이 없다."

문호는 아비처럼 따르던 형 문앙이 죽고서야 조정을 등지고 낙향하여 민초의 삶을 살다 몇 해 지나지 않아 최비의 방문을 받게 되었다.

"대장군, 제가 낙랑을 가졌습니다."

문호는 그길로 최비를 따라나서 그의 장수가 되었다. 이후 낙랑에 모여드는 장수들의 반절은 문호의 이름을 좇은 이들이었다.

"진의 대장군 문호, 지금 최비 태수의 명을 받아 성도왕 전하를 뵈러 왔소이다!"

문호가 어느새 성문을 지나고 성도왕의 궁성에 이르러 큰소리를 내었다. 한 달 전 낙랑을 떠나 먼 길을 오느라 어지간히 피로했을 터인데도 그의 목소리는 조금도 지친 기색이 없이 쩌렁쩌렁 울렸다.

곧 화려한 복색을 갖춘 중년의 사내가 뛰어나와 두 팔을 활짝 벌렸다.

"머나먼 길 오시느라 수고하셨소. 문호 대장군의 명성은 오래간 흠모해오던 바이오."

그는 바로 진의 제후 중 가장 세력이 강하다는 성도왕 사마영이었다. 이즈음 진나라 황실의 주인은 제왕 사마경이었는데 그를 실권자로 추대한 이가 바로 성도왕 사마영을 비롯하여 장사왕 사마애, 하간왕 사마옹 등 세 명의 제후였다. 그중 특히 많은 군사를 거느린 사마영은 이 동맹의 수장과도 같은 존재라 사마경의 조정에서 가장 큰 중신이라 하면 바로 이 사

마영을 꼽을 수 있었다. 그 사마영이 진나라의 반도(叛徒) 최
비의 수하인 문호를 반갑게 맞이하고 있는 것이었다. 낙양의
사마경이 알면 그야말로 까무러칠 일이었다.

"나 또한 성도왕의 위명은 익히 들어온 바요."

곧 문호는 사미영의 환대를 받으며 한 밀실로 안내되었다.

"태수께서 직접 얼굴을 비치지 못하는 결례를 용서하라 하
셨소."

"허허, 그것은 태수께서 내가 황실의 의심을 받을까 염려하
여 배려하신 것인데 어찌 결례라 하시오? 그보다 태수께선 지
금 어디 계시오?"

"알아주니 감사할 뿐이오. 태수께서는 낙랑에서 만반의 준
비를 갖추고 계시오."

"태수와 같은 분이 변방의 벽지에서 고충을 겪다니 내 마음
이 많이 불편하오."

"큰일을 준비하시는 분에게 작은 고충이 무어 그리 해가 되
겠소. 그보다 나 또한 떳떳한 신분이 아니오. 어서 태수의 전
언을 고하고 물러나는 것이 당장은 이롭지 않겠소?"

"이 사마영, 귀를 씻고 들을 터이니 어서 말씀을 주시오."

"태수께서는 이제 때가 되었다 하셨소."

"허어, 드디어!"

"태수의 말씀을 그대로 전하겠소. 장사왕과 하간왕을 이용

해 제왕을 몰아내고 나와 성도왕이 크게 군사를 일으켜 다시 이들을 무찌르면 황제는 각지의 제후를 불러들일 것이오. 이때 모용선비가 밀고 내려오면 변방의 모든 제후들이 움직이지 못하니 동해왕 사마월만 황제의 명에 응해 낙양으로 올라가 얼굴을 바꾸고 황제를 손에 넣으면 된다 하셨소."

사마영은 크게 고개를 끄덕였다.

"지난번 태수를 만난 후 수백 번도 더 되새겨온 이야기요. 문호 대장군! 거병의 시기는 언제가 되는 것이오?"

"이미 내가 예까지 왔소. 데려온 낙랑의 정병이 이만에 이르는데 오는 데만도 상당한 시일이 걸렸소. 아무리 성도의 군사로 위장했다고는 하나 어찌 영원히 세상의 눈을 속일 수 있겠소? 이제 출병이 목전에 다가왔소."

"나는 준비가 되어있소만 그 전에 태수를 만나고 싶소. 직접 들을 얘기도 할 얘기도 있는 까닭이오."

"좀 있으면 태수께서 장안으로 출발하시오. 거기서 성도왕을 만나 직접 깊은 말씀을 하실 것이오."

"그럼 나도 서둘러 장안으로 올라가야겠구려!"

문호와 사마영은 서로 두 팔을 굳게 잡았다.

한편 최비는 이들의 회합이 있을 즈음 낙랑성 성루에 올라 서쪽을 바라보고 있었다.

"이제야 때가 되었구나."

비감한 목소리가 최비의 입에서 흘러나왔다.

"무제 폐하! 폐하께서 세우신 드높은 위업이 갈라지고 무너진 것이 이제 십 년이 넘었습니다. 이 최비, 이제야 움직입니다."

이어지는 최비의 음성이 약간 떨리는 듯도 했다.

"참으로 송구하고 송구합니다. 생전에 그토록 저를 어여삐 여겨주셨거늘 그간 조정을 외면하고 역적 행세를 해왔습니다. 게다가 이제는 오랑캐의 천한 손까지 빌려 폐하의 위업을 복구하려 합니다. 오랑캐, 오랑캐라니요! 이 못난 신하의 불충을 부디 눈감아 주십시오. 대사를 이루거든 그들을 모조리 털어내고 저는 황하의 물로 천하의 못을 채울 것입니다!"

최비는 몸을 가다듬고 양손을 모아 천천히 낙양을 향해 절을 올렸다.

낙랑의 두 여인

"이제 음모를 풀어주어라!"

을불은 그의 간악함이 미웠을 뿐 죄는 없는지라 고노자를 확보하자 곧 석방하라는 명을 내렸다. 이에 음모의 매우 특출한 능력을 알아본 창조리가 그를 서전의 밀정으로 삼으니 교활하고 독한 음모는 그 자리에 꼭 맞아 곧 두각을 나타내었다. 어느 날 창조리는 음모를 자신의 방으로 은밀히 불렀다.

"네가 해주어야 할 일이 있다."

"분부만 내리소서."

"낙랑에 가면 주가장에 주아영이란 여인이 있다. 네가 가서 그 여인을 만나야겠다."

"만나서 어떻게 합니까?"

"무책임한 자로 가서 책임 있는 판단을 하고 오너라!"

"무슨 말씀이신지 알아들을 수가 없습니다."

"여러 이유로 거기에 관리를 보내지는 못한다. 그러니 네가 가서 주 낭자가 태왕을 어떻게 생각하고 있는지 판단하고 오너라!"

"책임 있는 판단을 하라는 말씀은 알아듣겠으나 무책임한 자로 가라는 말씀은 무엇입니까?"

"그 여인의 흉중을 알기 전에는 고구려 조정이 섣불리 나설 수 없다는 뜻이다."

음모는 눈을 희번덕거리더니 얇은 입술을 나불거렸다.

"자칫하면 태왕께서 망신당할 수도 있는 일이란 말씀이군요. 이 음모, 잘 알겠습니다."

"또한 전 무예총위 양운거의 여식 양소청이 어떻게 사는지도 보고 오너라."

"그 여인도 태왕을 어떻게 생각하는지 알아 옵니까?"

"그럴 필요 없다. 어떻게 사는지 사정만 알아보거라."

"알겠습니다."

"이 일과 관련해 한마디라도 입 밖에 내면 죽음을 면치 못할 것이다."

창조리는 오로지 서진에만 뜻이 있는 을불에게 언제부터인가 항상 왕후를 내는 연나부의 두 처녀를 소개한 적이 있었다. 을불은 창조리의 재촉에 못 이겨 연나부의 여인이 어떤지 한번 보기로 했다. 여인에게 관심을 가진 것은 아니었으나 대업을 이루기 전에 후사를 보아 사직을 튼튼히 해야 한다는 창조리의 집념이 워낙 끈질긴 터라 마냥 마다할 수만은 없었다.

을불은 젊은 측근 몇 명과 함께 변복을 하고 창조리에게 귀띔받은 대로 연나부 대인의 두 딸, 흘리와 아리수가 활을 쏘는 곳으로 갔다.

그때 여인들 몇이 활터에서 막 나오고 있었다. 그 무리 중 당당해 보이는 여인이 말에 탄 채 고삐를 조절하여 을불을 지나치며 말했다.

"남정네가 뭐 이리 곱게 생겼담? 저런 얼굴로 말이나 제대로 탈 줄 알까? 흐, 말은 좋아 보이는데."

을불이 돌아보자 여인은 크게 웃으면서 고삐를 단단히 잡아쥐었다.

을불이 웃으며 물었다.

"말은 어떻게 타는 겁니까? 어떤 사람은 힘으로 탄다 하고 어떤 사람은 기술로 탄다고 하던데."

"못나기는!"

"네?"

"소중한 친구를 힘과 기술로 사귀나?"

"……"

"말에게 마음을 줘야지! 못난이!"

여인은 한마디를 남기고 말에 박차를 가했다.

"이랴!"

을불이 웃었다.

"호방한 여인이구나."

교위 한 사람이 맹랑하다는 표정으로 고했다.

"신이 뒤를 쫓아 본때를 보여주고자 합니다. 감히 태왕 폐하의 솜씨를 알지도 못하면서 능멸하는 죄를 그냥 두기 어렵습니다."

"그냥 두어라. 여인이 호쾌하지 아니하냐?"

활터로 돌아 들어가자 한 여인이 홀로 남아 활을 쏘고 있는 모습이 눈에 들어왔다. 을불은 말을 멈추고 날렵한 차림의 그녀가 하는 양을 지켜보았다. 여인은 숨을 고른 후 시위를 당겼다. 명중이었다.

"오호!"

여인은 만족스러운 미소를 살포시 짓는가 싶더니 다음 화살을 집어 들었다. 일곱 번 쏘아 일곱 번 명중이었다. 그러나 을불이 지켜보는 걸 의식하고 난 뒤부터 세 발이 연거푸 과녁을 약간 비껴 나갔다. 활쏘기를 마치고 돌아서는 여인에게 을불이 다가가 허리를 숙여 인사를 하자 여인 또한 다소곳한 태도로 답례를 했다.

"명궁이군요."

"그리 보아주시니 감사합니다."

이 여인에게는 부드러운 분위기와 말씨를 통해 감겨오는 정감이 있었다. 여인은 이내 시선을 거두고는 살며시 을불을 비켜 말에 올라타더니 종종걸음으로 먼저 떠난 여인들의 뒤를 따라 사라졌다.

을불은 둘 중 대범한 여인이 언니 흘리이고 정감 있는 여인이 동생 아리수라는 걸 한눈에 알아보았다. 두 여인 모두 나름대로 매력이 있었지만 을불은 딱히 어느 한쪽을 택하기가 쉽지 않았다. 연나부에서는 언니인 흘리를 왕후로 점찍어놓고 있었고 을불 또한 그 시원스러움이 싫지는 않았다. 그러나 을불은 자신의 마음 한편에 자리 잡고 있는 다른 여인들을 떠올리지 않을 수 없었다. 어떻게 잊을 수가 있단 말인가. 불안하고 힘들었던 시절 자신을 도와준 여인들, 바로 소청과 아영이었다. 묘하게도 흘리는 거칠 것 없고 솔직한 게 소청을 닮아 있었고 아리수는 자태가 아영과 흡사했다.

을불의 뇌리에 자신을 친오빠처럼 따르던 소청의 모습이 그려졌다. 깊은 정이 들었고 그 정은 단순한 남매간의 정만은 아니었다. 같이 숲길을 거닐며, 낙랑의 거리를 걸으며 행복한 미래를 잠시나마 꿈꾸어 보기도 했던 여인이었다. 그러나 그녀는 아마 지금쯤 방정균과 맺어져 있진 않을까?

그리고 주아영. 이 세상 사람 같지 않게 아리따우면서 총명하기 그지없던 여인. 그 여인에게 동생이 있다고 했던가. 왜 하필 동생인가. 자신은 이미 정혼한 데가 있다는 말인가.

이렇듯 을불은 마음을 정하지 못했다. 을불이 왕후의 간택을 차일피일 미루는 걸 본 창조리가 저가를 불렀다.

"주부, 태왕의 신변에 관해 알고 싶은 것이 있습니다."

"신변이라면?"

"주부께서 태왕을 가장 오래 모셨으니 아실 것 같은데 혹 태왕께서 정인을 두셨습니까?"

"정인이요?"

"그렇습니다."

"왜 그렇게 생각하시지요?"

"사직을 위해서는 후사가 시급한데 혼사 얘기만 나오면 손을 내저으시니 혹 이전에 언약이라도 해둔 사람이 있을까 짐작되어 묻는 것입니다. 과거 주부의 댁에서 세월을 보내실 때 그런 일이 없었는지요?"

저가는 즉각 고개를 가로저었다.

"그런 일은 전혀 없었습니다."

"이상하군요. 저의 느낌으로는 무슨 사연이 있었을 것만 같은데요."

"아니, 없었습니다."

창조리의 말에 잠시 과거를 회상하던 저가가 문득 짚이는 게 있는지 말했다.

"그러고 보니 예전에 낙랑에 갔었을 때 만난 한 여인이 있습니다."

창조리의 귀가 꿈틀했다.

"이름이 주아영이라 했는데 그녀가 자신의 동생을 배필로 맞아달라고 부탁했다는 얘기를 하신 적이 있었어요. 그때는 별 생각 없이 들었는데, 혹 태왕께서 그때 일을 염두에 두고 있는 것은 아닐까요?"

"주아영의 동생이라고요? 주아영은 어떤 가문의 여인입니까?"

"낙랑에 주태명이라는 부호가 있는데 원래는 고구려인이라 하더군요. 주아영은 그의 여식으로 매우 총명하고 아름다운 여인입니다. 모용외가 천하를 다 준다 해도 바꾸지 않겠다고 선언한 바 있을 정도인데 아직 혼인을 하지는 않은 것으로 알고 있습니다."

"모용외가요?"

"그렇습니다."

저가로부터 주아영을 만난 이야기를 다 듣고 난 창조리의 입가에 웃음이 번졌다.

"태왕께서 홀로 모용외와 그의 야차(夜叉) 같은 장수들을 코앞에 두고도 외눈 하나 깜짝 않으셨다고요? 하하하, 과연 크시기만 한 분입니다. 그런데 왜 주아영은 자신이 아닌 동생을 배필로 맞아달라고 부탁을 한 것일까요? 저가 주부는 주아영의 동생을 보았습니까?"

"본 적은 없습니다."

창조리는 고개를 주억거렸다. 그런 창조리에게 저가가 한마디를 더 던졌다.

"참, 또 다른 얘기가 있습니다. 태왕께서는 다루라는 이름으로 낙랑 무예총위의 집에서 기식을 했었는데 그 집의 소청이라는 딸과 사이가 각별했다는 말을 들었습니다."

"음, 낙랑의 여인들이라⋯⋯."

창조리가 음모를 보낸 것은 그러한 이유에서였다.

고구려 조정의 실권자인 창조리의 명을 받은 음모는 이참에 공을 세워 그의 눈에 들고 싶었다. 좋은 옷과 장신구로 풍채를 그럴듯하게 꾸민 그는 서둘러 낙랑으로 향해 주가장을 찾아갔다.

"주 대부를 뵙고 싶어 왔습니다."

"누구시라 전하면 되겠습니까?"

"천을 크게 사고파는 상인입니다. 거래를 트고 싶어 찾아왔으니 그리 전해주시오."

주태명은 원래가 상인인지라 온갖 사람들을 다 만나 정보를 얻는 것을 즐겼다. 음모는 곧 어렵지 않게 주태명을 만날 수 있었다.

"내가 주태명이오. 이쪽은 내 아들이고."

주태명의 곁에는 남장을 한 아영이 있었다. 주가장의 실질적인 주인은 아영인지라 이날도 사내로 변복하고 함께 나온 것이었다. 음모는 한눈에 주아영을 알아보았으나 내색하지 않았다. 곧 주태명과 음모 사이에 거래에 관한 이야기가 오갔다. 그러다가 음모는 슬쩍 을불 이야기를 흘렸다.

"고구려의 새 태왕은 평민 아닌 평민 출신이시라 농경이며 상업이며 모르시는 게 없습니다. 그러다 보니 백성들은 한마음 한뜻으로 태왕을 섬기는데 아마도 백세에 한 번 나는 성군이 되실 겁니다. 하지만 마음에 드는 여인이 없는지, 아니면 여인들이 피하는지 혼인을 미루고만 있어 조정의 근심이라 합니다."

아영이 빙긋 웃으며 말을 막았다.

"성군은 재미가 없잖아요. 백성은 몰라도 여인이라면 그 따분함을 싫어할 것 같은데요?"

갑자기 음모는 마음이 급해졌다. 창조리에게 주아영의 열렬한 반응을 가지고 가고 싶었는데 이 여자는 시큰둥하기만 했던 것이다.

"재미없는 분은 결코 아니라던데요. 술도 좋아하신답니다."

"평민 취향이라니 아마 잡곡으로 만든 텁텁한 술이나 좋아하시겠지요. 산해진미에 죽순이나 과일로 빚어 만든 향기로운 술맛을 아실 것 같지는 않군요."

음모는 가슴이 답답해졌다. 분위기가 차츰 이상해져 창조리에게 들고 갈 한마디가 자꾸 멀어지는 것 같았다. 괜히 어쭙잖게 말을 빙빙 돌린 게 잘못되었다고 생각한 그는 단도직입적으로 말했다.

"태왕께서는 낙랑을 좋아하십니다. 낙랑 여인들에게 각별한 기억이 있으신 듯도 하고요."

'여인들'이라는 음모의 말에 아영의 얼굴에 보일 듯 말 듯 동요가 일었다. 그러나 그녀는 내색하지 않고 말했다.

"그건 아주 이상하네요. 낙랑을 멸하는 게 그분의 꿈이라는 얘기가 있던데 정말 그분이 낙랑을 멸하면 어떻게 한담? 우리는 갈 곳이 없는데."

"그럴 리가 있겠습니까?"

"그분이 낙랑을 멸하신다면 나는 살 터전을 다 없앤 책임을 물을 거예요. 자, 오늘 거래 얘기는 다 끝났으니 이만 일어나시지요."

음모는 떨떠름한 표정으로 자리에서 일어났다. 공을 세워 창조리로부터 인정을 받으려던 계획이 다 엉클어졌지만 자신이 나서 어떻게 해볼 상황도 아니었다. 창조리는 책임질 행동은 절대 하지 말라고 당부했던 것이다.

아영은 음모가 나가고 나자 바로 사람을 불렀다.

"은밀히 뒤를 밟아 누구를 만나는지 보세요."

낙담하여 주가장을 나온 음모는 그길로 전 무예총위 양운거의 집을 찾았다. 이미 사람의 눈에 안 띄는 곳에 칩거한 그를 찾는 일이 쉽지는 않았으나 음모는 그런 방면으로는 일가견이 있는 자라 결국은 낙랑성 밖의 외딴 곳에 숨어 살고 있는 양운거 부녀를 찾아내고야 말았다. 그가 나뭇가지와 수숫대로 엮은 허름한 양운거의 집 앞에 다가가자 두 자루의 칼이 눈앞에 불쑥 내밀어졌다.

　"헉!"

　음모가 정신을 차리고 바라보니 눈앞에 곱상하게 생긴 여인이 서 있었다. 그러나 자세히 보니 여인이 아니라 십오륙 세가량의 소년인지라 음모는 버럭 소리를 질렀다.

　"어린놈이 버르장머리 없이! 이거 치워라!"

　"당신은 누구요?"

　음모가 머뭇거리는 가운데 묵직한 목소리가 들려왔다.

　"창랑아! 어서 칼을 치워라!"

　음모가 보니 장년의 사나이 하나가 집에서 나와 큰 걸음으로 다가와서는 고개를 숙였다.

　"안심하시오. 춤을 추는 칼이라 날카롭지 않으니. 어쨌든 미안하게 되었소. 그리고 너는 사죄드려라."

　창랑이라 불린 소년이 양운거의 명에 따라 고개를 숙였다.

　"그런데 당신은 누구를 찾아왔소?"

"나는 고구려에서 온 상인인데……."

양운거는 음모의 말을 잘랐다.

"내 눈에 당신은 상인이 아니오. 누가 보내서 온 것이오?"

음모는 양운거의 눈빛이 너무 강렬해 둘러댈 엄두가 나지
않았다. 자칫하면 엉뚱한 누명을 쓸 우려가 있다고 생각한 음
모는 사실대로 털어놓았다.

"나는 고구려 국상의 명에 따라 낙랑에 일을 보러 온 사람이
오. 국상께서는 일이 끝나면 양 장군의 여식이 어떻게 지내는
지 보고 오라 하셨소."

음모는 국상을 팔면 자신을 크게 공대하며 여식을 보일 것
으로 생각했으나 양운거는 그대로 선 채 얼굴을 찌푸렸다.

"국상께서 보내는 전갈이 있었소?"

"아니, 그냥 어떻게 지내는지 사정을 파악하고 오라 하셨소."

양운거는 잠시 생각하더니 강고한 목소리로 답했다.

"국상께 가서 관심은 고맙지만 그 아이는 이미 혼인을 했다
고 전하시오."

이때 문이 열리며 소청이 나오다 낯선 사람을 보고는 의아
한 표정을 지었다. 그 표정으로 보아 음모는 이 집에는 오랫동
안 사람이 찾아온 적이 없다는 걸 짐작할 수 있었다. 소청에게
말을 걸어보고 싶었으나 갑자기 양운거가 날카로운 안광을
쏟아내며 무서운 표정을 지었으므로 음모는 오금이 저려 그

냥 물러나는 수밖에 없었다. 다만 눈치 빠른 음모는 소청이 아직 혼인을 하지 않았을 거라는 짐작을 마음속에 담았다.

음모를 몰래 뒤따랐던 사내가 돌아와 아영에게 말했다.

"아가씨, 사내는 물어물어 외딴집을 찾아갔는데 뜻밖에도 그 집은 전 무예총위 양운거의 집이었습니다."

"양운거를 만나러 간 건가요?"

"아니, 얘기는 양운거와 나누었지만 그자는 소청이라는 양운거의 딸을 찾아간 것이었습니다."

사내의 말에 아영의 표정이 굳어졌다.

"딸이요? 어떻게 생겼던가요?"

"사는 것이 궁벽해 차림은 볼품없고 치장을 전혀 하지 않았지만 매우 맑고 고운 여인이었습니다."

주아영은 더욱 낯빛을 굳히며 손짓으로 사내를 물렸다.

최비의 분노

고구려로 돌아온 음모는 창조리에게 그간의 경위를 자세히 보고했다.

"주 낭자의 한 마디 한 마디는 차갑기만 했습니다. 또한 양 낭자는 혼인을 했다고 합니다만 제가 보기에는 그런 것 같지 않았습니다. 그 아비 양운거 때문에 직접 대화를 나눠볼 수는 없었습니다."

"왜 아비가 그러는 것 같더냐?"

"그는 강직한 무인 같았는데, 처지가 너무 다른 두 분이 만나는 걸 경계하는 것 같았습니다. 사는 모습이 아주 궁벽해 보였습니다."

"주 낭자는 왜 그렇게 냉소적이더냐?"

음모는 기쁜 소식을 가져오지 못했지만 이제 자신이 할 일은 창조리에게 정확한 사실을 전하는 것이라고 생각했다.

"그게…… 이유 없이 태왕을 싫어하는 것 같았습니다. 태왕의 소박함을 말하자 오히려 비웃었고 만세의 성군이 되실 분이라 했더니 성군은 따분하다며 말을 잘랐습니다. 변복을 한 것부터 그러려니와 그 여인은 정말 특이했습니다. 같이 있는 동안 한시도 마음이 편치 않았습니다."

"그런가?"

"제가 속내를 드러내지 않으려니 아무것도 통하는 게 없었습니다. 그래서 결국 태왕께서 낙랑 여인을 좋아한다고 했더니 세상에! 만약 낙랑을 멸하신다면 반드시 그 책임을 묻겠다는 말까지 했습니다."

음모의 말을 유심히 듣고 있던 창조리가 이 대목에서 되물었다.

"책임을 물어? 다시 말해보아라. 그 여인이 했던 말을 토씨 하나도 빼지 말고 그대로."

"그러니까 정확하게는 '그분이 낙랑을 멸하신다면 나는 남의 살 터전을 다 없앤 책임을 물을 거예요'라고 했습니다."

"알았다. 수고했으니 그만 가서 쉬어라."

우려와 달리 창조리의 낯빛이 그리 어둡지 않자 궁금해진 음모가 용기를 내어 물었다.

"국상 어른, 주 낭자는 태왕께 뜻이 없어 보이는 게 아닙니까?"

"너는 주 낭자가 삶의 터전을 없앤 책임을 어떤 식으로 물을 것이라 생각하느냐?"

"네?"

"네가 책임 없는 말로 책임 있는 판단을 구하려 했듯 그 여인 역시 그러했던 것이다. 그만 물러가거라."

음모는 뭐가 뭔지 알지 못한 채 물러날 수밖에 없었다.

한편 고구려가 숙신으로부터 철을 되찾아올 것을 재촉하며 평양에 도사리고 있는 낙랑의 사신에게로 맷독이 시커멓게 오른 한 사내가 찾아들었다. 그는 밤에 경비병들이 태만한 틈을 타서 사신의 침소로 접근했다.

"사신 어른!"

"누구냐?"

"쉿, 목소리를 낮추십시오."

사신이 창문을 조금 열고 보니 어두운 중에 보이는 사내의 차림이 엉망이었다. 웬 동냥꾼이냐 싶어 기분이 나빠진 사신은 창문을 도로 닫아버렸으나 다음 순간 혹시나 하는 생각에 다시 창문을 빼꼼 열었다.

"뭐 하는 놈이냐?"

"고할 일이 있습니다."

"고할 일이라니? 너는 누구냐?"

"저는 숙신 사람입니다."

"숙신?"

사신의 머리에 얼핏 스치는 생각이 있었다.

"낙랑으로 보낼 철과 관련해 아뢸 말씀이 있습니다."

사내의 말에 사신이 급히 방의 불을 껐다.

"그래, 무슨 일이냐?"

사내가 목소리를 낮추어 말했다.

"본래 저는 낙랑으로 가던 철 수레를 탈취한 숙신군의 병사였는데 몇 명이 작당해 철 수레 석 대를 빼돌리는 데까지는 성공했지만 눈치를 채고 뒤쫓아 온 군사들에게 죽도록 얻어맞고 베임을 당했습니다."

"그래서?"

"그들은 우리가 전부 죽은 줄 알고 수레를 가지고 돌아갔는데 저는 혼절했던 것이라 나중에 깨어났습니다."

"음, 그런데 왜 나를 찾아왔느냐?"

"숙신으로 간 철 수레에는 엄청난 비밀이 숨어있습니다."

"비밀? 말해보라!"

"입을 벌리기 전에 보상을 받고 싶습니다."

"알았다. 듣고 나서 주마."

"아니, 먼저 주셔야 합니다."

사신은 돌아서더니 은덩이 하나를 가지고 왔다.

"먼저 이것을 받아라. 들어보고 쓸 만한 얘기면 다섯 배를 더 주겠다."

"다섯 배요?"

"그러하다."

사내는 은덩어리를 품속에 단단히 찔러 넣고 나서 낮은 목소리로 입을 열었다.

"숙신의 반란은 사실 계략입니다. 낙랑에 철을 주기 싫으니 숙신이 빼앗고 고구려가 돌려받는 겁니다. 이것은 숙신 족장 아달훌의 음모입니다."

"무엇이!"

사신은 급히 자신의 입을 틀어막았다.

"틀림없는 사실입니다. 지금 그 철은 무기로 만들어지고 있을 겁니다. 이미 약탈이 있기 전부터 신성에서 제련사들이 숙신으로 들어왔으니까요."

사신은 급한 나머지 은덩어리를 뭉텅 집어 건넸다.

"너는 빨리 없어져라. 들키면 너도 나도 죽음이니라!"

다음 날 아침 사신은 칭병하며 몇 번 으름장을 놓고는 낙랑으로 돌아가 버렸다. 평양을 벗어나자 급히 말을 달린 그는 최비 앞에 엎드렸다.

"아뢰옵니다! 고구려는 낙랑에 철을 보내기 싫어 일부러 숙신으로 하여금 반란을 일으키게 한 것입니다!"

사신의 이 한마디에 최비의 이마와 눈이 붉게 물들었다.

"그런가!"

"숙신으로 빼돌린 철은 지금 한창 고구려의 무기로 제련되고 있다 합니다!"

"을불, 그대가 나를 모르는구나!"

최비는 그날 밤 잠을 이루지 못했다. 침착한 최비가 그답지 않게 밤새 전전반측(輾轉反側)한 데는 이유가 있었다. 자신은 곧 길을 떠나 낙양에 머물며 거사를 도모해야 하기 때문이었다.

밤새 생각하던 그는 거친 성격의 진규라는 장수를 불렀다.

"적을 방심케 해야겠다. 너는 고구려에 사신으로 가라! 고구려왕에게 내가 음모를 다 알아버렸다는 걸 전하라. 그리고 일 년 안에 철을 내놓지 않으면 사직을 보존할 생각을 버리라고 해라!"

"잘 알겠습니다!"

그런 다음 최비는 현도 태수와 유주자사, 평주자사를 불렀다.

"세 분은 들으시오!"

"명을 내리십시오!"

"지금 즉시 군세를 일으켜 고구려를 치시오! 두 분 자사는 군사를 내고 군사의 지휘는 현도 태수에게 맡기시오!"

"명심하겠습니다."

"본시 내가 가야 하거늘 황성의 대사 때문에 지금 그럴 형편이 되지 못하오. 그렇다고 원정을 미룰 수도 없는 것이 고구려가 하루가 다르게 힘을 회복하고 있기 때문에 공격은 빠르면 빠를수록 좋은 까닭이오."

"명심하겠습니다!"

현도 태수 구명이 유주와 평주의 군사를 기다리고 있는 동안 평양성에는 긴 수레 행렬이 도착했다. 바로 아달휼이 그간 숙신에서 제련한 병장기들을 평양성으로 실어온 것이었다.

"태왕 폐하! 이만 군사가 무장할 병장기이옵니다."

"아달휼!"

을불은 그를 꽉 안았다.

"참으로 고생했소. 그대가 아니라면 누구도 하지 못할 일이었소."

을불이 손수 짐수레를 덮은 천을 휙 들춰내자 수많은 병장기와 갑주들이 햇살을 받아 찬란한 은빛으로 번뜩이며 사방을 광채로 덮었다. 창 한 자루를 꺼내어 든 을불이 이를 힘껏 던지자 창은 공기를 가르는 시원한 소리를 내며 날아가 근처의 두꺼운 고목에 깊이 박혔다.

을불이 감격에 겨워 소리쳤다.

"무엇을 더 걱정하겠는가! 이제 우리 앞에는 결전이 있을 뿐이다."

진규는 평양성에 도착하자 예의 그 험악한 낯으로 대전에 들었다.

"이것이 도둑의 조정이로군!"

낙랑 사신의 무례한 망발에 을불은 묵묵히 눈을 감았다.

"고구려왕은 들으시오. 태수께서 말씀하시길 앞으로 일 년 안에 철을 보내지 않으면 사직을 보존할 생각을 하지 말라 하셨소."

"이 무슨 무례한 태도인가!"

사신의 방약무인한 태도에 신하들이 불같이 화를 내며 나섰으나 을불은 손을 들어 막았다. 그러고는 부드러운 얼굴로 사신에게 물었다.

"그래, 일 년 안에 철을 보내라 하셨다고?"

"그렇소! 고구려가 천하를 속이는 놀음을 벌였으나 태수께선 이를 환히 꿰뚫어 보셨으니 그대들은 다만 무릎을 꿇고 철을 바쳐야 할 것이오!"

그때 창조리로부터 무어라 귀띔을 받은 저가가 앞으로 나섰다.

"지난번 낙랑에서 뵈었을 때는 참 차분하셨는데 이번엔 태수께서 진정 화가 나셨구려!"

"물론이오! 분노에 밤새 잠을 이루지 못하셨소!"

"그런데 이상한 게 있지 않소?"

"뭐가 이상하단 말이오?"

"뭔가 어긋나는 일이 있다는 생각이 든단 말이오."

"어긋나다니? 약속했으면 철을 바쳐야지 반란을 가장해 빼돌리고 어쩌고 하는 것이야말로 협잡 아니오?"

저가는 웃었다.

"그건 그렇다 치고 최비 태수는 머리가 좋은 분인 줄 알았는데, 그렇지 않소?"

"그야 이를 말이오. 천하의 누가 태수님과 지략을 논한단 말이오?"

"그런데 왜 일 년의 시간을 주었을까?"

"당장 철을 바치라고 할 수도 있지만 태수님이 자비를 베푸신 거 아니오."

"태수께서 그렇게 화가 난 상태에서 갑자기 일 년이란 긴 시간을 주셨다는 게 전혀 이상하지 않단 말이오? 혹시 태수께 다른 뜻이 있는 건 아니고?"

"대체 무슨 소리를 하는 게요! 당신들은 쓸데없는 말 말고 어서 죄를 고하고 사과하시오!"

이때 창조리가 나섰다.

"사신은 보기 드물게 격정적인 분이구려. 아마도 최비 태수가 우리 고구려 조정을 야단치기 위해 특별히 성격이 대단한 분을 보내신 것 같소."

창조리는 앞으로 나서며 옆에 시립해 있던 무사의 허리춤에서 칼을 뽑았다. 그러고는 사신을 칭찬하는 말을 늘어놓으며 그의 앞으로 다가서는데 웃음마저 띤 이 모습이 여간 온화하지 않아 도무지 위협적으로 보이지 않았다.

"당신들은 왜 그렇게 말이 많소. 철을 보낼 테니 태수님의 화를 가라앉혀 달라고 하든지, 아니면 사직을 그르치든지 둘 중 하나를 택하란 말이오."

"홀몸으로 고구려 조정에 와서 사직을 멈추겠다는 말을 입에 담다니 사신의 담력이 참으로 대단하오."

사신은 칼을 든 창조리가 바로 앞에 이르고서야 조금씩 뒷걸음질을 쳤다.

"태수의 뜻을 알아듣지 못했소? 엎드려 죄를 빌고 일 년 안에 철을 보내겠다고 하면 사직을 보존시켜 주겠단 말이오."

"태수의 뜻을 알았으니 이러는 것이 아니겠소."

칼을 잡은 창조리의 손이 높이 들리자 사신은 몇 발짝 더 뒷걸음질을 치다가 넘어지고 말았다. 사신은 넘어져서도 큰 소리를 내었다.

"이게 무슨 짓이란 말이오! 나는 낙랑의 사신이오!"

"사신 아니라 진 황제라도 고구려 조정에 와서 이토록 무례할 수는 없는 법이다!"

곧 창조리의 칼이 크게 호를 그리며 떨어지자 사신의 목에서 피가 높이 솟구쳤다.

잠자코 이 광경을 지켜보고 있던 을불이 큰 소리로 양우를 불렀다. 양우는 아달휼과 함께 병장기 수레를 호위하여 평양성에 와있던 참이었다.

"광녕 태수!"

숨소리 하나 없이 가라앉은 고구려 조정에 벼락같이 울린 그의 목소리에 이어 양우의 묵직한 대답이 뒤를 따랐다.

"예, 폐하!"

"당장 그대의 군사를 신성에 집결시키라!"

"명을 받잡습니다."

"아달휼 장군!"

"네, 폐하!"

"단로성의 군사를 신성으로 진군시키고 장군은 그곳으로 즉시 떠나라! 그리고 국상!"

"예!"

"여노 장군에게 전령을 보내 인근 삼백 리 내의 모든 군사를 징발하라 하시오. 그리고 국상은 여기서 뒤를 보아주시오!"

"뒤는 염려치 마시옵소서."

개마대산(蓋馬大山)의 전설

미천왕 3년 9월.

고구려 조정에 을불의 목소리가 쩌렁쩌렁 울렸다.

"긴말은 하지 않겠다. 황하족 유철이 이 땅을 점령한 후 사백 년간 요하는 짓밟혀 왔고 지난 세월 고구려는 현도, 낙랑을 단 한 발짝도 쫓아내지 못했다. 나라가 세를 키워 일어났을 때도 결국 그들을 몰아내지 못했으며 주저앉을 적에는 그들의 꼭두각시가 되어 휘둘려 왔다. 과거 태조태왕께서 이들 군현을 격파했을 적에도, 명림답부가 좌원에서 후한의 군대를 섬멸했을 적에도 우리는 이들을 몰아내지 못했으며 동천태왕께서 거대한 공손씨를 멸했을 적에도 그 영토는 모조리 진나라 차지가 되어야 했다. 먼지 하나 남기지 않고 저들을 몰아내도 시원치 않은 판에 이제 저들이 우리의 철을 내놓으라 억지를 부리니 이것을 어찌 나라의 꼴이라 할 수 있겠는가! 나는 죽으면 죽었지 고구려의 정신을 팔지는 않겠다. 내게는 오직 저들을 멸하든 내가 죽든 둘 중 하나가 있을 뿐이다!"

을불의 말이 떨어지자 고구려 조정의 모든 장수들이 우렁차게 외쳤다.

"저들을 멸하든 신이 죽든 둘 중 하나가 있을 뿐입니다!"

한편 낙랑의 최비는 평양에 갔던 사신이 죽어 수급만 돌아오사 씁쓸하게 웃었다. 적은 일 년이란 유인책에 넘어가지 않았던 것이다. 그는 전령에게 서한을 주어 현도 태수 구명에게로 보냈다. 서한에는 단 한 글자가 쓰여있었다.

'출(出)!'

현도의 구명은 최비의 서한을 상에 내려놓으며 손짓으로 수하를 불렀다.

"성루의 수비병을 제외한 모든 군사를 집결시켜라."

현도 태수 구명은 최비가 아끼는 용장이었다. 그간 한군현의 군사 중심지인 현도를 책임졌던 손정은 낙양의 대업을 위해 미리 성도왕 사마영에게 보내진 터였다. 야심가인 사마영을 믿지 못했던 최비는 원군을 가장하여 사실상 감시 역으로 손정을 보냈고 평주자사 밑에서 혁혁한 무공을 쌓은 구명을 새로이 현도 태수로 임명했다.

현도의 모든 군사를 한자리에 모아놓고 구명은 출정의 변을 밝혔다.

"고구려는 본래 반은 도적에 가깝고 반은 유목민과도 같은 자들이다. 주위를 약탈하고 정복하며 세를 이루었으니 본성이 사납고 생명력이 질겨 장차 두려운 적이 될 것임에 틀림이 없다. 이놈들이 계략을 꾸미다 발각되어 지금 낙랑에 칼끝을 겨누었으니 이것을 놓아두는 것이야말로 문 앞에 호랑이를 키우는 일과 다르지 않다!"

"와!"

오랜 세월 훈련만 거듭하며 때를 기다려온 이만 군사가 그간의 지루함을 떨치고 일사불란하게 병장기를 부딪쳐 소리를 내며 환호하는데 그 함성만으로도 이미 충천한 사기를 짐작할 수 있었다.

"장군 안저, 현도 태수께 인사드리오. 지금 평주에서 팔천 군사를 끌고 도착했소."

"장군 고연굉, 유주자사의 명을 받고 일만 오천 군사와 함께 도착했소."

일전 낙랑성에서 최비가 소개할 때 드러나지 않는 내공으로 무신(武神) 모용외마저 놀라게 했던 이 두 장수는 사마염의 시대에 이름을 올린 명장들로 최비에게 희망을 걸고 그에게 의탁한 수백 명의 장수들 가운데에도 몇 손가락 안에 꼽히는 이들이었다.

"잘 오셨소. 고 장군이 선봉을, 안 장군이 후군을 맡아주시오."

곧 대군이 현도성을 떠나 동쪽으로 향했다.

사기가 충천하여 현도성을 떠난 구명의 사만 삼천 군사는 현도군 서개마현의 동쪽에 있는 개마대산 근처에 이르러 각지에서 출발해 신성에서 여노, 아달홀과 합세한 고구려의 삼만 군사와 맞닥뜨렸다.

이때 고구려군은 선봉장 여노가 오천을, 태왕 을불이 중군 일만 이천을, 후군장 양우가 팔천을 이끌었으며 별동대인 오천의 철기대를 아달홀이 이끌고 있었다. 아달홀의 철기병은 동천왕의 중갑기병과 여노가 만든 경갑기병을 혼합해 만든 개량기병으로, 병사는 물론 말까지 철갑으로 온통 감쌌다 하여 개마기병(鎧馬騎兵)이라는 이름을 갖고 있었다.

개마대산.

하늘을 찌를 듯 높이 솟은 이 거대한 산을 온통 울려오던 함성의 메아리가 엿새째 되는 날, 이날에서야 비로소 산짐승들은 숨었던 곳에서 나와 풀을 뜯고 먹이를 찾아다닐 수 있었다. 산 아래에 자리 잡은 두 개의 진영, 고구려와 현도의 군사들이 닷새간의 격전을 치르고 나서야 하루의 휴식을 가진 탓이었다.

"결판이 나질 않는구나."

현도군의 선봉장 고연굉은 고개를 내저으며 바닥에 가래침을 타악 뱉었다.

"고구려 놈들, 도대체 물러서질 않는군. 이대로라면 결국 양쪽 다 군사를 모조리 잃고 말 것이다."

과연 고연굉이 바라보는 평원에는 양군의 시체가 즐비했다.

"알 수가 없군. 이렇게 죽고 죽이는 싸움을 하면 결국은 수적으로 우세한 우리를 당해낼 도리가 없잖은가. 고구려군은 어째서 이토록 무모하지?"

"고구려왕이 어리고 미숙하여 전술을 모르는 탓이지요."

어느새 모습을 드러낸 후군장 안저가 고연굉의 말을 받았다. 사마염의 시대부터 함께 해온 이 두 장수는 함께 넘은 전장이 이미 백여 개에 달하는 노장들이었다.

"기세를 높여 싸우면 무엇이든 해결될 줄 아는 젊은 나이가 있습니다. 바로 이십 세에 불과한 고구려의 왕이라는 자가 그 나이인 게지요."

"답답해서 오셨군요, 안 장군. 답답하긴 나도 마찬가집니다. 하나를 죽이면 하나가 죽으니 장수로서 병졸 대하기가 낯이 뜨겁습니다. 마치 아무 전략도 없이 병사들의 목숨으로 전쟁을 치르고 있는 것 같아서요."

"선봉군뿐 아니라 후군에서도 우리 백전노장들이 애송이를 상대로 더하기 빼기 놀음을 하는 게 한심한 모양입니다."

"장군, 손자병법은 나의 강한 군사로 적의 약한 군사를 치라고 하지 않습니까? 이렇게 죽고 죽이느니 군사를 다 모아 한 번에 들이치는 게 맞지 않겠소?"

고연굉의 말에 안저는 고개를 끄덕였다. 지금이야말로 그 병법에 꼭 맞는 경우였다.

"손자병법이 맞소. 이럴 바에는 수의 힘으로 밀어버립시다. 퇴각하지 않을 수 없을 때 적의 등 뒤를 후리면 결판이 날 겁니다. 그러니 내일의 싸움은 전군을 한꺼번에 진격시키도록 합시다."

"본진의 현도 태수에게도 기별을 보내어 내일은 합세하라 하지요."

안저는 구명에게 사람을 보냈다.

이날 오후 고구려군의 파수대 위에는 을불이 직접 올라 있었다.

"아직인가?"

현도군의 진영을 주의 깊게 살피던 을불이 혼잣말처럼 중얼거리자 곁에 있던 여노가 말을 받았다.

"예. 중군의 구명은 아직도 뒤편에 멀찍이 물러서 있을 뿐입니다."

"양군의 피해는 어떠한가?"

"비등합니다만 안저가 참전한 이후로는 되도록 싸움을 피해 적당히 군사를 물리고 있습니다."

"그러나 적에게 결코 물러서는 인상을 주어서는 안 돼."

"예, 폐하."

"아달휼은?"

"밤을 틈타 사라졌습니다. 아마도 자리를 찾은 듯합니다."

"드디어!"

"예, 폐하."

"아는 자는?"

"저와 아달휼, 그리고 폐하가 전부입니다. 그가 이끌고 간 군사는 모두 숙신의 병사들이므로 적의 첩자가 섞여들 여지 또한 없습니다."

"그래야지."

담담히 말한 을불은 다시 적 진영에 시선을 던져두며 혼잣 말처럼 중얼거렸다.

"이제 기다림의 싸움일 뿐이다."

양군이 휴식을 취한 다음 날 새벽 해가 떠오르며 어슴푸레하 게 사방을 밝히는 가운데 양 진영은 다시 서로를 향해 돌진했 다. 이날의 충돌은 평소와는 달랐다. 일자진을 취해오던 현도 군이 이날은 중앙이 뒤로 빠져 두툼한 형태를 취하고 있었다.

고구려군의 선두에서 한왕마를 몰아 나서던 여노는 평소와 는 다른 적의 진형을 발견하고 잠시 한편으로 물러서 적진을 자세히 살폈다. 중앙의 두께가 매우 두꺼워져 있고 군사의 수 가 이전과는 비교가 되지 않게 많아진 데다 처져있던 중군과 구경꾼 행세만 하던 후군이 있던 자리가 휑하니 비었다. 그는 이내 나지막한 목소리를 흘렸다.

"저들이 드디어 합쳤다!"

곧 여노는 기수를 불러 명했다.

"붉은 깃발을 흔들라."

기수가 붉은 기를 높게 쳐들고 몇 번 힘차게 휘둘렀고 곧 멀리 떨어진 기수들이 이를 따라 붉은 기를 들었다. 수십 개의 붉은 깃발이 전장에 휘날리자 달려들던 고구려군은 이내 군세를 물리기 시작했다. 붉은 깃발은 곧 퇴각을 의미했다. 그리고 전장에서 퇴각은 반드시 큰 피해를 동반하는 법이었다.

등을 보인 채 물러서는 고구려 군사들의 뒤로 적의 창칼이 떨어져 내렸다. 진영에 높이 쳐놓은 방책에 이르러서야 고구려군은 돌아서 대항하였으나 이날 고구려군은 평소의 갑절에 이르는 피해를 입었다.

"저들이 드디어 합쳤소!"

막사에 여러 장수들이 모인 가운데 여노가 말했다.

"아니, 장군! 그렇다고 제대로 싸워보지도 않고 퇴각령을 내립니까? 적의 숫자가 많다고는 하나 그다지 불리한 형국도 아니었습니다."

건장한 체격의 우익장군 형대가 붉어진 얼굴로 크게 항의했다. 그러자 이를 따라 몇몇 장수들의 불만이 함께 터져 나왔다.

"그만!"

장수들의 항의가 거세지자 을불의 짧은 목소리가 이를 막았다.

"그것은 나의 명이었다. 여러 장수들은 더 불만을 갖지 말라."

곧이어 을불은 여노에게 물었다.

"호구(虎口)는 어디인가?"

뚱딴지 같은 을불의 말에 여노가 대답했다.

"유암구(流巖丘)라는 곳입니다. 바위조차 물처럼 흐를 정도로 경사가 심하고 지형이 들쑥날쑥하여 그런 이름이 붙여졌다고 합니다. 여기서 북동쪽으로 십 리 밖입니다."

"십 리라……."

을불은 곧 장수들에게로 시선을 옮기며 명했다.

"내일은 오늘보다 치열한 싸움을 벌이되 다시 북동쪽으로 십 리를 후퇴하도록 하라."

"폐하!"

형대가 다시 못 참겠다는 듯 입을 열었으나 을불은 손을 내저었다.

"그저 따르도록 하라."

그렇게 장수들이 물러가고 회의는 끝났다. 여노마저 돌아가고 홀로 남은 을불은 막사 밖으로 나와 다시 파수대에 올랐다.

적진을 바라보는 그의 눈에 군데군데 피워진 불빛이 들어왔다. 을불은 작은 목소리로 중얼거렸다.

"안국군이시여, 부디 도와주십시오!"

이튿날 다시 양군이 격돌했다. 지난밤의 명령대로 고구려군의 장수들은 어느 때보다 치열하게 적과 맞섰다. 곧 양군의 사상자가 속출했다.

"적의 숫자가 저리도 많은데 어제의 퇴각으로 사기까지 꺾였으니……."

푸념하며 한창 전투를 벌이던 형대의 눈에 또다시 붉은 깃발이 들어왔다.

"후!"

한숨을 한 번 깊게 내쉰 그는 곧 자신의 군사들에게 퇴각 명령을 내렸다. 다른 장수들 역시 서둘러 군사를 물렸고 다시 전날과 같이 고구려군은 등에 창칼을 맞아야만 했다.

전날과 다른 것이 있다면 이날의 고구려군은 진영조차 버리고 퇴각을 계속해야 했다는 것이었다. 이레간의 팽팽한 전투 끝에 결국 패색이 드러나고 만 것이었다. 그렇게 십 리를 고구려군이 퇴각했을 즈음 도주하는 가운데에도 눈을 들어 엉뚱한 곳을 계속 살피던 여노는 개마대산의 한 기슭에서 솟아오르는 연기를 발견했다.

"기수!"

여노가 기수를 소리쳐 불렀으나 도주하는 데에 정신이 팔린 기수는 이를 듣지 못했다. 몇 번 더 기수를 부르던 여노는 곧 바람같이 말을 몰아 기수에게서 깃발을 뺏어서는 하늘 높이 들고 힘차게 휘둘렀다. 푸른색의 깃발이 바람을 받아 펄럭이자 퇴각하는 가운데에도 이를 발견한 기수들이 있어 고구려군의 군데군데에 푸른 깃발이 솟았다.

청기는 응전을 명하는 깃발이었다. 퇴각하던 중에 청기를 발견하고는 의아스러운 눈빛으로 이를 바라보던 장수들은 곧 정신을 차리고 크게 외쳤다.

"돌아서라! 다시 적과 맞서라!"

깃발의 색깔에 따른 나섬과 물러섬은 고구려군이 전술 훈련을 할 적에 가장 중요시 여기는 절대적인 규칙이었다. 강도 높은 훈련을 매일같이 일삼아온 고구려군은 어떤 상황에서도 이 깃발만큼은 절대적으로 따랐기에 혼란 속에서도 일사불란하게 돌아서서 필사적으로 적과 맞섰다. 전황이 고구려군에게 일방적으로 불리한 가운데 곧 다시 난전이 펼쳐졌다.

개마대산 기슭의 유암구, 경사가 가파르면서 밑으로는 넓지도 좁지도 않은 평원이 깔려 있는 언덕이었다. 이 장소는 암석과 나무가 충분해 모습을 가릴 수 있는 데다 내리막 경사로 인해 무거운 철갑을 하고도 말이 힘들이지 않고 가속력을 붙일 수 있어 아달휼로 하여금 회심의 미소를 짓게 한 곳이었다. 허리를 굽히고 언덕 아래의 전황을 살피던 아달휼은 고구려군이 달아나고 그 뒤를 현도의 군사들이 대거 쫓고 있는 걸 보고는 마른침을 삼켰다.

"모두 고삐를 단단히 잡고 기다려라!"

아달휼은 고구려군의 진영 곳곳에서 붉은 깃발이 푸른 깃발로 색을 바꾸는 걸 확인하고는 벌떡 일어서며 우레와 같은 고함을 질렀다.

"전-군!"

나뭇가지가 떨리고 수풀이 흔들릴 만큼 커다란 고함 소리가 유암구를 울리자 산속의 우거진 숲과 큰 바윗덩어리들 뒤에서 오천 철기병이 모습을 드러냈다. 사람과 말 모두가 하나같이 갑주로 단단히 무장하고 있었다.

"진격!"

곧 가파른 경사를 타고 오천의 군마가 평원으로 쏟아져 내려가는 장관이 펼쳐졌다. 그들이 일으키는 흙먼지와 천지를 울리는 함성 소리는 마치 산사태가 난 듯 보였고 그들은 바위와 흙덩어리가 되어 고구려군과 현도군이 뒤엉켜 있는 전장으로 쏟아져 내렸다.

고구려군을 몰아세우며 한참 열을 내던 고연굉 또한 이 광경을 목도했다. 백전노장인 그조차도 평생 이토록 흉맹한 기세로 달려드는 적을 본 적이 없어 말을 멈추고는 그저 바라만 볼 뿐이었다.

유암구에서 쏟아져 내려온 아달휼의 군사들은 난전 중인 현도군의 측면을 무시무시한 충격으로 파고들었다. 이 돌격대는 두 가지 다른 무장을 하고 있었다. 선두에 선 부대는 말과 온몸을 강철 갑주로 감싼 채 군더더기 동작 없이 무거운 철창을 앞으로 향하고는 직선으로 달려 파괴적인 돌파를 담당하고 후위의 부대는 이전에 여노가 만들어낸 경갑과 짧고 가벼운 칼을 차고 뒤를 따랐다.

이 엄청난 기세에 현도의 군사들은 반항 한 번 해보지 못하고 그저 짓밟히며 무너질 뿐이었다. 현도군의 진영 한가운데로 기다란 구멍이 패어 나가고 철기대는 순식간에 적의 머리와 꼬리만 남겨둔 채 몸통을 완전히 갈라버렸다. 그때서야 정신을 차린 현도의 장수들은 제각기 창칼을 들고 이를 막으려 몸을 날렸으나 그야말로 이란격석(以卵擊石)일 뿐으로 이 전무후무한 돌격에 그저 튕겨져 나오며 목숨을 잃고 부상을 입을 뿐이었다.

후위의 경갑기병들은 중갑에 들이받혀 쓰러진 적을 확실히 참살하는 일을 맡고 있었다. 중갑기병은 장비가 무거우니만치 동작이 느려 적군 진영의 두께가 얇으면 별 효과가 없었다.

그러나 적이 두껍게 뭉쳐 있을 때에는 서로 엉켜 쓰러지는 병사가 전후좌우의 병사들을 연차적으로 무너뜨려 최고의 효과를 발휘하게 되어있었다. 중갑기병이 일차 적진을 돌파했다가 다시 말을 돌려 짓쳐들기를 몇 번 반복하자 겁을 먹은 적들은 중갑기병에게 닿지도 않았음에도 스스로 뒤엉켜 쓰러지며 자멸하고 말았다. 이들을 경갑기병이 말에서 내려 착실히 칼로 베고 찔러 죽이니 금세 벌판은 피가 내가 되어 흘렀다.

"저자가 구명인가!"

경갑기병 사이에 섞여 있던 아달휼은 멀찍이 구명의 모습을 발견했다. 구명은 부장들의 호위를 받으며 급히 몸을 피하는 중이었다.

"적장은 그 목을 바치라!"

벼락같은 소리와 함께 아달휼이 내달리는 말 위에서 몸을 던지며 창을 날렸다. 타고난 아달휼의 힘에 말이 달리는 기세, 거기에 뛰어오르는 힘까지 더하여 던져진 창은 무시무시한 속도로 날아 구명을 둘러싼 장수 하나를 꿰뚫고도 구명의 허벅지에 가서 박혔다. 더욱 놀라운 광경은 고삐를 잡고 몸을 날렸던 아달휼이 다시 자신의 말 등에 착지한 것이었다.

"아악!"

구명이 고통스러운 비명을 지르며 자빠져 뒹구는데 그 부상이 심하여 정신을 잃을 지경이었다. 그가 눈을 까뒤집는 것을 본 아달휼은 다른 장수들에게로 창끝을 돌렸다. 이후로도 그의 표적이 된 현도군의 장수들은 족족 죽거나 낙마하여 큰 부상을 입었다.

이 압도적인 광경은 고구려군의 사기를 끝까지 끌어올리며 현도군을 더없는 혼란에 빠뜨렸다. 곧 고구려군이 전력을 다해 창칼을 휘두르며 현도군을 몰아치자 도망하는 병사들끼리 서로 엉켜 죽은 수만도 수천에 이르렀다. 현도군은 휘몰아치는 고구려 기병의 기세에 겁먹어 병장기마저 내던진 채 오로지 자신들의 진영에 닿기만을 바라며 달릴 뿐이었다. 그러나 겨우 진영에 다다른 삼분의 일조차 되지 않는 현도군은 어느새 고구려군의 깃발이 그들의 눈앞에서 펄럭이는 것을 볼 수 있었다.

"항복할 자들은 무기를 버리고 바닥에 엎드려라!"

현도군의 진문에는 한 장수가 말을 탄 채 창을 들고 있었는데 장수의 말은 벽력같은 울음을 터트리는 한왕마요, 창은 은빛으로 번뜩이는 여려극이었다. 고구려 제일의 무장인 여노가 신장(神將)과도 같은 기세를 뽐내며 달려드는 적장들을 모조리 한 창에 꿰어 넘기니 지친 현도의 군사들은 도무지 대적할 엄두를 낼 수가 없었다. 곧 모조리 엎드려 항복하거나 진영을 버리고 뿔뿔이 도주할 뿐이었다.

"살아남은 적의 숫자는 이천 명이 되지 않습니다."

여노의 보고를 받은 을불은 말이 없었다.

"적장 고연굉을 죽이고 이백여 명의 장수를 사로잡거나 목을 베었습니다."

무언가를 억누른 듯한 목소리로 전황 보고를 마친 여노는 결국 더 이상 참지 못했다. 움찔대던 그의 입에서 이내 떨리는 목소리가 터져 나왔다.

"대승입니다, 폐하! 적은 전멸했습니다!"

"아!"

그제야 을불의 앙다문 입술 사이로 짤막한 신음이 흘러나왔다.

"적이……, 없단 말이지?"

여노의 눈에서 눈물이 흘렀다. 황하족을 상대로 한 역사상 유례없는 대승이 이 무심한 무사의 마음을 사정없이 쥐어짠 탓이었다.

"예, 폐하! 적의 사만 군사가 모조리, 모조리 사라졌습니다."

"그래, 대승이구나."

짤막한 한마디를 던지고 말없이 앉아있던 을불은 곧 장수들을 뒤로하고 막사 밖으로 나섰다. 십수 명의 장수들 중 어느 누구도 그에게 말을 거는 이가 없었다. 다만 이 감격적인 순간을 각자의 방식대로 느끼고 있을 뿐이었다.

막사 밖으로 나선 을불의 눈에 맑은 밤하늘이 들어왔다. 드높게 솟은 개마대산의 봉우리에 걸린 달 주위로 수없는 별들이 고구려의 승리를 축하하듯 밝게 빛나고 있었다.

"보고 계십니까?"

을불의 입에서 아주 작은 목소리가 나직이 흘러나왔다.

"보고 계시냔 말입니다."

별빛이 흐르는 푸른 은하수가 을불의 물기 어린 목소리에 젖어 들어 가늘게 전율하는 듯했다.

칼을 빌리는 꾀

개마대산의 전투 이후 고구려군은 현도군과 벌어진 작은 싸움마다 승리를 거두며 현도성으로 진격했다. 구명이 겨우 그러모은 현도군의 남은 군사는 고작 삼천에 불과했다. 숫자부터 사기까지 고구려군의 상대가 될 수 없었다. 맞서 싸울수록 허무하게 군사만 죽어나가자 결국 구명은 남은 군사를 추슬러 현도성으로 들어간 다음 성문을 굳게 걸어 잠갔다.

며칠 후 현도성 주위를 포위하고 진영을 설치한 고구려군은 다시금 전투를 벌일 태세를 취했다. 이에 현도성 성내는 이미 초상집과도 같은 분위기였다.

"원군은 아직 소식이 없느냐?"

자리에 앓아누운 구명은 원군 요청에 대한 최비의 답신만을 기다릴 뿐이었다. 그러나 수일이 지나도 낙랑에서의 답신은 오지 않았다. 그것은 승리를 조금도 의심치 않은 최비가 낙랑을 비우고 떠나 있는 까닭이었다.

"아!"

최비를 대신하여 구명의 서한을 받아본 것은 원영이었다.

원영은 구명의 서한에서 한참이나 눈을 떼지 못했다.

"하필 태수께서 자리에 없을 때 이런 일이!"

원영은 서둘러 군사를 편제하여 원군을 보낼 준비를 했다. 이미 문호가 이만 군사를 데리고 성도를 향해 떠났다고는 하나 아직도 낙랑에는 수만의 군사가 주둔하고 있었다. 곧 원영이 방정균을 불러 군장으로 임명하고 직접 군사를 이끌어 나가려는데 갑자기 끼어드는 이가 있었다.

"원 공은 잠시 내 말을 들으시오!"

최비의 군사(軍師) 노릇을 하는 장통이었다. 원영은 최비가 떠나기 전에 남겼던 당부를 떠올렸다.

"큰일이 있거든 반드시 장통에게 물으라."

원영은 매사에 윗사람 태를 내는 장통의 태도가 고까웠으나 최비의 당부가 떠오르자 곧 명을 멈추고 장통과 따로 자리를 옮겼다.

"원 공은 스스로 현도의 구명보다 재주가 뛰어나다 여기시오?"

원영은 고개를 저었다.

"그러면 방정균이 고연굉이나 안저보다 경험이 많은 무장이라 여기시오?"

원영은 또다시 고개를 저었다.

"그럼 지금 편제한 군사가 사만이 넘소?"

"그렇지 않소."

"모든 게 뛰어난 구명과 고연굉, 그리고 안저가 사만 군사를 데리고도 그토록 처참히 패배했소. 어찌 군사를 서두르시오?"

"그럼 현도가 무너지는 걸 보고만 있으란 말이오?"

장통이 한숨을 한 번 길게 쉬고 말을 꺼냈다.

"나 또한 고구려군이 저토록 강성하리라고는 생각하지 못했소. 태수나 문호 대장군께서 자리에 계신다면 어찌 걱정할 일이겠소만 지금 낙랑의 형편으로는 함부로 싸워서 될 일이 아닌 것 같소."

"흠."

"원 공, 주태명을 부르시오."

낯빛이 잔뜩 어두워 있던 원영은 장통의 뚱딴지 같은 말에 의문을 가득 담아 반문했다.

"주태명이라고요? 그를 왜?"

"주태명의 여식 주아영을 이용해 그를 움직이면 될 것이오."

"그라니요……? 아!"

원영은 곧 무릎을 쳤다.

"모용외를 말씀하시는 게요?"

"그렇소. 이 상황을 풀어줄 이는 오로지 그밖에 없소."

"그러나 태수께서 주가장은 결코 건들지 말라 하셨소."

"원 공, 지금 현도성이 무너지고 있지 않소!"

장통의 말에 고개를 끄덕인 원영은 급히 주태명 부녀를 불러들였다.

"현도 태수 구명이 원군을 청해왔다. 네가 이 답신을 들고 현도성에 급히 가주어야겠다."

불려온 주태명은 장통의 말에 소스라치게 놀랐다.

"현도군은 지금 포위되지 않았습니까?"

"그렇기에 네가 밀사가 되어야 한다. 어서 길을 떠나 현도 태수 구명에게 이것을 전하도록 하라."

"저는 이미 많이 늙었습니다. 어찌 제게 그런 과한 임무를 맡기십니까?"

"너는 고구려인이기 때문이다. 고구려군이 현도로 드는 길목을 모조리 막았으니 네가 고구려 상인을 가장하여 그 길을 지나도록 하라."

장통의 억지에 기가 막힌 주태명이 무어라 입을 열려는데 아영이 가만히 그의 옷깃을 잡아 말렸다. 그리고 그를 대신하여 장통에게 말했다.

"무엇을 원하시는지 알 듯합니다. 저희도 이미 태수의 은혜를 입었는데 응당 해야 할 일이지요. 다만 청이 있습니다."

장통은 아영이 모든 것을 짐작하는 듯 말하자 머쓱한 가운데도 엄숙을 가장하여 물었다.

"무엇이냐?"

"제 무례한 청을 용서해주십시오."

"그대가 여인의 몸으로 이토록 기개가 장한데 어찌 쉽게 물리치겠느냐."

"그리하면 원군을 청하는 현도 태수의 서한을 보여주십시오."

"무엇이? 이유를 말하라."

"과거 원 대인께서 저희 집안의 재물을 거두고자 저희를 억압한 적이 있습니다. 이번에도 그와 같은 일이 아님을 알고자 함입니다."

장통은 껄껄 웃었다.

"기개가 있다 한들 여인의 몸, 작은 의심이 있음을 어찌겠느냐."

장통이 선선히 수락하며 구명이 보내온 서한을 가져오게 하자 아영은 필체와 인장 자국을 한참이나 세밀하게 들여다보았다.

"되었습니다."

이튿날 장통은 대여섯 명의 군사를 그들 부녀에게 감시로 붙여 현도군으로 향하게 하는 한편 극성에 첩자를 보내어 주아영이 현도의 전장에 있다는 사실을 모용외에게 흘렸다.

극성에서 아영의 소식을 들은 모용외는 크게 탄식했다.

"아아, 아영! 그대가 또다시 전쟁의 겁화 속에 있단 말이냐! 나와 함께 오지 않은 이유가 도대체 무엇이란 말이냐!"

"주공, 무언가 이상합니다."

"무엇이 말이냐? 아영이 지금 불타는 현도성에 있거늘 무엇을 또 생각하란 말이냐!"

"그토록 현명한 주 낭자가 현도의 전장에 있을 까닭이 없습니다."

모용외가 사도중련의 말을 막았다.

"네 머리가 나보다 훨씬 나으니 너는 뭔가 생각하는 게 있을 것이다. 그러나 중련!"

문득 슬픈 목소리가 흘러나왔다.

"그렇다고 무엇이 바뀌느냐?"

"주공……."

"네 머리에 뭔가 떠오른다고 해서 아영이 무사하단 말이냐? 고구려군의 화살이 아영을 비껴가기라도 한단 말이냐? 현도성의 불길이 아영에게는 뜨겁지 않단 말이냐?"

"그러나 주공."

"대답해다오, 중련. 지금 나를 정녕 막아야겠느냐?"

문득 모용외의 얼굴을 바라본 사도중련은 안타까운 마음을 금치 못하며 한숨을 쉬었다. 그 얼굴은 형언하지 못할 슬픔과 분노가 섞여 일그러져 있었다.

'외로운 분이시다. 내가 이해하지 못하면 천하의 누구에게 기대시겠는가.'

사도중련은 입 밖에 내려던 말을 누르고 고개를 숙였다.

"알겠습니다, 주공. 출정 준비를 하겠습니다."

물러나는 사도중련의 등 뒤로 모용외의 삽상한 한마디가 흘러나왔다.

"고맙다, 중련."

그리고 한마디가 덧붙여졌다.

"이번이 마지막이다."

현도군의 패전 소식은 장안에 머물고 있는 최비의 귀에도 들어갔다.

"구명이 패했다고?"

"예. 지금 현도성은 고구려군에게 포위당하여 백척간두의 위기에 있습니다. 원 대인께서 스스로 원군을 이끌고 출진하려 했으나 무슨 까닭인지 전황을 좌시하고만 있습니다."

"현도군이 고구려군에게 무너져? 그럴 수가 없다. 자세히 말해보라."

최비는 뒤통수를 크게 얻어맞은 기분이었다.

"닷새간 격전이 있었습니다. 고연굉 장군이 앞서 싸우고 안저 장군과 구명 태수께서는 뒤에 물러서서 추이를 살피셨는데 상황이 유리하게 흐르자 이레째 되는 날부터 두 분께서도 싸움에 참여하셨습니다. 그런데 고구려군이 그간 물러선 것이 유인계였던지라 매복에 크게 당하여서……."

"고작 매복계에 사만 군사가 무너졌다고?"

"그것이 매복계라고 하기도 뭣한 게 매복한 군사가 자그마치 오천의 철기병이었습니다. 철기병 오천이 비탈을 타고 달려드니 막을 방도가 없어 순식간에 군사가 무너지고 말았습니다. 이 한 싸움에 온 군사가 결딴이 나버린 데다 태수께서도 난전 중에 중상을 입었습니다."

최비는 깊이 한숨을 쉬었다.

"철기병 오천이라니……. 내가 그간 낙양에만 눈을 돌리느라 그들이 크는 것을 몰랐구나. 그들이 잔꾀를 부릴 적에 이미 알아챘어야 했거늘. 그런데 어째서 원영은 원군을 내지 않았지?"

"원 대인은 원군을 동원하려다 중지하고 당분간 관망하고 있는 듯했습니다. 그런데 태수님, 낭보도 있습니다. 극성의 모용외가 직접 수만 군사를 이끌고 현도로 향하고 있다 합니다."

"무어? 모용외가?"

"예. 그야말로 든든한 우군이 아니겠습니까."

의외의 말에 놀란 최비는 쓴웃음을 지었다.

"그는 정말로 나를 형제로 생각하는군."

곧 얼굴의 근심을 지우고 전령을 물리려던 최비는 갑자기 소리를 질렀다.

"잠깐만!"

최비는 머리가 비상하기로 둘째가라면 서러울 재사였다. 그런 그가 무언가 편치 않은 낯설음에 사로잡힌 채 찬찬히 전령의 말을 되짚어 나갔다.

"모용외가 현도로 향했다. 그것도 직접. 원영은 망설이는데 모용외가 싸운다. 원영이 망설인다? 원영은 믿는 것이 있고 모용외는 다급하다? 그렇다면 원영이 믿는 것은 모용외고, 모용외는 무엇을…… 어!"

최비는 급히 전령에게 물었다.

"원영이 원군을 멈춘 것이 먼저냐, 모용외의 진군 소식이 들려온 것이 먼저냐?"

"예?"

"원영과 장통이 모용외의 진군을 알아차리고 합세하기 위해 원군을 멈춘 것이냔 말이다."

"원군은 애초에 출발하지도 않았습니다. 모용외의 진군은 한참 뒤에나 알려졌습니다."

전령의 답을 듣자마자 그 침착하던 최비가 갑자기 펄쩍 뛰며 고함을 질렀다.

"주아영이다! 이 멍청한 놈들, 주아영을 써먹었구나!"

최비의 눈에 불꽃이 튀면서 전령을 향한 대갈(大喝)이 떨어졌다.

"당장 원영에게 돌아가 낙랑과 유주, 평주의 군사를 모두 쥐어짜서 원군을 내라 이르라! 낙랑은 구경만 하고 모용외가 혼자 싸우게 하면 안 된다."

"예!"

"전란 중에 주아영이 죽기라도 하면, 그 전에 원영이 계략을 써서 그녀를 현도로 보낸 것을 모용외가 알게 되면 천하 대업이 모두 끝장이다."

최비의 긴 탄식이 끊이지 않고 새어 나왔다.

"아아, 대업을 눈앞에 두었는데 이게 대체 무슨 꼴이란 말이냐!"

구명과 원영을 향해 타오르던 최비의 분노는 고구려로 옮겨갔다.

"고구려! 이 생쥐 같은 놈들. 너희가 그렇게 컸느냐!"

아야로와 번나발, 도환이 이끄는 군사가 일만, 모용외가 사도중련을 데리고 이끄는 군사가 일만, 거기에 배의가 이끄는 물자와 군량을 담당하는 군사가 다시 일만을 넘었다. 삼만 명이 넘는 선비군은 극성을 출발하여 동북방으로 올라갔다 남하한 다음 동에서 서로 진군했다. 퇴로를 차단한 채 남쪽에서 올라가는 낙랑군과 협공해 고구려군을 완전히 궤멸시키려는 전략이었다. 선비군은 걸음을 재촉하여 고구려군이 대승을 거두었던 개마대산 밑 서개마현에 이르렀다.

"중련. 아직도 현도성은 멀었느냐?"

"그리 멀지 않은 거리입니다. 이제 사흘이면 도착할 것입니다."

"사흘이 멀지 않은 거리란 말이냐!"

"……."

"우리 군사는 왜 이렇게 걸음이 느린 것이냐. 몇 놈 목을 쳐서 걸음을 재촉해야 하는 것은 아니냐."

모용외의 목소리는 흉흉한 내용과는 달리 쓸쓸하기만 했다. 그 또한 선비군의 걸음이 그 어느 군사보다 빠르다는 것을 아는 까닭이었다. 그리고 사도중련은 이미 모용외의 마음을 훤히 들여다보고 있었다.

"주공, 너무 조급해 마십시오. 번나발 장군과 아야로 장군이 먼저 떠났으니 그리 늦지는 않았습니다."

"그래, 그렇겠지. 그런데 중련, 나는 가슴이 막힌 것만 같다."

사도중련은 마땅히 답할 말을 찾지 못했다.

"어째서 그녀는 항상 전란의 중심에 있단 말이냐. 혹시 그것이 나 때문은 아니냐?"

"주공!"

"말해다오. 내가 그녀에게 불행을 가져오는 역신(疫神)과도 같은 존재는 아니냔 말이다."

모용외의 쓸쓸한 얼굴을 바라보던 사도중련은 울컥하는 마음이 일어 고개를 돌렸다. 마치 무쇠와도 같은 그의 주군을 매번 녹여버리고 마는 뜨거운 연정이 그에게도 또한 안타깝게 다가왔다.

"아닙니다. 매번 그녀를 불행에서 구해온 것이 주공입니다."

"그렇겠지?"

"다만 이번에는 꼭 주 낭자를 데리고 오십시오. 그래서 주공의 곁에 두십시오."

"그래. 그녀를 되찾으면 그녀를 위험에 빠뜨린 자들을 모조리 도륙 낼 것이다. 그녀에게 화살을 쏘아댄 고구려 놈들을 한 놈도 빠짐없이 찾아 죽일 것이다. 다시는 그녀가 불행하지 않도록 온 천하에 나의 마음을 확실히 알려둘 것이다."

모용외의 눈은 슬픔과 분노로 뒤섞여 알 수 없는 빛을 내고 있었다.

최비에게 갔던 전령이 돌아온 낙랑에서는 난리가 벌어졌다.

"태수께서는 당장 모든 힘을 쥐어짜 군사를 내라 하셨습니다. 명을 어긴 죄는 돌아와서 묻겠다 하셨습니다."

밀명을 가져온 전령의 말에 원영은 하얗게 질렸다.

"아아, 이게 모두 장통이라는 작자의 탓이다."

그러나 정작 장통은 태수부에 보이질 않았다. 그가 모습을 드러낸 것은 늦은 오후가 다 되어서였다. 그의 옆에는 방정균이 따르고 있었다.

"당신이 얕은꾀로 태수를 속였으니 이 일을 어찌 책임지셨소?"

원영이 높은 소리로 힐난했으나 장통은 대답 대신 등을 돌려 낙랑부의 여러 신하들을 향해 크게 외쳤다.

"태수께서 과거에 결코 주가장을 건들지 말라 하셨거늘 이 원영이라는 작자가 주태명과의 사적인 원한을 내세워 일을 이 지경으로 만들었으니 그냥 놓아둘 수가 없소. 나는 당장 군사를 일으켜 현도의 위기를 풀고자 하나 그 전에 먼저 이 불충한 자를 처리해야 하겠소."

기가 막힌 원영이 목소리를 크게 내었다.

"그것은 모두 그대가 시킨 일이 아닌가!"

그러나 원영과 장통이 밀실에서 주고받은 이야기를 아는 이가 있을 리 없었다. 주가장의 이야기 또한 신하들로서는 처음 듣는 바였다.

"그보다 주가장이라니 그게 무슨 말씀이오?"

한 장수가 목소리를 내자 장통이 대답했다.

"현도군이 위험하니 원군을 내는 것이 당연하건만 저자가 군사를 모르니 싸움이 두려워 모용외를 이용한 것이 아니겠소? 태수의 명을 어기고 주아영을 협박하여 현도성에 보냈으니 태수께서 대로하신 것이오. 우리는 가만있고 주아영을 전장으로 보내 자신을 이용한 걸 모용외가 알면 낙랑이 무사하겠소?"

장통의 말에 장수들 사이에 웅성거림이 크게 일었다.

"나 또한 알면서도 막지 못했으니 죄가 크오. 그러나 먼저 저자를 포박하여 옥사에 가두고 군사를 일으켜 현도의 위기를 푼 후 태수께 스스로를 묶어 용서를 청하려 하오."

스스로 희생양이 되겠다는 장통의 말이 장수들의 공감을 얻었다.

"이, 이놈이!"

원영이 억울하여 소리를 높였으나 장수들은 이미 그를 외면하고 있었다. 장통은 방정균을 돌아보며 명했다.

"방 장군은 저자를 포박하라."

원영은 반항 한 번 해보지 못하고 방정균의 병사들에게 포박되어 옥사로 끌려갔다. 일단의 소란이 가라앉은 후 장통은 곧 방정균을 불러들여 둘만의 자리를 만들었다. 평소 방정균을 눈여겨본 장통은 그에게 딸을 주어 사위로 삼고 가까이 두어온 터였다.

"내가 생각을 거듭하여 모용외를 끌어들였으나 태수께서 이토록 서두르는 걸 보면 일이 한참 잘못되었음을 알겠구나. 이제 원영을 대신 죄인으로 내세웠으니 네가 군사를 이끌고 현도의 위기를 풀면 큰 문제는 없을 것이다. 태수께서 전력을 쥐어짜라 하셨으니 평주와 유주, 그리고 우리 낙랑의 군사로 오만을 만들어주겠다."

"오만의 군세로 못할 일이 있겠습니까!"

"게다가 모용외의 군사가 오고 있으니 양쪽에서 고구려군을 협공하면 반드시 좋은 결과가 있을 것이다. 그나저나 원영에게 죄를 씌우긴 했으나 태수께서 알아챌까 두렵구나."

그 말 한마디가 원영의 최후를 결정했다. 다음 날 원영은 입에 독을 묻힌 채 시체로 발견되었다. 사람들은 원영이 최비에게 문책당할 것이 두려워 자진한 것으로 판단했다.

그리고 며칠 지나지 않아 방정균을 수장으로 하는 오만 군사가 현도를 향해 길을 떠났다.

진군보다 어려운 퇴군

선비 대군이 현도로 진격해 오는 가운데 아영은 주태명을 비롯한 몇몇 사람들과 함께 군병들의 감시를 받으며 현도성으로 향했다. 건강이 좋지 않은 주태명은 주위의 부축을 받으며 겨우 산길 사이로 걸음을 옮기고 있었다.

"얘야, 일전에 태수가 우리의 안전을 약조했다고 하지 않았느냐?"

"최비는 아마 이 일을 모를 거예요."

"그럼 수하들이 모용 장사를 꾀어 들이려는 것이냐?"

"예."

"허어!"

주태명은 깊은 한숨을 쉬었다. 잔기침이 섞여 나왔다.

"얘야, 이제 그만 모용 장사를 받아들이는 것이 어떻겠느냐? 이번 일이 끝나면 그와 함께 극성으로 떠나자꾸나."

아영은 뭐라 답이 없었다.

"세상이 어지러우니 매번 이런 일을 당하지 않느냐."

"……"

"어딘가에 기대지 않고는 앞으로 살아갈 길이 보이지 않는구나."

"……."

"애야."

"아비지."

연신 기침을 해대며 한숨을 토해내던 주태명의 눈에 걸음을 멈추고 산속 한편에 자리한 고을을 바라보는 아영의 모습이 잡혔다.

"이곳을 기억하세요?"

주태명이 그녀의 눈길을 따라가다 짧은 신음을 흘렸다.

"배내촌이 아니냐. 어찌 내가 잊겠느냐."

어느새 아영의 눈가에는 눈물 한 방울이 작게 맺혀있었다.

십칠 년 전.

부유한 교역도시인 낙랑은 끝없이 모여드는 상인의 무리를 더 이상 수용하지 못하는 지경에 이르렀다. 그럼에도 낙랑에서 장사를 벌이고자 하는 상인들은 계속해서 늘어갔고 이들은 성벽 바깥의 작은 고을들에 본거지를 틀었다. 부유한 상인들은 성내에, 그렇지 못한 이들은 이 고을들에 가져간 물건을 풀어놓게 되었던 것이다.

아영의 부친인 주태명 또한 이런 작은 상인 중 하나였다. 고구려에서 낙랑으로 건너온 그는 성내에 거주할 만큼 부유하지 못했기에 낙랑성 동쪽의 작은 산간 마을인 배내촌에 부인과 다섯 살배기 아영을 데리고 자리를 잡았다. 장사 수완을 타고난 그는 조금씩이나마 사업을 늘려갔고 어느새 성내에 들어도 될 만큼의 자금을 마련한 터였다.

그러던 중에 일이 터졌다. 어느새 성시를 이룬 이들 고을을 노리던 산적 떼가 배내촌을 덮쳤던 것이다. 몇 안 되는 병졸들을 순식간에 살해한 이들은 고을 안의 물건을 약탈하고 아녀자들을 모조리 잡아가 버렸다.

부인이 산적들에게 끌려가자 크게 절망한 주태명은 고을 사람들의 뜻을 모았다. 곧 몸값이 만들어졌고 고을의 우두머리는 이 몸값을 들고 산적들의 산채를 찾아가 아녀자들을 풀어줄 것을 간곡히 부탁했다. 그리고 이 일은 성공했다.

잡혀갔던 아녀자들이 돌아오자 마을은 기쁨에 휩싸였다. 그러나 돌아온 여인들을 아무리 살펴도 부인을 찾을 수 없었던 주태명은 우두머리에게 따졌다.

"내 아내가 없습니다. 어떻게 된 것입니까?"

"없었어."

"예?"

"산채에 없었다고."

"없을 리가 있습니까? 같이 잡혀간 이들은 다 돌아왔는데요."

"낸들 어찌 알아! 없었다니까."

우두머리가 잡아떼자 주태명은 그길로 산채를 향해 달려갔다. 그리고 그곳에 도착한 주태명은 믿을 수 없는 광경을 보아야만 했다. 그의 부인은 이미 시체로 변해있었던 것이다.

"왜 내 아내만을 죽였습니까?"

울부짖던 주태명이 겨우 목소리를 짜내어 묻자 산적 두목이 퉁명스레 답했다.

"잡아 온 계집이 팔십인데 내놓은 몸값은 일흔아홉 냥뿐이라 앞으로는 정확한 몸값을 내놓도록 본보기를 보였다."

"몸값을 정확히 모았는데 왜 한 푼이 모자랐단 말입니까!"

"난들 아나."

"그러면 왜 하필 내 아내였단 말입니까!"

주태명이 수차례 거품을 물고 따져서야 두목은 입을 열었다.

"그 계집만 고구려인이었어."

주태명은 두목에게 달려들다가 그의 부하들에게 정신을 잃을 때까지 맞았다. 반죽음이 되어 돌아온 주태명은 아영을 부둥켜안고 한없는 눈물을 흘렸다.

"고구려인인 것이 대체 무슨 죄란 말이냐!"

며칠 밤낮을 울부짖던 주태명은 결국 어린 아영을 데리고 배내촌을 떠났다. 당시 다섯 살밖에 되지 않았던 아영은 눈물을 흘리는 대신 몇 번이고 배내촌을 뒤돌아보았다.

"아영아."

주태명의 허한 목소리가 아영의 회상을 깼다. 곧 소매를 들어 몰래 눈물방울을 닦아낸 아영은 작은 말소리를 내었다.

"저는 잊을 수가 없어요. 그날 배내촌을 돌아보면서 한 맹세를요."

"맹세를 했었더냐. 무어라고?"

아영은 고개를 저었다. 그러고는 곧 현도성으로 향하는 발걸음을 다시 옮겼다. 그녀를 안타깝게 바라보던 주태명은 더말을 잇지 못한 채 기침만 토해댔다.

이만 명의 고구려군이 현도성 앞에 구름같이 몰려들자 현도성을 지켜낼 자신이 없었던 구명은 안저 등 몇몇 장수와 함께 도주했다. 현도성 서쪽은 산으로 둘러싸여 고구려군의 포위로부터 벗어나 있었고 그 뒤로 몇 개의 관문이 있어 죽을힘을 다해 달린 이들은 결국 목숨을 부지할 수 있었다.

현도성을 점령한 을불은 군이 이들을 쫓으려 하지 않았다. 대신 현도성의 재물과 군사를 거두고 백성을 안정시킨 후 그중 조선 유민들을 골라내었다.

"앞으로 또 힘든 싸움이 있을 터, 이들 모두를 먼저 고구려로 돌려보내라."

곧 조선 유민 이천여 명이 고구려로 향하는 행렬에 올랐다. 이때 막 현도성에 숨어들었던 아영은 동행했던 군병들이 자신들을 버리고 구명의 뒤를 따라 도주하자 잠시 생각하더니 주태명을 고구려로 향하는 조선인들의 행렬에 밀어 넣었다.

"아버지, 이들을 따라 고구려로 가세요."

"무어라?"

주태명은 놀라며 황급히 고개를 저었다.

"어찌 낙랑에 모든 것을 놓아두고 고구려로 간단 말이냐. 그리고 나만 가라니 너는 어쩌겠다는 말이냐?"

아영은 눈에 띄게 수척해진 아버지의 얼굴을 보고는 입술을 깨물었지만 다시 한번 단호하게 말했다.

"혼자 가셔야만 해요."

"이유만이라도 말해다오. 너는 누구보다 총명한 아이다. 네가 정녕 모든 것을 버리고 고구려에 몸을 의탁하겠다고 하면 나도 따르겠다. 그러나 나 홀로 가라고 하니, 대체 너는 어쩌려는 것이냐? 무슨 이유라도 있는 것이냐?"

"더 지켜보고 싶어요."

"무엇을 말이냐?"

그러나 아영은 고개를 저을 뿐이었다.

"제 걱정은 하지 마세요. 낙랑이 이기든, 모용부가 이기든, 고구려가 이기든, 저는 무사해요. 그러니 제 걱정은 마시고 어서 가세요."

"무얼 지켜보겠다는 것이냐? 나도 네 생각을 알아야겠다. 그러기 전에는 가지 않겠다."

아영은 더 말하지 않았다. 그녀의 뜻이 너무도 완강하여 결국 주태명은 딸을 놓아둔 채 고구려로 향하는 행렬에 끼여 현도성을 떠났다. 그 뒷모습을 바라보며 아영은 천천히 말했다.

"아버지, 저도 모르겠어요. 어떤 길이 옳은지. 한쪽은 너무 유약하고, 한쪽은 너무 강하네요."

아영은 낙랑을 떠날 때부터 남장을 한 모습이었다. 고구려 군의 진영으로 걸음을 옮기며 그녀는 멀어져가는 주태명의 등에서 눈을 떼었다.

현도성이 무너졌다는 소식은 방정균에게도 모용외에게도 전해졌다. 양군 모두 진군을 더욱 서두르는 가운데 을불은 현도성을 지키며 날마다 소와 돼지를 잡아 병사들을 배불리 먹이고 쉬게 했다. 병사들의 사기가 최고로 올랐다고 판단한 을불은 군략 회의를 열었다.

"앞으로의 일을 의논하고자 하오."

을불이 서두를 막 뗐을 때였다. 급히 성문을 통과한 병사 하나가 군막에 날듯이 달려와 엎드렸다.

"국상의 전갈이 도착했습니다."

양우가 창조리의 서한을 펼치며 읽어 내려갔다.

"먼저 현도성을 점령하신 것을 경하드립니다. 이 창조리, 그간 전해진 소식에 기쁘고 놀라워 한잠도 이룰 수가 없었습니다. 그러나 폐하, 매우 염려스러운 일이 있어 붓을 들었나이다. 지난번 모용외와 최비가 낙랑성 앞 일촉즉발의 상태에서 서로 화합하고 물러난 것이 종내 마음에 걸립니다. 어쩌면 모용외가 최비를 돕기 위해 대군을 거느리고 내려올지도 모르는 일이니 이 점을 경계하셔야 합니다. 만약 그렇다면 낙랑군은 남에서 선비군은 동에서 퇴로를 막고 올 공산이 큽니다. 그러므로 이제는 빈 현도성을 적에게 내어줄 차례입니다. 힘들여 얻은 땅이지만 어차피 낙랑이 무너지지 않는 이상 현도는 영원한 분란의 씨앗이 될 뿐입니다. 실리를 좇아 군량과 재화를 거두시되 빈 성벽은 내어주고 회군하십시오. 자칫 늦으면 한쪽은 모용외에게, 한쪽은 낙랑에게 막혀 협공을 당할 것입니다. 만약 어느 쪽으로든 빠져나가기가 늦었다면 길이 멀더라도 남쪽으로 돌아 모용외를 피하는 게 나을 것입니다. 적은 수의 군병과 장수 하나를 현도성에 남겨 시간을 벌고 낙랑과는 일전을 겨루며 뚫어야 합니다. 모쪼록 시급히 움직여 적을 피하시고 무사히 귀환하시기를 비옵니다."

승전으로 상기돼 있던 장수들의 얼굴에서 웃음기가 사라지고 위기감이 자리 잡았다. 을불 역시 마찬가지였다. 양우가 벌떡 일어서며 말했다.

"제가 양쪽으로 탐병을 놓겠습니다."

장수들이 하루 종일 초조하게 기다리는 가운데 밤이 깊어 양우가 돌아오자 모두 그의 입가로 시선을 모았다.

"국상의 염려가 들어맞았습니다. 동과 남의 양쪽에서 대군이 몰려오고 있습니다. 특히 모용외는 놀랄 정도로 빨리 진군하고 있습니다."

'모용외.'

그와 그의 부하들을 떠올린 을불은 즉각 회군을 결심하고 장수들 하나하나를 돌아보았다. 누구를 남겨도 그들과 맞서서는 생사를 장담하기가 힘들었다.

"폐하, 제가 남아 모용외를 막겠나이다."

소우였다. 을불이 그의 얼굴을 들여다보니 굳건한 의지가 보였다.

"소우 장군."

"모용외가 어떠한 자인지, 또 모용부가 어떤 세력인지 잘 알고 있습니다. 다만 저 또한 나면서부터 고구려의 변방을 지키며 수성하는 법을 익혀왔습니다. 이런 일에 저 이상 가는 사람이 있겠습니까."

을불은 매우 걱정스러웠지만 고개를 끄덕이는 수밖에 없었다.

"소우 장군이 이토록 용맹하니 무엇을 걱정하겠는가. 다만 모용외는 천하에 제일가는 맹장이며 사도중련은 백 년 전 제갈량과 비견할 만한 인물이라 한다. 소우 장군은 부디 몸을 사리고 사리며 시간을 끌다 위험이 닥치면 그 즉시 몸을 빼도록 하라."

"알겠습니다."

소우가 결연하게 답하자 을불은 곧 자리에서 일어서며 말했다.

"비록 군공을 세우고 돌아가나 험난하기 짝이 없는 길이다. 앞으로의 싸움이 더욱 크고 어려울 터이니 장군들은 모두 긴장을 늦추지 말도록 하라."

"예!"

"선봉장 여노 장군이 일군을, 양우 장군이 다시 일군을 이끌라. 나는 나머지 군사를 지휘하여 그 뒤를 따르겠다."

소우에게 다가간 을불은 그의 손을 꼭 쥐었다.

"소우 장군은 따로 삼천 군사를 편제하여 현도성을 지키도록 하시오. 다시 한번 부탁하니 부디 몸을 사리길 바라오."

"예, 폐하! 반드시 맡은 바를 해내겠습니다."

소우가 결기 어린 목소리로 대답하자 을불은 좌중을 돌아보며 회군령을 내렸다.

"오늘 날이 밝으면 회군을 시작한다. 남쪽 길을 통하여 팔십

리 내려갔다 동진하여 평양성으로 향한다."

고구려군이 현도성을 버리고 남쪽으로 향하기 시작했을 즈음 군사 오만을 이끌고 북진해오던 방정균은 소가둔(蘇家屯)현 근방을 지나고 있었다. 방정균이 이끄는 오만의 군사는 대부분 유주와 평주의 군사였고 장수들은 하나같이 산전수전다 겪은 노장들이었다. 이런 노장들을 휘하에 잔뜩 거느리게된 방정균은 그 어느 때보다 가슴이 벅찼다.

'양운거.'

그는 옛 스승을 떠올렸다.

'역시 당신보다 내가 큰 그릇이 아니었겠소? 이제는 당신이 돌아와도 나의 휘하에 있을 것이니 이 상전벽해(桑田碧海)를 반드시 고까워만은 마시오.'

득의만면하여 웃던 방정균은 곧 나이 든 장수 하나가 달려오자 말을 멈추었다.

"무슨 일이냐?"

"여기 소가둔성에 주둔하는 게 어떨까 합니다."

"무슨 소리냐!"

"모용외가 현도성으로 향하고 있으니 고구려군은 이리로 회군할 것입니다. 그러면 우리는 소가둔성에 주둔해 적을 기다리는 게 크게 유리할 것입니다."

"고구려군이 이리 온다고? 이런 모자란 놈!"

"예?"

비록 방정균이 상장군이라고는 하나 한참이나 어린 그의 무례한 태도에 노장은 얼굴이 붉어졌다.

"회군하는 자들은 마음이 급할 터인데 어찌 가까운 길을 놔두고 이리 길게 돈단 말이냐!"

"북쪽에서 내려오는 선비군을 겁내어 이쪽으로 올 수도 있습니다."

"네 이놈!"

방정균은 갑자기 펄쩍 뛰며 화를 냈다.

"네놈이 지금 선비족 오랑캐를 치켜세우고 우리 군사를 낮추니 그것이 장수의 태도냐!"

"그것이 아니라 모용외는……."

"모용외? 내가 모용외만 못하다는 말이 아니고 무엇이냐!"

분노한 방정균이 군도를 빼어 들었다.

"군진의 사기를 떨어뜨린 죄는 마땅히 죽음으로 다스려야할 것이다."

당장이라도 군도를 내리칠 듯한 방정균의 모습에 여러 장수들이 모여들어 그를 다급히 말렸다.

"오랜 장수를 베는 것 또한 사기에 좋지 않습니다. 부디 고정하십시오."

여러 장수가 한참을 뜯어 말렸지만 방정균은 군도를 내려놓지 않았다.

"군진에 군령이 서지 않는데 무슨 전쟁을 벌인단 말이냐!"

내리쳐진 방정균의 군도에 노장수의 목이 달아나자 이를 보던 장수들은 하나같이 질려 군소리 없이 그의 곁을 떠났다.

곁에 있던 방정균의 부장이 낮은 목소리로 물었다.

"장군, 그의 말이 크게 틀리지는 않습니다. 일단 소가둔성에 들었다가 고구려군이 이리로 오면 모용외가 올 때까지 기다리면 되고 만약 그들이 모용외 쪽으로 가면 그들이 싸워 만신창이가 되었을 때 나서서 전멸시키면 공이 우리에게 오지 않겠습니까?"

"물론 그것이 군사를 운용하는 올바른 이치이다. 하지만 지금은 우리가 모용외에 앞서 고구려군과 싸우는 모습을 보여야 하니 성에 주둔해서는 안 된다. 그것이 태수의 지시이다."

"그에게 태수의 지시임을 알렸으면 굳이 해칠 필요는 없지 않았습니까?"

"장수들 중 나를 따르는 이가 손에 꼽힐 정도다. 내가 태수를 앞세워 그를 설득한다면 차후로 나의 영이 서지 않는다."

방정균은 성격이 치밀하고 꼼꼼한 데다 과거 오랜 시간 동안 양운거로부터 많은 것을 물려받은 인물이었다. 군열을 정비하고 다지는 데 그 재주가 틀림없이 뛰어났으며 군령을 내리고 군기를 지키는 것이 지독히도 엄격했으므로 낙랑군은 결코 그 기세가 무디지 않았다. 그들은 다가오는 고구려군을 향해 걸음을 빨리했다.

고구려군은 양쪽에서 적이 다가온다는 사실에 마음이 급해졌다. 방정균이 거느린 오만 군사가 소가둔을 지났다는 보고가 들어오자 모용외마저 현도성을 일거에 무너뜨리고 따라붙으면 끝장이라는 생각에 병사들은 걸음을 재촉했다. 하지만 앞으로 나아간다고 무조건 희망이 있는 것도 아니었다. 기약 없는 행군은 계속되었다.

한편 겨우 삼천의 군사로 현도성에 남은 소우는 모용외의 대군을 기다리고 있었다.

"성벽과 방책을 더 높이 쌓아라. 화살을 더 만들고 바위와 짚단을 준비하라."

"성 밖에 함정을 파라. 적의 대군이 한꺼번에 넘지 못하도록 긴 도랑을 파도록 하라."

"나무를 깎아 세워 기병의 예기를 막아라."

저 멀리 서개마현의 벌판을 새까맣게 뒤덮으며 진군해 오는 모용외의 선봉군을 보며 소우는 필사적으로 적을 맞을 준비를 했다. 앞서 을불에게 말한 대로 그는 수성에서만큼은 누구에게도 지지 않을 자신이 있었다.

한참 적을 맞을 준비를 하느라 여념이 없는 소우에게 비 오듯 땀을 쏟으며 말을 달려오는 자가 있었다. 조불이었다.

"그대가 어떻게 여기에?"

"자네 시체는 내가 챙겨야 하지 않겠나."

소우는 낯빛을 엄혹히 굳혔다.

"돌아가게. 여기 있으면 죽음을 면할 수 없어."

조불은 미미하게 고개를 가로저으며 분주히 움직이는 병사들을 가리켰다.

"저들도……."

소우는 말없이 고개를 끄덕였다.

"자네가 저들을 죽이면서 친구인 나만 살리려 한다면 어이 장수라 할 수 있겠나."

소우는 달리 할 말이 없어 한참이나 조불의 얼굴을 바라보다 처연한 웃음을 지었다.

"허허, 어리석은 자를 친구로 두었네."

말과는 달리 소우는 조불이 온 것만으로도 천군만마를 얻은 듯했다.

"소우, 결코 나서서 싸워서는 안 될 것이야."

"걱정 말게. 싸움을 피하는 데에는 나만치 풍부한 경험을 가진 자가 없지."

소우와 조불이 팔을 걷어붙인 채 군사들과 어울려 흙을 쌓고 방책을 깎으며 도랑을 파는 데에 온 힘을 다하니 모용외의 선봉이 현도성 앞 벌판에 이르렀을 즈음에 성은 이미 요새와도 같이 단단한 진영을 갖추고 있었다.

모용외의 군사가 싸움을 벌일 적에 그 선봉은 항상 번나발의 차지였다. 본래가 유목민족인 선비족은 어려서부터 말을 타고 창을 놀리는 것이 유일한 놀이일 만큼 말과 친했는데 이들 중에서도 둘째가라면 서러울 만큼 기마술에 능한 번나발은 자기 휘하의 군사를 모조리 기병으로만 구성해놓고 있었다. 그러다 보니 번나발의 기병이 제일의 자랑거리로 삼는 것은 누구도 따를 수 없는 빠르기와 결코 몸을 사리지 않는 사나움이었다.

"현도성이 보입니다!"

이날 역시 가장 먼저 현도성에 다다른 번나발은 생각하고 말고 할 것도 없이 철퇴와 도끼를 휘두르며 성문을 노리고 뛰쳐나갔다. 거칠기 이를 데 없는 선비족 기병들이 그의 뒤를 따라 고구려군이 지키고 있는 성벽을 들이쳤다.

"성문을 보호하라! 방책을 넘는 적이 없도록 하라!"

소우의 명령에 따라 현도성 성벽에는 불붙은 짚단과 바위가 굴러떨어지고 그 뒤로 수없는 화살이 날았다. 이러하자 제아무리 사납기로 이름난 번나발의 기병들이라 해도 지세의 불리함을 당해낼 도리는 없었다. 번나발은 결국 꽤나 많은 병사와 말을 잃고 성과 없이 물러날 수밖에 없었다.

"내일은 부순다."

번나발이 이를 갈자 부장 하나가 나서며 물었다.

"적의 성벽이 저토록 단단한데 계속 달려들기만 합니까?"

"그렇다고 여기서 진을 치고 앉아 적이 굶어 죽을 때까지 기다리기라도 하란 말이냐? 적은 소수에 불과하니 자꾸 공격해 성안의 돌과 화살을 모두 바닥나게 해야 할 것 아니냐."

그러나 번나발의 기대와는 달리 고구려군이 비축해둔 무기는 전혀 줄어들지 않고 있었다. 현도성 서편을 둘러싼 산이 워낙 암산(巖山)인지라 바위가 지천에 깔려 있었고 현도군이 급히 도망하느라 버리고 간 화살 또한 가득 쌓여 있기 때문이었다.

아무 성과 없이 번나발이 돌격을 거듭하는 가운데 모용외의 본대와 후군이 거의 동시에 도착했다. 번나발이 변명 삼아 모용외에게 보고했다.

"적이 수효는 적어도 준비가 상당합니다. 아직 화살도 돌도 떨어지지 않아 마구 달려들기가 쉽지 않습니다. 성이 험해 많은 군사도 별로 소용이 닿지 않을 듯합니다."

이에 모용외가 사도중련을 바라보자 그는 가볍게 말했다.

"적이 수효가 많지 않다니 제대로 잠을 못 잘 것입니다. 시간을 맞추어 공격하는 것이 좋겠습니다."

이후 선비군은 일정한 시각에 공격을 시작하고 일정한 시각에 군사를 물렸다. 이것이 너무 정연해 고구려군은 적이 쳐들어올 시간마저 정확히 알고 대비할 수 있었다.

"세상에 이렇게 우직한 자들이 있나."

소우는 질린다는 듯 고개를 저었다. 옆에서 적에게 굴릴 바위에 붓으로 자신의 이름을 큼지막하게 쓰던 조불이 말했다.

"이렇게 바위에 이름을 써줘야 죽어도 아, 내가 조불 님한테 죽었구나 하고 알지. 자네도 어서 이름이나 쓰란 말일세."

차츰 고구려군은 적의 전술에 익숙해져 갔다. 선비군은 해가 뜨면 쳐들어오고 해가 지면 퇴각했다. 이런 양태가 계속되자 군사를 반으로 나누어 교대로 휴식을 취하던 고구려군은 언제부터인가 전군이 같은 시간에 싸우고 같은 시간에 잠들기 시작했다.

그렇게 엿새가 지난 날 밤.

"이쯤이면 되겠습니다."

사도중련의 이 한마디가 모든 것을 바꾸었다.

야밤을 틈타 소리 없이 현도성 양쪽의 울창한 숲을 지나온 도환의 군사들은 한꺼번에 대공세를 펼쳤다.

동문에만 모든 방비가 집중되어 있었던 탓에 고구려군은 양쪽 측면의 공격에는 취약할 수밖에 없었다. 높다란 성벽에 갈고리가 걸리고 수많은 도환의 병사들이 성벽을 타고 넘었다.

이 물밀 듯한 공세가 시작될 즈음에 고구려군은 거의가 잠에 빠져 있었다. 적이 공격해올 시간이 아니었던 것이다. 성벽을 타 넘은 도환의 병사들이 남쪽 성문을 열어젖히고 번나발의 군사들이 열린 성문으로 들이닥치기 시작하고서야 고구려군은 비로소 적의 공세가 평소와는 다른 대규모임을 알아차릴 수 있었다.

"이 하루를 위해 엿새를 참았다."

선비군의 기세는 성난 해일과도 같았다. 고구려군의 장수들이 군사들을 독려하며 필사적으로 적을 막았으나 잠시나마 팽팽하던 이 대치는 아야로의 군사들이 들이닥치는 순간 무너지고 말았다.

아야로가 이끄는 병사들은 대부분이 부수(斧手)로 이루어져 있었다. 원래 이들은 쇠도끼를 잘 쓰던 반강의 부하들이었다. 그러나 반강이 낙랑군과의 전투에서 포로로 잡혔다가 돌아온 이후 오랜 근신의 시간을 보내야 했기에 그의 병사들은 모두 아야로의 휘하로 편입되었던 것이다. 이들은 대열이 갖추어진 창병이나 기병과 싸우는 데는 취약했지만 서로 얽혀 싸우는 난전에는 터무니없이 강했다. 큰 도끼를 휘두르며 야차와도 같이 달려드는 아야로의 군사에 고구려 군사들이 줄지어 피를 흩뿌리며 쓰러져갔다.

"물러나라! 서쪽 성문을 열고 산길로 물러나라!"

결국 더 버티지 못하고 소우의 명령이 내려졌다. 동시에 조불과 소우는 칼을 들어 몇몇 장수들과 함께 적의 선두와 맞섰다.

"소우, 자네는 퇴각하는 군사들을 지휘하게."

"어허, 이 욕심 많은 사람이 친구의 공까지 탐내는가? 내 시체는 자네가 챙겨주기로 했잖은가."

"그런데 왜 자네가 나섰나? 잠시 그냥 있었으면 무사했을걸!"

"내가 안 나섰다면 누군가 직급이 낮고 배경이 없는 장수가 남았겠지. 나는 그걸 견딜 수 없었네."

"그러면 나도 안 가겠네."

짧은 대화 중에도 적이 무자비하게 달려들자 곧 두 사람은 싸움에 휩쓸렸다. 조불과 소우의 무예 또한 일품이었다. 둘 다 산만한 몸집에 철퇴와 도끼를 주로 쓰는 것이 꼭 닮아 있었다.

무시무시한 기세로 이들이 적군을 쳐나가자 어느새 몇몇 장수들이 합류했다. 평소 워낙 소우를 마음으로부터 따르던 이들이었다. 이들 모두가 죽음을 두려워하지 않고 온 힘을 다해 병장기를 휘두르니 잠시나마 아야로의 병사들과 고구려군 사이에 틈이 생겨났다.

"모두 서둘러 퇴각하라! 소가둔으로 가서 태왕 폐하께 합류하라!"

"장군도 같이 가셔야지요!"

"나는 마지막 한 사람까지 성을 빠져나가고 난 다음에 나갈 것이다. 뒤는 내가 맡을 테니 모두 빨리 나가라!"

"소우, 내가 함께하마!"

조불이었다. 연신 터져 나오는 조불과 소우의 필사적인 목소리가 퇴각하는 장졸들의 머리 위를 울렸다. 성문을 빠져나가는 이들의 눈에는 하나같이 눈물이 흐르고 있었다. 그들은 남은 자들의 운명을 온몸으로 느끼고 있었다.

사면초가

현도성에 선비군의 깃발이 휘날리는 가운데 성벽 위에 오른 모용외가 마른 음성을 내었다.

"중련, 그녀는 없었는가?"

"예, 주공. 온 성을 찾아보았으나 주 낭자는 어디에도 없었습니다."

"시체도 찾아보았는가?"

"예. 모든 시체의 얼굴 또한 확인했습니다."

"고구려군의 포로가 되었을까?"

사도중련이 고개를 저었다.

"그들이 서둘러 회군하면서 병사도 아닌 이들을 거두었겠습니까?"

"그렇다면 어디냐! 그녀는 어디에 있다는 말이냐!"

모용외는 피가 뚝뚝 떨어지는 칼을 손에 쥐고 있었다. 대체 몇 명을 베었는지 알 수 없을 만큼 그의 칼에는 붉은 피가 겹겹이 굳어있었다.

"고구려군은 어디에 있지?"

"소가둔으로 향했다 합니다. 그들 앞에는 오만의 낙랑 군사가 다가오고 있습니다."

"을불이라는 작자도 거기에 있는가?"

"예."

모용외가 칼을 들어 남쪽을 가리켰다. 그의 칼끝을 타고 뿌려진 핏방울이 허공에 춤을 추며 흩어졌다.

"그자는 이제 빠져나갈 길이 없다! 진군시켜라! 소가둔이 바로 그자의 무덤이 될 것이다."

모용외의 군사는 그날로 다시 남쪽을 향했다.

방정균은 이를 바득바득 갈았다.

"정말로 을불 그자가 미치지 않고서야! 아니면 나를 우습게 본다는 건가!"

고구려군이 소가둔을 향해 오고 있다는 보고가 계속될수록 그의 분노는 더욱 쌓여갔다.

"그놈이 굳이 이쪽으로 온다는 말이냐?"

그 역시 다루가 을불임을 들어 알고 있었다. 과거 그토록 미워하던 을불이 이제 모용외를 피해 자신에게로 향하고 있다는 사실에 그의 열등감은 다시금 폭발했다.

"내가 그렇게 만만하게 보였느냐? 네놈은 반드시 여기서 죽을 것이다."

그의 눈 아래에는 엄정한 대열을 갖춘 정병 오만이 있었다. 자그마한 실수와 잘못도 그냥 보아 넘기지 않는 방정균의 성격 탓에 대군은 그야말로 일사불란한 진영을 갖추고 있었다.

"현도의 구명이 그 철기병에 무너졌다지?"

"예. 어마어마한 기세였다 합니다."

"을불 네놈은 영웅 고사를 공부한 적이 없구나."

방정균의 앙다문 얼굴에 비웃음이 흘렀다.

"진군을 멈추고 진을 쳐라! 방진을 펼치되 뽀족한 꼭지가 적의 전면을 향하게 하고 양 모서리의 군사들은 둘이 한 조가 되어 나란히 서되 창 하나는 바닥에 꽂고 하나는 둘이 함께 들도록 하라."

온갖 병서를 두루 섭렵한 방정균은 옛 동천왕과 관구검의 싸움에 대해서도 잘 알고 있었다.

"이놈, 을불! 어디 한번 덤벼봐라. 너는 이 방진의 무서움을 모른다. 이제 모용외가 뒤에서 다가오면 너는 이리 올 수밖에 없지 않느냐! 나는 여기서 너를 기다린다."

방정균은 진영을 갖추고 득의만면한 채 고구려군의 도착을 기다리고 있었다.

을불이 이끄는 고구려군이 쫓기듯 걸음을 옮기는 중에 현도성 서문으로 이어진 산을 타고 넘어온 조불이 을불 앞에 무릎을 꿇었다.

"조불 장군!"

"폐하, 용서하십시오. 태반의 병사를 잃었습니다."

"장군."

자잘한 상처에 그간의 고생이 더하여 조불의 얼굴은 말이 아니었다. 을불은 조불을 급히 안아 일으켰다.

"장군과 소우 장군 덕에 본대가 무사히 물러날 수 있었소. 어찌 죄를 청하시오?"

"폐하……."

조불의 목소리가 이상하리 만큼 떨려 나오자 을불이 그를 자세히 살폈다. 항상 농기(弄氣)로 가득하던 조불의 눈이 한없이 붉게 물들어 있었다. 불길한 예감에 조불의 어깨를 잡은 을불의 손에도 힘이 들어갔다.

"혹시……."

곧이어 조불의 억눌린 음성이 이상한 억양으로 흘러나왔다.

"소우가 죽었습니다."

동시에 더 이상 참지 못한 조불은 울음을 터트렸다. 흐느끼듯 꺽꺽대며 우는 조불의 모습에 이를 지켜보던 모든 장수들이 숙연히 고개를 떨구었다.

"제가, 제가 먼발치에서 그의 죽음을 보았습니다. 그는 참 많은 적병을 베고 죽었습니다."

"장군!"

평생을 함께해 온 친구를 잃은 조불은 원통함을 이기지 못하여 땅을 치며 소우의 이름을 몇 번이고 외쳐 불렀다.

"저는 그의 시신도 거두지 못했습니다. 약속했건만!"

이를 바라보는 을불 또한 눈시울을 붉게 물들였다. 과거 소노부의 차기 대가(大加)라는 큰 자리를 버리고 숙신까지 찾아와 자신을 따른 소우였다. 항상 있는 듯 없는 듯 자신을 잔잔히 지켜보던 소우의 넉넉한 눈매가 떠올랐다. 을불은 그날 밤 군사의 사기를 고려해 거듭되던 야간 행군을 멈추고 일찍이 숙영했다.

"힘들어 보이십니다."

장수들이 모두 물러간 가운데 홀로 을불의 곁에 남은 여노가 말했다.

"소우 장군의 죽음 때문입니까?"

"여노."

"예, 폐하."

"지금 내 마음이 많이 흔들리는구나."

"그는 기껍게 죽음을 맞았다 합니다."

"여노, 그대는 나의 벗이다. 나는 그대를 한 번도 나의 부하 장수로 생각한 적이 없다. 소우 또한 마찬가지이다."

"폐하."

"그러나 여노, 진정 슬프게도 지금 나의 머릿속은 소우를 잃은 슬픔만으로 차 있지가 않다."

"앞일을 생각하십니까?"

"태왕이란 참으로 가혹한 자리로구나."

여노는 무어라 답할 말을 찾지 못했다. 그때 멀리서 가냘픈 노랫가락이 들리자 을불은 조용히 귀를 기울이다 자리에서 일어나 막사 밖으로 나섰다.

"군영을 살피십니까?"

막사를 나선 두 군신은 한참 말없이 적막한 진중을 걸었다. 참으로 오랫만에 모든 군사들이 편한 잠을 이루는 가운데 몇 몇 보초들만이 깨어 주위를 경계하다 을불과 여노를 알아보고 깊이 허리를 숙였다.

"다들 잠들었구나."

"예, 오늘만큼은 모두 배불리 먹고 편히 잠들었습니다."

"그래, 수고했다."

을불이 노랫가락을 쫓아가는 걸 눈치챈 여노 역시 차츰 구슬픈 장단에 관심이 끌렸다. 한두 명의 병사가 부르는 것이 아닌 듯 노랫소리는 잔잔한 중에도 점점 분명하게 들려오고 있었다.

둥그런 해야, 붉고 붉은 고구려의 해야

동녘에 숨었다가 중천을 지나더니 서쪽에서 고왔던 해야

짙은 한밤 먼 곳으로 떠났다가

임을 반겨 다시 떠오른 붉은 해야

네 얼굴이 밝고도 밝은데 임은 어디를 보느냐

초원의 구름에 가릴까 외면하나

황무지의 비라도 내릴까 외면하나

을불과 여노는 노랫소리가 새어 나오는 군막 앞에 멈추어 서서 귀를 기울였다. 한참이나 반복해서 구슬프게 이어지던 노래는 누군가 기척을 느끼고 나서야 멎었다. 노래가 그치자 여노가 웃음을 지으며 한마디 건넸다.

"누가 지었는지 썩 듣기 좋은 노래군요."

을불은 노래가 끝났음에도 가만히 서서 눈을 감고 있었다. 깊은 생각에 빠진 듯해 여노는 굳이 그를 방해하지 않고 기다렸다. 이내 눈을 뜬 을불이 말했다.

"여노."

"예, 폐하."

"이 노래를 부른 병사들을 데려오라."

"알겠습니다. 노랫소리가 듣기에 좋으셨던 모양입니다."

을불은 대답이 없었다. 여노가 곧 군막을 젖히자 한 무리의 병사들이 그에게 이끌려 나와 황급히 엎드렸다.

"이 노래는 누가 지은 것이냐?"

병사들은 서로 얼굴을 마주 보며 몇 마디 말을 나누더니 다시 깊이 고개를 숙였다.

"자세히는 모르오나 다루라는 병사가 며칠 전 처음 불렀습니다."

다루.

순간 을불의 얼굴이 크게 경직되었다. 여노 역시 마찬가지였다.

"다루라 했느냐?"

"예, 틀림없습니다. 다루입니다."

"그를 당장 데려오라."

을불의 명령에 병사들은 황급히 다루를 찾아 물러났다. 여노는 그제야 을불의 목소리가 지나치게 굳어있다는 사실을 깨달았다.

"폐하, 진중이라 노랫가락이 사무친 모양입니다."

"노래 가사가 어딘지 이상하지 않으냐?"

"제게는 그냥 아름답고 구성진 노래로 들리기만 합니다."

"해가 동녘에 숨었다는 것은 관구검을 피해 동쪽 바닷가에 몸을 숨기신 동천태왕을 가리킴이요, 중천을 지났다 함은 위지해를 무찌르고도 진나라와 크게 다투지 않았던 중천태왕의 시대를 말하는 것이며 서쪽에서 고왔다 함은 태평무사했던 서천태왕을 말하는 게 아니겠느냐."

"예?"

"짙은 한밤 먼 곳으로 떠났다는 구절은 폐왕의 치세를 말하는 것이고 임이라 함은 바로 나를 가리키는 말이다. 얼굴이 밝다는 것은 이번 고구려의 군공을 말하는 것인데 임은 어디를 보느냐는 것은 내가 이 순간 갈 길을 찾지 못한 채 걱정하는 걸 안다는 말이다."

을불의 설명이 이쯤에 이르자 여노 또한 그것이 평범한 노래가 아님을 알 수 있었다. 가만히 생각하던 여노가 노래의 뒷부분을 풀었다.

"초원의 구름이란 선비족 모용부를 뜻함이군요. 아! 한낱 병사가 이 같은 노래를 지을 수가 있습니까? 그가 폐하의 마음조차 헤아리고 있다는 뜻이 아닙니까."

"게다가 노래를 처음 불렀다는 병사가 입에 올린 다루는 내가 과거 낙랑에서, 그리고 저가 어른 댁에서 쓰던 이름이 아닌가."

"아!"

여노도 비로소 이것이 범상치 않은 일임을 알아차렸다. 두 사람이 각자의 생각에 잠겨 침묵하고 있는데 얼마 지나지 않아 다루를 데리러 갔던 병사들이 돌아왔다. 그들의 뒤편에는 무척이나 왜소한 병사가 서 있었다.

을불은 그의 모습을 보는 순간 이상한 느낌을 받았다.

"네가 다루라는 이름을 쓰느냐?"

을불이 묻자 병사는 그저 말없이 고개를 숙이며 인사를 올렸다. 을불이 재차 물었다.

"그 노래를 네가 지었느냐?"

"네, 폐하."

"투구를 벗고 얼굴을 들라."

병사가 을불의 말을 따라 얼굴을 보였다. 환한 이마와 짙은 눈썹, 유려한 콧대와 사내치고는 지나치게 붉은 입술이 드러났다. 곧 을불은 그 얼굴의 주인을 알아볼 수 있었다.

"아!"

병사가 머리띠를 풀자 찰랑거리는 긴 머릿결이 쏟아지듯 흘러내렸다.

"알아보셨군요."

사람들의 입에서 탄성이 터져 나왔다. 병사들은 물론 여노마저 저도 모르게 신음을 흘릴 만큼 대단한 미색이었다. 그러나 누구보다도 놀란 것은 바로 을불이었다.

"그대가 어찌 여기에!"

주아영.

언제나 가슴 한편을 차지하고 있던 여인이 바로 눈앞에 서 있는 것이었다. 을불은 도무지 어떤 표정을 지어야 할지 알 수가 없었다. 그런 을불의 얼굴을 한참 동안 지켜보던 아영은 그제야 여인의 모습으로 고개를 숙이며 다시 인사를 올렸다.

"태왕 폐하께 오랜만에 인사드리옵니다."

"주 낭자!"

을불은 짧게 그녀의 이름을 불러볼 뿐 무슨 말을 해야할지 몰랐다.

"폐하를 찾아뵈올 방법이 없어 노래를 짓고 이름을 빌렸습니다. 용서하십시오."

가뜩이나 적막하던 진중에 더욱 짙은 침묵이 흘렀다. 오매불망 그리던 여인을 앞에 둔 을불도, 고개를 숙이고만 있는 아영도, 이 갑작스러운 상황을 이해하지 못하는 여노도, 그리고 아영과 함께 온 병사들 누구도 입을 열지 못했다. 다만 아영의 이 세상 사람이 아닌 것 같은 자태에 이곳저곳에서 연이어 짧은 한숨만이 터져 나올 뿐이었다. 이 어색한 시간이 한참 지나고서야 을불은 여노와 아영을 데리고 막사로 들었다.

"오랜만이오."

"낙랑에서 뵈온 지 여러 해가 흘렀군요. 과연 태왕의 자리에 오르셨으니 제 눈이 틀리지 않았습니다."

"주 낭자의 도움 덕이오."

"어찌 그런 말씀을 하십니까. 태왕께서 덕이 있으신 까닭이지요."

"그보다 어찌 낭자가 이곳에 있소?"

"태왕께 드릴 말씀이 있어 찾아왔습니다."

"이 전란 중에 찾아온 걸 보니 내가 도울 어려운 일이 있는 모양이오."

아영은 웃었다.

"아니에요."

"그렇다면?"

"태왕께서 들으신 노래를 생각해 보세요."

을불이 잠시 생각하다 말했다.

"임은 어디를 보느냐?"

"예."

"그래, 나는 어디를 보고 있소?"

"고구려요."

망설임 없는 대답이었다.

"모용외와 최비의 관계를 몰랐으니 전쟁을 일으키고 큰 군공을 거두었지만 향후의 일이 걱정되시겠지요. 큰 전쟁을 마친 지금 태왕께서는 수많은 생명을 이끌고 낙랑과 모용외의 협공을 상대하며 고구려로 돌아가야 하니까요."

을불은 짧은 한숨을 내쉬었다. 이 여인은 언제나 모든 것을 알고 있었다.

"맞소. 급히 걸음을 옮기고는 있지만 사실 기약은 없소."

아영이 다시 웃었다. 어딘지 모르게 설운 웃음이라 생각되었다.

"제게 약속을 하나 해주세요."

을불이 고개를 끄덕이자 아영이 말을 이었다.

"서를 고구려로 데려가 주세요."

을불은 자리에서 벌떡 일어섰다.

"뭐라 하셨소!"

꿈에도 잊지 못하던 여인이 홀연히 나타나더니 이제는 고구려로 데려가 달라 말하는 것이었다. 놀란 을불의 모습을 보며 아영은 진지한 표정을 지었다.

"쉬운 부탁이 아니에요. 그게 무엇을 의미하는 것인지 아시잖아요."

그제야 을불은 한 인물을 떠올렸다.

모용외. 낙랑에서 마주쳤던 그가 경매에서 적어낸 것은 바로 자신의 이름 석 자였다. 그것은 아영에게 스스로를 바친다는 뜻이었다. 아영을 위해서라면 온 천하를 다 가져다 바치겠다던 그의 얼굴이 선명하게 그려졌다.

"고구려는 그와 평생을 다투게 될 거예요."

"하하하하!"

아영의 예상과는 달리 을불은 너무나도 호쾌하게 웃었다.

"고구려의 왕으로 일개 오랑캐를 겁내는 것은 오로지 치욕

일 뿐이오."

너무도 선선한 을불의 대답이 아영에게는 의외였다. 모용외에게만 있는 줄 알았던 패기를 이 사람도 갖고 있었던 것이다. 아니, 오히려 침착한 성품의 그가 이토록 위기에 빠진 상황에서 토해놓는 호언이기에 놀라움은 더 크기만 했다.

"감사해요."

아영의 인사는 짧았다.

"그럼 당장의 어려움을 제가 풀겠어요."

긴말 대신 그녀는 막사 안에 시립한 병사를 불렀다.

"붓과 종이를 가져다주세요."

붓을 든 아영은 무언가를 빠르게 써 내려갔다. 곧 글을 마치고 주머니에서 인장을 꺼내 찍은 그녀는 종이를 을불에게 내밀었다.

"낙랑을 떠날 때 현도 태수 구명의 서한에서 그의 필체를 봐두었고 인장 또한 새겨두었어요. 이것은 구명이 모용외에게 보내는 서한이에요."

을불은 아영의 서한을 펼쳐 들었다.

— 모용 대선우, 나 구명은 주아영 낭자의 사연을 알고 있소. 최비가 대선우를 이용하고자 그녀를 현도에 오도록 했고 그녀는 전란 중에 죽었소. 최비는 고구려군에 크게

패하고 현도성을 잃은 나를 죽이려 하오. 그러니 대선우
께 몸을 의탁하고 싶소.

을불은 서한을 내려놓고 아영을 바라보았다.

"어떻게 이 난리 중에 현도 태수의 서체를 흉내 내고 인장을
새겨둘 생각을 했소?"

"원영과 장통이 우리 부녀를 전장에 보낼 때부터 흉계를 눈
치채고는 소요가 닿을 것 같아 준비해 두었어요."

을불은 감탄했다.

"주 낭자."

"예."

"내게 의문이 있소."

"무슨 말씀을 하시려는지 알아요."

아영은 다부지게 입을 열었다.

"모용외와 저의 사이를 말씀하시겠지요. 제가 예전 낙랑에
서 부탁드린 약조를 기억하시나요?"

"동생의 일 말씀이시오?"

"예."

"분명히 기억하고 있소."

"제게는 동생이 없어요."

을불의 가슴이 갑자기 두방망이질 치기 시작하며 뜨거운 눈

길이 아영의 얼굴에 모아졌다. 을불의 시선을 한참 받아내던 그녀의 입술이 자그마하게 움직였다.

"약조를 지켜주실 건가요?"

을불은 확신을 가질 수 있었다.

'이 여인은 모용외가 아닌 나를 택하고 있다.'

곧이어 을불의 떨리는 음성이 흘러나왔다.

"이를 말이겠소."

여노는 막사를 나서 기분 좋은 웃음을 터트리며 앞을 지키던 경비병들을 물렸다.

"오늘만큼은 내가 태왕 폐하의 경계를 서리라."

여려극을 들고 조금 떨어진 곳을 찾아 시립한 여노의 귀에 두런두런 이어지는 막사 안의 대화가 어렴풋이 들려왔다.

"고맙소."

"폐하께서는 아직 제게 빚이 있으세요."

"빚이라 하셨소?"

"폐하께서 직접 써내신 걸 잊지는 않으셨지요?"

"아!"

"저의 어머니는 고구려인이라는 이유로 죽임을 당하셨어요. 아마도 어머니가 극성이 아닌 평양으로 저를 이끄셨을 거예요."

"갚겠소. 반드시 낙랑을 되찾겠소."

"감사해요."

구명의 위조 서한을 받은 모용외는 눈에서 피눈물을 뽑아냈다.

"아아! 간밤에 꿈자리가 그렇게도 사납더니! 으흐흐흐!"

그는 미친 듯한 비명을 질러대며 양손 가득 흙을 퍼 올려 자신의 두 눈을 흙으로 채우려 했다. 옆에 있던 사도중련이 아무리 잡아 말려도 그는 눈에 흙을 퍼 넣고 또 퍼 넣었다.

"이제 다음 차례는 꿈에서 본 아영의 시체를 생시에서 확인하는 것이냐! 두 눈 부릅뜨고 그녀의 시체를 들여다보아야 하는 것이냐! 중련, 차라리 이 눈을 흙으로 메워다오! 아영을 따라 죽게 해다오! 나는 죽어야만 하겠다! 으흐흐흐, 흐흐흐흐!"

사도중련은 진군을 중지시켰고 밤이 새도록 눈에 흙을 퍼넣던 모용외는 어둠이 걷히고 어슴푸레 먼동이 터오자 군막을 걷고 나와 멍하니 고개를 들어 하늘만 응시했다. 그렇게 길고 긴 하루를 보낸 그의 입에서 마침내 소리 하나가 새어 나왔다.

"중련!"

밤의 짙은 어둠 속에 마치 메마른 모래와도 같이 건조하게 울리는 모용외의 목소리는 이미 모든 감정을 쥐어 짜낸 탓이라는 것을 사도중련은 잘 알고 있었다. 무릎을 감싸 안고 바닥에 주저앉은 그의 모습은 모두가 두려워하며 떠받드는 천하의 영웅이라기엔 너무도 피폐하고 초라해 보였다.

"주공!"

"돌아가자."

사도중련은 깊은숨을 내쉬었다.

"몸이라도 찾아야 하지 않겠습니까?"

"나는 그 몸을 볼 수 없다. 그냥 가자꾸나."

"알겠습니다."

선비군이 방향을 돌리자 을불의 군막으로 전령이 연속해서 날아들었다.

"모용외가 돌아가고 있습니다!"

"현도성을 지나쳐 갑니다!"

"아예 극성으로 방향을 잡은 것 같습니다!"

을불과 장수들은 한결같이 크게 놀라 아영을 쳐다보았다.

"우리는 이제 군사를 돌려 다시 현도성을 지나 평양성으로 돌아가면 됩니다. 소가둔으로 돌아가는 것보다 훨씬 가깝고 안전한 길이에요."

이에 고구려군은 단 한 차례의 싸움도 하지 않고 단 한 명의 군사도 잃지 않은 채 고구려로 안전하게 돌아갈 수 있었다.

오만이나 되는 군세를 거느리고 소가둔성 부근의 드넓은 평

원에서 힘들여 방진을 친 채 눈이 빠져라 을불을 기다리고 있
던 방정균은 고구려군이 국경에 다다랐을 즈음에야 소태 씹
은 표정으로 빈 현도성에 들었을 따름이었다.

혼례 비용

장안에서 성도왕 사마영을 만난 후 급히 말을 달려온 최비는 낙랑에도 들르지 아니하고 먼저 현도로 갔다.

연락을 받고 기다리고 있던 유주자사와 평주자사, 그리고 현도 태수와 장통은 최비의 얼굴을 보는 것이 너무나 두려웠다. 고구려군과의 싸움에서 패한 것도 그러려니와 최비가 대장군 문호와 낙랑의 정예병들을 이끌고 중원에 들어갔다가 이 일로 말미암아 모든 계획을 다 포기한 채 급히 돌아오게 한 것은 만회하기 어려운 중죄였다.

그러나 현도성 태수부에 든 최비는 고개를 숙인 평주자사와 유주자사에게 도리어 깍듯이 예를 갖추었다.

"두 분 자사님께 사죄하오. 애써 군사를 내어주셨음에도 본인의 내다보는 눈이 짧아 해만 끼쳤을 뿐이오."

"태수님, 저희들이야말로 면목이 없습니다. 큰 뜻을 펼치려 가신 길을 저희가 막고 말았습니다."

최비는 다음으로 현도 태수 구명의 손을 잡아 위로했다.

"명아, 내가 고구려를 잘못 평가해 이렇듯 너의 몸을 상하게 했구나! 부디 나를 용서하여라!"

구명은 그 자리에 무릎을 꿇으려 했으나 최비는 손을 놓아주지 않았다.

"승패는 병가에서 무시로 일어나는 일이다. 그러니 너무 욕되게 생각 말아라."

구명은 패전에 직접적 책임이 있는지라 최비의 위로를 받자 그만 눈물을 주르륵 흘리고 말았다.

최비는 장통도 마찬가지로 끌어안았지만 그의 귓가에 건네진 것은 위로의 말이 아니라 나직하고 다급한 물음이었다.

"모용외가 너희들의 농간을 아느냐?"

"모, 모릅니다."

"주씨 부녀는 어디에 있느냐?"

"전란 중에 죽었을 것입니다."

"나중에 다시 부르리라!"

최비는 대장군 문호가 군사를 거느리고 도착하기를 기다렸다가 현도성의 백성과 평주자사, 유주자사, 그리고 군사를 모두 모아놓고 단에 올랐다. 그는 머리를 풀어 헤치고 맨발로 단에 올라서는 바닥에 무릎을 꿇었다. 그러자 가슴이 쩍 벌어지고 우람한 체격의 장사가 채찍을 든 채 최비의 등 뒤에 섰다. 모든 사람들이 영문을 몰라 하는 가운데 장사가 쉭 하고 바람을 가르며 채찍을 휘둘렀다.

"윽!"

최비의 폐부를 찌르는 듯한 비명이 낮고 길게 울려 퍼지자 사람들은 모두 경악했다. 두 번째 채찍이 허공을 가르자 최비의 비명 이전에 지켜보는 사람들의 비명이 터져 나왔다.

"아아악!"

인정사정없는 매질이었다. 다시 장사가 채찍을 들어 올리자 급기야 사람들 사이에서 울음이 터져 나왔다.

"안 돼!"

"태수님!"

"멈춰라, 이 개백정 놈아!"

그러나 최비는 지켜보는 모든 사람들이 절규하는 가운데 예정한 열 대를 다 맞았다. 세 번째 채찍을 받을 때부터 그는 전혀 신음 소리를 내지 않았다. 이를 악물고 두 눈이 튀어나올 듯 정면을 똑바로 응시한 채 온몸으로 채찍을 받아내는 그의 악귀 같은 모습에 사람들은 통곡하면서 땅을 쳤다. 스스로 부과한 채찍형이 끝나자 단에서 몸을 일으킨 그는 사람들을 향해 짧고 간단한 한마디를 내뱉었다.

"고구려를 피로 물들이리라!"

혼자 힘으로 가까스로 단을 내려오던 최비는 비틀거리더니 그 자리에서 넘어져 버렸다. 그러자 누가 시키지도 않았건만 사람들 사이에서 한 맺힌 절규가 터져 나왔다.

"고구려를 피로 물들이리라!"

　며칠 후 어느 정도 몸을 회복하고 낙랑으로 돌아간 최비는 장통을 불러 거듭 주태명 부녀의 자취를 물었다.

　"같이 갔던 군사들도 행방을 알 수 없으니 틀림없이 죽은 것입니다."

　"주가장에도 무슨 기별이 없었다더냐?"

　"주태명의 동생 주황도 두 사람이 죽은 걸로 보고 장례 준비를 하고 있습니다. 낙랑에 그 많은 재산을 놔둔 사람들이 돌아오지 않는 걸 보면 분명 죽었을 것입니다."

　잠시 생각하던 최비는 침통한 목소리를 내보냈다.

　"장통."

　"네, 태수님."

　"주태명 부녀가 현도로 출발하고 난 다음 모용외의 군사가 움직였다면 이것은 너나 원영 둘 중 하나가 나의 명을 어기고 일을 꾸민 것이다. 너는 원영에게 책임을 물어 하옥했고 그는 자결했지만 이는 두 가지 이유에서 내 눈을 벗어날 수가 없는 일이다."

　장통은 입을 꾹 다문 채 고개를 숙여 최비의 눈길을 피했다.

　"첫째, 원영은 평생 돈을 만져온 자라 이런 큰일을 할 주제가 되지 않는다."

최비의 목소리는 잔잔했으나 확고했다.

"둘째, 그는 나의 심복이라 당연히 나를 기다렸다 자신을 투옥한 자에게 복수를 하려하기 마련. 절대 자결할 이유가 없다. 그러니 이 일은 네가 꾸민 것이다."

장통은 그 자리에 꿇어 엎드렸다.

"태수님, 죽여주옵소서."

"전황이 불리하니 짜낸 계략이었겠지만 자칫했으면 낙랑은 나도 없는 사이 고구려와 모용외의 협공을 받아 쓰러질 뻔했다. 이제 알겠느냐? 너의 지략이 얼마나 위험했던가를!"

"죽음으로 사죄하겠나이다!"

"가라! 극성으로 가라! 가서 모용외에게 솔직하게 너의 짓임을 털어놓아라!"

"책임지고 신의 농간이었음을 알린 후 죽겠나이다."

"네가 거기서 죽을지 살지는 모르는 일이다. 모용외는 네 뒤에 있는 나를 볼 것이니까. 하지만 여기 있으면 반드시 죽는다. 내가 너를 죽이지 않을 수 없는 이치를 알겠느냐?"

장통은 눈물을 흘리며 깊이 고개를 숙인 후 홀로 말을 타고 낙랑성을 떠났다.

최비는 등에 딱지가 져 움직일 수 있게 되자마자 눈에서 불을 뿜으며 고구려를 칠 준비를 시작했다. 그는 대군을 거느리고 돌아온 문호에게 낙랑과 현도는 물론 평주와 유주에 속한 모든 군과 현으로부터 군사를 차출하도록 해 불철주야 훈련을 시켰다. 또한 자신은 전투뿐만 아니라 군수 조달과 수송에 이르기까지 제반 군사(軍事)를 살피며 수시로 호위무사 몇 명만 데리고 고구려로 향하는 모든 통로를 직접 조사하고 세세한 전투 계획까지 짰다.

그는 태수부에서도 내전에 기거하지 않고 후원에 군막을 친 후 거기서 지냈다. 술을 일체 입에 대지 않고 병사들과 똑같은 음식을 먹었고 숱한 밤을 뜬눈으로 지새우며 오직 고구려와의 전쟁만을 생각했다.

창조리는 을불의 개선군과 함께 아영이 평양성으로 오자 내전으로 을불을 찾았다.

"전령을 통해 고했던 대로 주 낭자의 부친을 찾아 편히 모시고 있습니다."

"그들의 거소를 궁에 마련하고자 했으나 주 낭자가 굳이 민간에 거하기를 청했소."

"분별이 대단한 분이니 법도를 지키려 하겠지요."

"그들 부녀가 평소 낙랑에서 존중받으며 잘살다가 전란이 닥치자 고구려인이라는 이유로 많은 고생을 한 듯하니 국상께서 여러모로 살펴주시오."

"하여 바로 국혼(國婚)을 준비하고자 합니다."

166

"그런데 부녀가 낙랑에서 맨손으로 떠나왔으니 혼례를 호사스럽게 하면 속으로는 마음이 많이 상할 것 같소."

본시 고구려 민간에서의 혼례 풍속은 매우 간소해 허례허식하는 법이 없었다. 신랑이 신부 될 사람의 집에 가서 몇 년 혹은 몇 달간 서옥(婿屋)이라는 임시 거처에서 같이 생활하다 혼례식을 올리는데 이때 신랑 집에서는 술과 돼지고기만 보내 잔치를 도울 뿐이었다. 이것은 대가나 권세가에서도 그대로 지켜져 고구려의 혼례는 검소했고 누구나 결혼하기가 쉬웠다. 하지만 왕실의 혼례 풍속은 달랐다. 특히 대대로 왕후를 낸 연나부에서는 혼례를 권력 획득의 계기로 삼았기에 수많은 손님을 초청해 매우 화려하게 치르곤 했던 것이다.

"명심하겠습니다."

창조리는 그길로 저가를 아영의 처소로 보냈다.

"귀인을 뵙습니다."

저가는 얼굴에 웃음을 하나 가득 머금고 집 안으로 들어섰다. 낙랑에서 맺은 인연이 혼사로까지 이어지게 되자 가장 기뻐한 사람이 바로 저가였다.

주 대부와 아영은 허리를 숙여 저가를 맞았다.

"저가 주부께서 직접 누추한 곳을 찾아주시니 이 은혜 감당할 길이 없습니다."

세 사람은 따뜻한 눈길로 서로를 마주 보았다.

"처음 보아서 좋은 사람은 끝까지 좋은 법인가 봅니다. 이미 두 분의 뜻이 확인되었으니 바로 혼례를 치르도록 하는 게 좋겠습니다."

주 대부는 연신 웃음을 감추지 못했지만 막상 혼사라는 현실이 눈앞에 닥치자 체면에 극히 신경이 쓰였다. 오랫동안 정성 들여 마련해둔 혼수마저 모두 낙랑 땅에 두고 온 그였기에 고구려에서 치러야 하는 혼례식이 더욱 견디기 어려웠다.

"하지만 저는 가진 재산을 모두 낙랑에 두고 온 데다 가져올 길도 없으니 매우 난처합니다."

"태왕께서는 혼례를 극히 간소하게 치르라 하셨습니다."

"감사하긴 하지만……."

주 대부는 을불의 배려가 고마웠다. 어차피 궁에서 모든 비용을 대는 혼례인지라 화려하면 화려할수록 심정이 위축되는 건 피할 도리가 없을 것이었다. 그런데 이때 아영의 강고한 목소리가 두 사람 사이를 비집고 들었다.

"아니에요. 이번 혼례는 국혼답게 화려하고 장엄하게 치러야 해요."

주 대부의 당황한 표정에 이어 저가 역시 염려스러운 기색을 떠올렸다. 하지만 아영은 당당하기만 했다.

"고구려 조정에 부탁드릴 일이 있습니다."

"말씀하시지요."

"저희 아버지께 평상시 연나부가 왕실 혼례에 쓰는 물자의 두 배를 빌려주시기 바랍니다."

저가는 뜻밖의 말에 곤혹스러웠지만 국상으로부터 뭐든 그들이 원하는 대로 해주라는 지시를 받고 온 터라 고개를 끄덕였다.

"그렇게 하지요."

주 대부가 놀라며 조심스럽게 물었다.

"아, 아니, 얘야. 빌리다니? 낙랑에 있는 재산은 보나 마나 다 빼앗겼을 터인데 어떻게 갚으려고 그런 무리한 청을 하느냐?"

아영은 저가를 향해 말했다.

"주부 어른도 아시겠지만 저의 아버님은 그렇게 초라한 혼례식을 치러야 할 분이 아니에요. 모든 걸 잃고 여기 와서 혼례마저 조정에 기대어 옹색하게 치른다면 혼례식은 기쁨이 아니라 슬픔이 될 거예요. 빌린 물자는 제가 백 배, 아니 천 배로 갚아줄 거예요. 예식이 끝나면 바로 말이에요."

주 대부는 더욱 안절부절했지만 저가는 묵묵히 고개를 끄덕이며 아영의 말을 듣고만 있었다.

혼례는 역대 그 어느 국혼보다 성대하고도 화려하게 치러졌다. 을불은 호화로운 예식을 좋아하지 않았지만 낙랑에서 모든 걸 잃고 온 주씨 부녀를 배려하는 뜻에서 아영이 원하는 대로 혼례를 치르게 했다.

아영은 온 얼굴과 온몸에 수줍음을 가득 띠고 고개를 숙인 채 조심조심 의례를 밟아 나갔다. 길고 긴 의례를 거쳐 마지막으로 두 사람의 성혼을 선언하는 제사장의 엄숙한 목소리가 대전에 울려 퍼졌다.

"천신이시여, 그리고 지신이시여! 오늘 태왕 고을불과 왕후 주아영의 합일을 허락하시니 고구려 백성은 두 분을 어버이로 모시고 세세연년 사직을 지키며 대고구려의 명성이 천하를 떨어 울리도록 나아갈 것입니다! 그러니 이들의 혼사를 받아주옵소서!"

제사장이 낭랑한 목소리로 두 사람의 혼사가 천지신의 허락을 받았음을 선포하자 사방에서 환호성이 터져 나왔다.

"태왕 만세!"

"왕후 만세!"

혼례 직전까지도 아쉬운 표정을 숨기지 못하던 연나부의 대가들 역시 미련을 씻어버린 얼굴로 한껏 만세를 불렀다. 고구려는 건국 초기부터 워낙 외적과 크고 작은 전쟁을 거듭해 온 터라 단결력 하나만은 천하제일이었다. 이 단결력과 화합력은 조정이나 백성이나 마찬가지였고 지위의 높고 낮음이나 재산의 많고 적음도 전혀 문제가 되지 않았다. 또한 개인 간에 언짢은 일이 있다 하더라도 국가의 큰일을 앞에 두고는 모두 털어버리고 함께 뭉쳤으니 이것이 곧 고구려의 힘이었다.

환호성이 팔방에 울려 퍼지는 가운데 을불은 아영의 손을 쥐었다.

"아영, 미력하지만 지아비로서 최선을 다하겠소."

아영은 눈을 들어 을불을 바라보았다. 두 사람의 눈길이 한데 부딪히는 순간 아영은 처음으로 평화를 느꼈다. 그간은 수많은 남자들과 세상을 다투며 먹느냐 먹히느냐의 경쟁 속에 살아온 세월이었다. 삶의 절반 이상을 남장으로 자신의 감정은 물론 정체까지 숨긴 채 살아온 지난날이 마치 한바탕 스치고 지난 꿈처럼 느껴졌다.

"죽는 그날까지 한마음으로 태왕을 모시고자 합니다."

이날부터 며칠간 고구려의 풍습대로 조정과 민간이 모두 밤 늦게까지 술을 마시고 춤을 추며 즐겼으니 상부 집권 이래 실로 오랜만에 맞는 경사였다.

기다림의 끝

창조리는 낙랑에 끊임없이 세작을 놓아 보내 최비의 처절하리만치 무서운 전쟁 준비를 속속들이 보고받고 있었다. 현도와의 대전에서는 이겼지만 새로이 준비되고 있는 전쟁은 그것과는 판이하게 다를 터였다. 무엇보다 이번 전쟁에는 가장 두려운 두 사람, 최비와 대장군 문호가 함께 직접 군사를 지휘할 것이었다.

창조리의 근심은 여기서 그치지 않았다. 또 한 사람의 영웅 모용외가 있는 것이다. 아영을 잃은 그의 분노 역시 최비에 못지않을 것이었다.

창조리는 지금이야말로 동명성왕이 나라를 연 이래 가장 위험한 시기임을 직감했다. 유주와 평주, 그리고 현도가 뒤를 받치는 낙랑에 비해 고구려는 부족한 게 너무 많았다. 우선 고구려는 근 십 년 가까이 백성들의 삶이 너무 고달팠다. 군사의 힘은 넉넉한 백성으로부터 나온다는 걸 너무도 잘 아는 창조리로서는 당장 최비가 전군을 휘몰아 진격해 온다면 식량 때문에라도 기나긴 농성작전을 펼 수 없다는 걸 잘 알았다. 또한 군사의 수가 절대적으로 부족한 점도 고구려가 극복해야 할 숙제였다.

을불 역시 최비가 스스로 채찍을 청하며 고구려에 복수를 다짐하고 있다는 말을 들었기에 국혼의 들뜬 분위기가 가라 앉기도 전에 창조리를 찾았다.

"국상이 왜 십 년을 기다려야 한다고 그리도 고집을 세웠는지 이제야 알 것 같소."

"앞으로 일어날 싸움은 작은 전투가 아니라 서로의 존망이 걸린 전쟁입니다."

"듣자니 최비는 이미 막강한 군세를 지녔음에도 잠을 자지 않고 훈련과 정비에 매진하고 있다는데 참으로 큰일이 아닐 수 없소."

"신혼에 너무 심려 마옵소서. 신이 어떻게든 시간을 벌 방법을 강구해 보겠습니다."

을불과 이런 대화를 나눈 지 얼마 지나지 않아 창조리는 왕후의 연락을 받고 후원으로 갔다. 왕후로서 제대로 복색을 갖춘 아영의 자태는 더욱 품위가 있었다.

"국상께서 혼사를 도와주신 데 대해 어떻게 감사드려야 할지 모르겠습니다. 덕분에 만천하에 태왕의 위신이 깎이지 않은 듯하여 마음이 놓입니다. 저는 이제 고구려 조정에 졌던 빚을 갚고자 합니다."

"하하, 왕후께서 어찌 조정에 빚을 질 수 있습니까? 잊어버리시지요."

"아니, 저는 갚고 싶습니다."

창조리는 묵묵히 생각하다가 대답했다.

"그렇다면 어떻게 갚을지 말씀하시지요."

"저는 그 빚을 시간으로 갚고자 합니다."

"시간으로요?"

"시간을 얻는 건 곧 고구려의 운명을 가르는 일. 충분한 대가가 될 거예요."

"물론입니다. 좋은 생각이 있으신 모양이군요."

"국상께서도 생각이 없으실 리가 없을 텐데요?"

창조리는 고개를 가로저었다.

"아직 저는 시간을 벌 방도를 마련하지 못했습니다."

"그렇다면 제 생각을 말하겠어요. 그 전에 하나 부탁을 드리고 싶어요."

"무엇입니까?"

"아달휼 장군을 제게 잠시 빌려주세요. 이유는 묻지 마시고요."

"태왕 이하 모든 신료가 낙랑의 침공을 밤낮으로 염려하는 터에 시간을 벌 수 있는 방법이 있다면 아달휼 장군 역시 기쁘게 명을 받을 것입니다."

"여기에 제 생각을 적어두었어요."

아영은 조심스러운 동작으로 곱게 접은 비단천을 창조리에게 건넸고 창조리 역시 신중한 표정으로 아영이 내민 천 조각을 폈다.

'제살(濟殺)!'

좀체로 놀라는 법이 없는 창조리지만 이 두 글자에는 진정 모골이 송연해지는 느낌이었다. 제살이란 바로 백제의 왕을 죽인다는 계략이 아닌가. 창조리는 눈을 씻고 아영을 바라보았다.

"음!"

창조리는 이토록 무서운 여자가 고구려 왕실에 들어왔다는 사실을 어떻게 받아들여야 할지 몰랐다. 좋은 쪽으로 생각하면 천하의 재사를 얻어 왕실의 홍복이지만 나쁜 쪽으로 흘러간다면 그 결과는 상상할 수조차 없을 것이기 때문이었다. 창조리는 자신이 을불의 곁을 잠시라도 비우면 안 되겠다는 생각을 굳게 했다.

"이것은 놀라운 지략입니다. 이 세상 누가 백제왕을 죽여 최비를 막겠다는 생각을 할 수 있겠습니까?"

"알아주시니 고맙군요. 그러면 아달휼 장군을 제게 보내주세요."

"그를 백제에 자객으로 보낼 생각은 아닐 테지요?"

"물론이에요. 백제에는 낙랑 사람을 보내야지요."

그날 오후 아영은 후원에 찾아온 아달휼을 만났다. 아달휼은 창조리가 아무런 설명도 없이 왕후를 찾아가라고 하자 영문도 모른 채 급히 후원으로 왔던 것이다.

"왕후께서 부르셨다고 들었습니다."

"아달휼 장군. 누구도 알지 못하게 낙랑으로 가주세요."

아달휼은 적잖이 놀랐다. 이것은 너무나 뜻밖의 얘기였다. 하지만 다음 순간 아달휼은 자신의 목숨을 바칠 때가 왔음을 깨달았다. 왕후가 무엇을 주문할지는 듣지 않아도 뻔한 일이었다. 아달휼은 고개를 숙였다.

"알겠습니다. 제 목숨을 던져서 최비의 명을 거두겠습니다."

"고마워요, 아달휼 장군. 그러나 목표는 최비가 아니에요."

"네? 그러면……."

아영은 주변을 둘러본 후 목소리를 낮추었다.

아달휼이 떠나고 나자 아영은 후원 한편에 외롭게 서 있는 회화나무 밑으로 가 한동안 눈을 감은 채 서 있었다. 어떤 계략을 짜낼 때도 표정의 변화를 보인 적이 없는 그녀였지만 이 순간은 살짝 눈물이 비쳤다.

"당신의 운명이 안타깝군요. 다음 생에서는 당신이 원하는 삶을 살기 바랄게요. 모두가 폐하를 위한 길임을 당신도 알아주길······.”

　며칠 후 아달휼은 음모를 데리고 낙랑으로 떠났다. 이미 양
운거의 집이 어딘지 아는 음모는 어느 정도 집이 가까워지자
몸을 사렸다. 이전에 보았던 양운거의 무서운 눈초리가 떠올
랐던 것이다.

　“저 언덕을 돌아가면 외딴집 한 채가 있습니다. 집이라고는
그 한 채뿐이니 못 찾으실 리 없습니다.”

　“너는 방해만 될 뿐이니 먼저 돌아가라.”

　몸을 낮춘 채 언덕을 올라간 아달휼은 양운거의 집을 발견
하자 숲속에 몸을 숨겼다. 짙은 숲이 아달휼의 모습을 완전히
가려주어 그는 숲속에서 장시간 양운거의 집을 관찰했다. 집
에는 늘 세 사람이 있었다. 양운거와 소청, 그리고 창랑이라고
불리는 한 소년이었다.

　양운거는 매일 오전과 오후 한 차례씩 소년을 데리고 산으
로 올라가 검술을 가르치곤 했다. 그럴 때면 소청은 혼자 집에
있었는데 양운거의 검술 수련 시각이 정확해 의외로 일은 쉬
워 보였다. 청순한 모습의 소청을 볼 때마다 아달휼은 마음이
불편했지만 이것은 낙랑의 침공을 막고 고구려를 위기로부터
구하기 위한 일이었다. 이미 어린 시절부터 정을 뚝 잘라버리
고 살아왔던 그였기에 맑디맑은 소청의 모습을 이겨내고 마

음을 굳게 다잡을 수 있었다.

"창랑아, 열심히 해. 아버지, 다녀오세요."

예정된 무예 교습 시간. 양운거가 창랑과 같이 나가는 것을 본 아달휼은 숲을 돌아 집 뒤로 천천히 다가갔다. 문 앞까지 다가선 아달휼은 소리 나지 않게 서서히 칼을 빼 들었다. 그림자처럼 문을 열고 들어서자 상머리 위로 고개를 숙인 채 한 통의 서한을 열심히 들여다보고 있는 소청의 모습이 눈에 들어왔다. 아달휼은 어깨 위로 칼을 든 채 그림자처럼 다가가 소청의 바로 뒤에 섰다. 그때까지도 소청은 서한에 정신이 팔려 아달휼의 존재를 전혀 알아채지 못하고 있었다.

아달휼은 한참이나 그 자리에 서 있었다. 이제껏 무기를 들지 않은 사람을 베어본 적이 없었다. 게다가 지금 앞에 있는 사람은 여자, 그것도 등을 돌리고 앉아있지 않은가. 깊은 망설임이 파도처럼 밀려왔고 그럴 때마다 아달휼은 독한 마음으로 스스로를 채웠다. 다시 한번 망설임이 밀려오는 순간 아달휼의 칼이 짧게 호를 그리며 소청의 목을 향했다. 이때 이상한 기운을 느낀 소청이 흠칫 놀라며 고개를 돌리자 아달휼은 자신도 모르게 손을 멈추고는 칼을 숨겼다.

소청은 낯선 남자의 모습이 눈에 들어오자 깜짝 놀랐지만 얼마 전 창랑으로부터 들었던 놀라운 얘기가 전광석화처럼 떠올랐다. 일 년 내내 아무도 찾는 이 없는 집에 고구려 조정으로부터 누군가 왔다고 하지 않았던가.

"당신은 고구려에서 오셨나요?"

아달휼은 자신도 모르게 고개를 끄덕였다. 이제 곧 죽어야할 사람에게 구태여 자신의 정체를 숨기고 싶지 않았다. 소청의 표정이 일순 환해졌다.

"다루 오빠가, 아니 그분이 저를 부르셨군요."

한참이나 아달휼의 대답이 없자 소청은 표정을 가라앉히고 차분하게 말했다.

"저를 오라고 하신 건 아닌 모양이네요. 그분 뜻대로 하겠어요. 평양으로 가고 싶긴 하지만 그분이 많이 곤란하시겠지요. 고구려의 태왕이시니. 이렇게 사람을 보내주신 것만 해도 저는 너무 감사해요."

눈을 감은 채 꼼짝도 않던 아달휼이 이를 악물고 순식간에 칼을 휘두르자 소청은 비명 한 번 지르지 못하고 그 자리에 쓰러졌다. 아달휼은 상에 엎드린 채 숨이 끊어진 소청의 흘러내리는 피로 바닥에 글씨를 썼다.

'양운거, 이 세상 끝까지 쫓아가 선왕의 원수를 갚을 것이다.'

글씨를 다 쓰고 난 아달휼의 눈이 소청의 가슴에 눌린 빛바랜 서한을 읽어나갔다.

─ 낙랑 간세 다루가 보고함. 낙랑의 진법은 팔패진과 차륜

진이 자유자재로 결합하는……

바로 을불이 남기고 떠났던 그 편지였다. 잠시 편지를 들여다보던 아달휼은 손을 뻗어 편지를 집으려다 말고 돌아섰다.

집으로 돌아와 소청의 시신을 목도한 양운거는 온 힘을 다해 슬픔을 내리눌렀다. 그날 밤새도록 소청과 같이 지낸 양운거는 다음 날 오후 햇살이 따뜻할 때 소청을 깨끗이 씻겨 새 옷을 입힌 다음 건너편 양지바른 언덕에 묻었다. 오래전부터 소청과 일거수일투족을 같이해 온 창랑 또한 양운거의 곁에서 소청의 마지막 길을 지켰다. 양운거는 장례를 마치자 담담한 목소리로 창랑에게 말했다.

"창랑아, 이제 너는 가거라."

"저는 떠날 수 없습니다."

"아니다. 너는 갈 수 없는 곳이다."

"저는 어디든 사부님과 같이 갈 각오가 되어있습니다. 소청 누이를 이렇게 잃고서 떠난다면 저는 사람이 아닙니다."

"하지만 이 길은 네가 갈 수 없다. 너는 나에게 방해가 될 뿐이다."

"그렇다면 저 혼자 백제로 가겠습니다. 저는 단 한 명이라도 더 백제 놈들을 죽이고 죽겠습니다."

"아니다. 백성들을 죽일 일이 아니다. 단 한 사람이 있을 뿐이다."

"그 사람이 누군지요?"

"백제왕."

"사부님, 죽여야 할 자가 왕이라 하더라도 제게는 다를 게 없습니다."

창랑은 원래 저잣거리에서 칼춤을 추던 소년이었다. 그의 칼춤은 너무도 특별나 많은 사람들이 그의 재주를 보러 모여들었다. 하지만 구경꾼의 숫자가 바로 그의 수입으로 연결되지는 않았다. 저잣거리의 왈패들은 창랑의 수입 대부분을 뜯어갔고 나이 어린 창랑은 툭하면 그들에게 심한 폭행을 당하기 일쑤였다. 어느 날 창랑이 평소보다 수입이 적다는 이유로 왈패들에게 몰매를 맞고 있을 때였다. 옆을 지나던 소청이 달려들어 왈패들과 싸움이 붙게 되었지만 떼거리의 숫자가 너무 많아 소청은 그 자리를 피하는 수밖에 없었다. 다음 날 소청은 양운거와 같이 다시 저잣거리에 나타났고 양운거는 왈패들의 팔 하나씩을 분지른 후 창랑을 집으로 데리고 와 같이 살게 되었던 것이다.

양운거는 지금 자신이 가는 길의 종착점이 죽음이라는 걸 너무도 잘 알고 있었다.

"더 이상 따라오면 내가 너를 죽이련다!"

양운거는 매서운 말을 남긴 채 창랑을 떼어놓고 혼자 백제로 향했지만 창랑은 끈질기게 양운거의 뒤를 따랐다. 마침내 백제 땅으로 들어서자 양운거는 창랑과의 피하고 쫓는 기묘한 모습이 사람들의 주목을 끄는 것이 두려워 창랑을 받아들일 수밖에 없었다.

"사부님, 제가 반드시 도움이 될 거예요."

양운거는 도성에 자리를 잡고 매일 궁성을 살폈다. 그는 백제왕을 암살하려면 단 한 번에 결판을 내야 한다는 것을 누구보다 잘 알고 있었다. 그래서 그는 서두르지 않고 매일 궁성을 지켜보며 백제왕의 동정을 살폈다.

양운거는 왕이 제사 지내려 나올 때를 기다렸다. 왕의 다른 바깥 행차는 들쑥날쑥한 데 반해 제사는 예고되기 때문이었다. 하지만 막상 왕의 행렬이 궁을 나서자 수없이 많은 병사와 무사에 둘러싸인 왕을 혼자서 죽이기는 거의 불가능하다는 걸 양운거는 깨달았다. 어느 나라든 왕을 죽인다는 것은 어렵고도 어려운 일이었다.

양운거는 마음이 조급해지지 않도록 소청 생각을 지우고 정신을 통일하려 노력했다. 그렇게 완벽한 기회를 찾다 보니 시간이 걸리는 건 어쩔 수 없는 일이었다.

창랑은 그동안 거리에서 칼춤을 추었다. 어쨌든 입에 풀칠은 해야 했기 때문에 창랑의 칼춤은 양운거에게 도움이 되었다. 흔히 볼 수 없는 매우 특이한 창랑의 칼춤은 많은 사람의 주목을 끌었다. 차츰 소문이 나면서 도성 밖에서도 창랑의 칼춤을 보기 위해 사람들이 몰려들었고 구경꾼들은 모두 즐거워하고 감탄하며 자리에서 일어났다.

칼춤 소년 창랑의 소문은 궁에도 흘러들어 갔다. 그러던 어느 날 뜻밖의 소식이 창랑을 찾아왔다. 왕의 여흥을 담당하는 관리가 창랑의 칼춤을 보고는 궁으로 초대한 것이었다. 양운거는 눈을 빛냈다. 그토록 기다리던 기회가 전혀 생각지 않은 방향에서 찾아온 것이다.

"거봐요, 사부님. 제가 도움이 되잖아요."

양운거는 세심하게 준비했다. 궁에 들어가는 날 양운거는 창랑의 옷과 칼을 간수하고 분장을 돕는 역할로 창랑과 동행했다. 하지만 양운거의 표정은 무겁게 가라앉아 있었다. 창랑의 안전을 보장할 수가 없었던 것이다. 그러나 창랑은 결연한 어조로 양운거에게 말했다.

"사부님. 저를 생각하시면 이 일은 반드시 실패합니다. 상대는 백제왕이고 출중한 호위무사가 수를 헤아릴 수도 없을 것입니다. 저는 어차피 궁에 들어가는 순간 죽을 수밖에 없습니다. 저의 소원을 이루게 해주십시오. 저는 소청 누이를 위해 죽는 것이 꿈이었습니다."

양운거는 이런 창랑을 보며 더 이상 말을 잇지 못했다. 하지만 궁에 들어서는 순간 양운거는 자신의 고집을 버렸다. 어차피 둘 다 살아 나갈 희망은 없었다. 어설프게 창랑의 안전을 도모하려다 일에 실패해서 둘 다 개죽음을 당할 수는 없다고 생각했다. 양운거는 창랑의 어깨에 손을 얹고 힘을 꽉 주었다. 제자에게 보내는 마지막 마음이었다.

"창랑아, 저세상에서 소청과 다시 만나자!"

창랑은 백제왕 앞에서 그 어느 때보다도 현란하게 칼춤을 추었다. 큰 칼, 작은 칼 등등 여러 개의 칼을 바꿔가며 신묘한 동작을 풀어내자 사람들은 모두 무아지경에 빠져들었다. 나이가 어린 데다 마치 여자처럼 곱게 생긴 창랑의 신기한 칼춤은 왕은 물론 호위무사들의 혼까지 쏙 빼놓았다. 양운거는 온 신경을 곤두세우고 왕에게로 짓쳐들어갈 순간만을 노리고 있었다. 창랑 또한 양운거에게 최고의 기회를 주기 위해 가장 극적인 춤사위를 만들어냈다. 창랑이 칼 두 자루를 공중에 높이 던지자 구경하던 사람들의 고개가 한껏 뒤로 젖혀졌고 그 틈을 이용해 양운거는 비호처럼 날았다. 모두가 넋을 놓고 있던 터라 아무도 느닷없이 뛰쳐나온 양운거를 막을 수는 없었다. 양운거의 칼끝이 백제왕의 목을 관통하려는 순간 누군가가 뛰어들어 몸으로 막았다. 시위대장이었다.

"으악!"

시위대장의 비명을 뒤로하고 백제왕은 급히 몸을 피했다. 찰나의 틈을 타고 호위무사들이 달려들어 양운거는 이내 그들에게 포위되었다. 그러나 양운거는 추호도 흔들리지 않고 무사들을 베어나갔다. 드디어 다시 한번 양운거의 칼이 왕의 목에 닿는 순간 뒤에서 찔러온 한 자루의 장창이 그의 목덜미에 박히면서 양운거의 칼은 힘을 잃었다. 그리고 칼이 밑으로 처지는 바로 그때 호위무사의 한 칼이 양운거의 가슴을 찔렀고 동시에 또 한 무사가 날린 칼이 허공에서 호를 그리며 양운거의 목을 베었다.

"아!"

한 많은 양운거의 마지막 순간이었다. 그러나 그걸로 모든 게 끝난 건 아니었다. 양운거의 몸이 기울어져 바닥에 닿는 순간 어느새 백제왕의 곁으로 사뿐히 다가간 창랑의 칼이 왕의 목을 깊숙이 관통했던 것이다.

이로써 분서왕의 운명도 결정되었다. 부왕인 책계왕이 낙랑의 무예총위 양운거의 칼에 죽은 후 왕위에 오른 분서왕은 불철주야 와신상담하며 복수만을 꿈꿨지만 육 년 만에 그 자신마저 같은 낙랑인에 의해 목숨을 잃고 말았던 것이다. 비록 나이 어린 소년이었지만 창랑의 칼끝은 소름 끼치리만치 정확했다. 백제왕은 창랑의 단 일격에 곧바로 절명했다.

그런 다음 창랑은 스스로의 목에 칼을 찔러 그 자리에서 그리 길지 않은 삶을 끝냈다.

내법좌평 난도를 중심으로 한 백제 조정의 관리들은 치밀한 조사 끝에 창랑과 같이 온 사람이 양운거인 것을 알아냈고 그들은 이 모든 것이 낙랑 태수 최비의 지시로 이루어졌다고 믿어 의심치 않았다.

"온 백성의 피로 복수하리라!"

백제의 조정과 백성들은 피눈물을 흘렸다. 책계왕에 이어 분서왕까지도 대를 이어 낙랑에 의해 죽임을 당했다는 사실이 한창 국력을 키워가던 백제인들에게는 견딜 수 없는 치욕이고 원한이었다. 백제의 분노는 넘쳐흘렀다. 조정은 물론 백성들까지 열흘이나 통곡을 멈추지 않는 가운데 복수심은 들불처럼 번져 갔다.

양운거가 백제왕을 죽이고 백제가 낙랑과 존망을 건 전쟁을 치르기로 맹세한 소식은 최비에게 그대로 전해졌다. 최비는 양운거를 챙기지 않은 것을 땅을 치며 후회했지만 이미 일은 벌어진 뒤였다. 최비는 급히 군사를 남쪽 국경에 대거 배치했다. 백제는 당장이라도 낙랑을 칠 기세였지만 워낙 최비의 낙랑이 강성했으므로 울분만 잔뜩 쌓은 채 기회를 엿보며 시간을 보내고 있었다.

백제가 언제든 낙랑으로 밀고 들어올 태세였기 때문에 최비로서는 이것이 여간 신경 쓰이지 않았다. 최비가 상당수의 군사를 백제와의 국경 쪽으로 돌리자 고구려는 일단 안도의 한숨을 내쉬었다. 언제 최비가 다시 마음을 바꿀지는 몰랐지만 어쨌든 고구려로서는 시간을 벌게 된 셈이었다.

물러서는 사람과 끌어내는 사람

"태왕 폐하, 고구려의 홍복이옵니다. 비할 데 없는 왕후의 기략 덕분에 두 번이나 나라가 위기를 넘겼습니다."

당장의 전운이 미뤄지는 기색이 보이자 중신들은 입을 모아 왕후를 칭송했다.

"왕후께서 혼례 때 당당하게 조정에서 물자를 빌리면서 백배 천배로 갚겠다고 했던 다짐이 이렇게나 빨리 이루어졌습니다. 실로 놀라운 일이옵니다."

대전의 조회에서 중신들은 연신 기쁨의 탄성을 터트려냈다.

"……."

그러나 을불은 아무 대답이 없었다.

"태왕 폐하, 그렇지 않습니까? 천하에 누가 있어 그런 기략을 짜낸단 말입니까? 이것은 폐하의 복이자 기쁨입니다. 어서 한 말씀 내려주시옵소서!"

역시 을불은 아무런 대답이 없었다. 어색한 침묵의 시간이 한참이나 지난 후 을불은 눈을 들어 천장을 쳐다보며 이를 악물고 다짐을 내었다.

"나는 이제 최비의 반을 자고 최비보다 두 배 열심히 대비를 하겠소. 절대로 그 죽음들이 헛되지 않도록 할 것이란 말이오."

신료들 앞에서 끝까지 눈물을 감추기 위해 을불은 이 말만을 되뇌며 천장에서 눈을 떼지 않았다.

을불은 시간을 벌자 자신의 맹세대로 최비의 반만큼도 자지 않으며 모든 걸 직접 챙기고 들었다. 을불의 꿈은 따로 있었다. 모든 중신들이 현도와의 싸움에서 이긴 후 국력이 우세한 낙랑의 복수에 대비하고 있었다면 을불은 거기에 멈추지 않았다. 그는 오히려 낙랑이 가장 강할 때인 지금 그들을 완전히 멸하고 싶었다. 그래야 다시는 그들이 되살아날 수 없을 것이기 때문이었다.

이런 을불의 마음을 꿰뚫고 있는 창조리는 을불의 속도를 늦추기 위해 여러 번 간언을 했다. 아무래도 젊은 왕이기 때문에 조급할 수밖에 없지만 아직 고구려의 힘이 갖추어지지 않은 상태에서 최비와의 결전을 서두르면 불리하다는 사실을 누구보다도 잘 아는 그였다.

이런 와중에 을불은 아영과의 사이에서 아이를 얻게 되었다.

"폐하, 왕자이옵니다."

"오오!"

아이가 태어나자 을불은 미묘한 감정의 엇갈림을 딛고 소청이 죽은 후 처음으로 아영을 찾아 내전으로 들었다. 아영은 아직 땀이 밴 얼굴로 울불을 보며 힘없이 웃었다.

"폐하가 저를 미워함을 알고 있어요."

"그 일은 되었소. 어쨌든 참 수고하셨소."

"아이가 폐하를 닮았어요. 참으로 큰 다행이에요."

"반은 왕후를 닮았소."

아영은 희미하게 고개를 가로저었다.

"언젠가 제게 왜 모용외를 버리고 폐하를 택했는지 물으셨지요?"

"그랬소."

"지금 답을 드려도 될까요?"

"말씀하시오."

"저는 모용외의 싸움을 눈앞에서 보았어요. 모용외는 낙랑성을 앞에 두고 곤란한 지경에 빠졌지요."

"그랬소?"

"그때 모용외가 택한 방법은 근처에 있는 민가의 씨를 말리고 불을 지르는 것이었어요. 하지만 저는 그걸 특히 대수롭다고 여기지는 않았어요. 목적을 위해서는 어떤 수단과 방법을 쓰더라도 상관없다고 생각했으니까요. 저 또한 그렇게 살아왔고요. 그런데 폐하는 달랐어요. 폐하께서는 왕업을 이룰 군자금을 숙신의 백성에게 퍼주고 고노자가 쳐들어왔을 때는 장졸들의 가족이 고구려에 있음을 먼저 걱정하셨어요."

"음."

"성공을 거두려면 누구보다 더 차갑고 교활해야 한다는 제 생각이 폐하를 보는 동안 서서히 무너졌어요."

아영의 목소리가 조금씩 흔들리기 시작했다.

"제게는 그런 따뜻함으로 이기는 길이 보이지 않아요. 저는 눈물이 없는 계집이에요. 머리와 외모는 있는지 몰라도 인정은 없어요. 그러나 폐하께는 그게 있어요. 당장은 손해를 보아도 결국은 승리로 이어지고 마는 알 수 없는 힘, 그 힘이 저를 이끌었어요. 저는 진정 처음으로 인간의 길을 배웠어요. 바로 폐하로부터요."

"몸도 아직 온전하지 못할 터인데 복잡한 생각 말고 마음을 편안히 가지시오."

"우리 아들도 아마 폐하를 닮았을 거예요. 고구려를 이끌어 갈 수 있는 그 따뜻한 마음을 가지고 태어났을 거예요."

"틀림없이 그랬을 거요."

"폐하, 저를 용서해주세요."

"고구려의 태왕으로서 받아들이지 않을 수 없소."

"아니, 태왕이 아니라 남편으로서……, 사랑하는 사람으로서요. 소청의 일은 진정 용서받고 싶어요. 지금 이 순간 용서를 받아야 우리 아이가 행복할 것 같아요."

을불은 마침 앙, 하고 울음을 터트리는 아이를 보며 서서히 고개를 끄덕였다.

"이미 용서했소."

원자의 탄생 소식을 듣고 누구보다 먼저 대전에 든 창조리는 진심으로 기뻐했다.

"태왕 폐하, 진정 경사를 보셨습니다."

"국상, 아이의 이름을 뭐라 지었으면 좋겠소?"

"감히 신이 어떻게 존귀한 이름을 짓겠습니까?"

"나는 아들이 나면 반드시 국상에게 이름을 짓게 하리라 마음먹고 있었소."

창조리는 날을 잡아 젊은 시절 몸과 마음을 깨끗이 하고 오로지 맑은 정신으로 공부를 하던 명산을 찾아갔다. 멍석을 깔고 상을 차린 후 준비해 온 음식을 정성스럽게 놓은 그는 신발을 벗고 머리를 풀어 헤친 후 세 번 절을 올렸다.

"고구려를 굽어살피시는 국조 동명성왕이시여! 오늘 이 창조리의 원을 받아들여 주소서. 이제 어질고 영명하신 태왕께서 후사를 보셨으니 이 아이가 이 고구려의 국운을 하늘 끝까지 끌어올리는 태왕이 되게 하여주소서."

창조리는 술을 따라 동서남북으로 뿌렸다. 술을 뿌리는 그의 손은 가늘게 떨리고 있었고 그의 눈에서는 가느다란 눈물 두 줄기가 흘러나왔다. 안국군을 죽이고 숱한 충신들을 죽이고 상부를 죽여서 만든 왕이고 그에게서 낸 후사였다.

　제를 마친 창조리는 밤새 눈을 감고 앉아 왕자의 이름을 생각하다 새벽이 되자 비로소 자리에서 일어났다.

　다음 날 그는 내전으로 가 왕과 왕후를 찾았다.

　"태왕 폐하, 왕자의 이름을 사유(斯由)로 함이 어떻겠나이까?"

　"사유, 고사유. 너무나 편하고 신비로운 이름입니다."

　왕과 왕후는 창조리가 지은 왕자의 이름을 반갑게 받아들였다.

　분서왕이 죽었을 때 백제에는 여러 명의 왕자들이 있었으나 모두 어려서 왕으로 세울 수 없었다. 결국 낙랑에 피의 복수를 맹세한 백제의 조정과 백성들의 추대에 의해 비류왕이 분서왕의 뒤를 이었는데 그는 구수왕의 둘째 아들이었다. 비류왕은 즉위하자마자 국경에 대규모 군사를 배치하고 보급로를 넓혔다. 백제와 낙랑의 국경에선 매일같이 죽고 죽이는 전투가 벌어졌지만 분노에 차오른 백제의 백성들은 앞다퉈 군역에 자원했다.

　최비는 고구려 정벌에 몸이 달아 있었지만 군사를 낼 여유를 찾지 못하고 있었다. 언제 침공해올지 모르는 백제를 막기 위해 할 수 없이 대장군 문호를 백제와의 국경에 묶어두어야만 했다. 대신 그는 모용외의 분노를 이용하려 했다.

최비는 오래전 모용외가 현도성에서 고구려군의 뒤를 쫓다 갑자기 극성으로 돌아간 이유를 곰곰 생각하다가 극성으로 보냈던 장통이 살아있음을 떠올렸다. 모용외는 장통을 죽이지 않고 곁에 두었는데 장통은 이제 그의 군사(軍師) 중 하나가 되어있었다.

최비는 장통의 집 하인을 불렀다.

"극성에 가서 장 군사의 노모가 죽어간다 알려 다녀가도록 하라!"

하인은 먼 길을 달려가 장통에게 전했다.

"위독한 노모께서 대인이 다녀가시기만 손꼽아 기다리십니다."

장통이 모용외에게 가서 청하자 모용외는 황금 한 관을 내주며 장통을 위로했다.

"내 말을 내줄 테니 다녀오도록 하라!"

장통은 감격하여 몇 번 절한 후 급히 말을 달려 낙랑으로 돌아왔으나 어머니가 건강한 것을 보고는 바로 최비를 찾아갔다.

"오오, 장통! 잘 있었는가?"

최비가 장통의 손을 잡고 눈물을 보이자 장통 역시 소매로 눈물을 훔쳤다.

"당시 네가 극성으로 가 죽음을 청하였기에 낙랑은 모용외와의 전쟁을 면할 수 있었다."

"오랑캐 땅에서 회한과 참회의 세월을 보내면서 눈앞에 보이는 것만을 지혜라 여겼던 지난날의 저를 무수히 꾸짖었습니다."

"원영을 잃은 건 가슴이 아팠지만 너의 충정을 알았기에 떠나는 네 등 뒤에서 나는 소리 없이 울었다."

"극성으로 보내신 것 또한 저를 살리기 위한 유일한 방책이었음을 잘 알고 있었습니다. 하여 언젠가는 불러주실 날이 있을 걸로 알고 저는 최선을 다해 살아남았습니다."

"그래, 장하기만 하다. 사실 나는 네가 죽을 것으로만 알았다. 이제 말해보아라. 너는 어찌 모용외의 분노로부터 살아남은 것이냐?"

"그는 현도 태수 구명으로부터 전란 중에 주아영이 죽었다는 서한을 받고는 갑자기 인생의 모든 걸 놓아버린 사람이 되었습니다. 제가 주아영을 현도로 보낸 장본인이라며 이실직고를 했음에도 그는 고개만 끄덕였습니다."

가만히 장통의 이야기를 듣던 최비는 무엇엔가 생각이 미친 듯 큰 소리를 내었다.

"뭐라고! 구명이 그런 서한을 보냈다고? 아니, 그럴 리 없다. 구명은 시체를 확인하지 않고 그런 서한을 보낼 정도로 무모한 사람이 아니다."

"그렇다면 을불이 꾸민 계략이었을까요?"

"을불? 아니다. 을불 아니라 고구려의 그 누구라도 그런 서한을 보낼 수는 없는 것이다. 분노한 모용외가 고구려를 도륙내려 덤빌 걸 모르지 않을 테니까."

"구명도 그런 서한을 보냈을 리 없고 을불도 그런 서한을 보냈을 리 없다면, 그 서한은 과연 누가 보낸 것일까요?"

"그 서한을 받고 모용외는 군사를 돌려 돌아갔다. 그렇다면 그 서한을 보낸 자는 모용외가 서한을 보면 돌아갈 것을 알고 있었던 게 아닌가. 모용외를 아는 사람이라면 누구나 주아영의 죽음을 듣는 순간 모용외가 미쳐 날뛰며 고구려든 낙랑이든 둘 중 하나를 짓이기려 들 걸로 생각했을 것이다. 그러나 모용외는 서한을 받고 모든 것을 포기해 버리지 않았나? 그렇다면 상대는 모용외를 너무나 잘 아는 자! 음, 알겠다. 바로 그로구나."

최비의 눈이 빛을 발했다.

"그라면?"

"주아영이다!"

"넷?"

"이 세상에 모용외를 가장 잘 아는 사람은 사도중련과 주아영이다. 그런데 사도중련이 구명의 서한을 위조해 가며 그런 짓을 할 리가 없고 보면 그 서한은 주아영이 보낸 것이다."

"다 지난 일인데 지금 와서 그걸 밝혀본들 무슨 소용이 있겠습니까?"

"아니다. 장통 너는 모용외를 모른다. 주아영을 잃었을 때 모용외가 광분하지 않고 극성으로 돌아간 것은 그의 슬픔이 너무 컸기 때문이다. 작은 슬픔은 분노를 낳지만 큰 슬픔은 허무를 낳는 법이니까. 하지만 지금은 상황이 다르다."

"지금이라 하시면?"

"주아영이 서한을 쓰지 않았느냐? 이것은 실종된 그의 분노에 다시 불을 붙일 수 있는 기름이다."

"하지만 모용외는 주아영이 을불과 혼인했을 때 선물까지 보냈습니다."

"그때 모용외는 진심으로 주아영의 행복을 빌었을 것이다. 그게 남자의 길이다. 하지만 당시 그런 서한을 보낸 자가 바로 주아영 본인이라는 걸 알게 되면 그의 낙담은 일순간에 복수심으로 변한다. 놓아 보낸 것과 속아 넘어간 것 사이에는 하늘 땅 차이가 있는 법! 장통, 너는 돌아가 주아영이 그 서한을 보낸 장본인임을 모용외에게 고하라."

"그러면 모용외가 당장이라도 군사를 일으켜 고구려를 칠까요?"

"당장이든 나중이든 이것은 반드시 우리에게 득이 될 것이다."

최비 앞을 물러 나온 장통은 과거의 기억을 더듬어 주아영이 구명의 서한을 매우 유심히 보았던 사실을 되살려냈고 구명의 인장을 위조한 인장공을 찾아내 극성으로 데려갔다.

"흐흐, 사실이 그렇게 된 거란 말이냐! 아영 그녀가 나를 속이는 편지를 보낸 장본인이라는 말이냐?"

"그렇습니다."

"내 그렇게 행복을 빌어주었거늘. 전란 중에 죽은 줄 알았던 그녀가 살아나 고구려왕과 혼례를 올린다 했을 때 진심으로 기뻐했거늘. 아아, 그런데 그녀가 정말 그렇게나 사악한 여인이란 말이더냐!"

모용외의 탄식을 보는 장통 또한 어느새 그와 가까워진 탓인지 마음이 편치 않았다.

"그런데 장통, 까마득한 옛날의 진실을 이제 찾아낸 장본인이 혹시 비 형님이 아니냐?"

"그렇습니다."

"또 비 형님이란 말이냐? 아아, 그는 왜 그렇게나 복잡한 사람이란 말이냐? 왜 그와 물리기만 하면 이렇게나 머리가 아파지는 거냐? 장통, 너는 가라! 내 불현듯 너를 죽이고 싶다만 그간 정이 들어 차마 죽이지는 못하겠구나. 하지만 비 형님, 아니 최비의 곁으로 돌아가라! 나는 이제 너희 한족들과는 아예 상종을 않으련다!"

"태수께서는 이 사실을 알아낸 후 진심으로 마음 아파하셨습니다. 하여 저로 하여금 위로의 소식을 전하라 하셨습니다."

"위로의 소식? 그게 뭐란 말이냐?"

"태수께서는 서안평을 주공께 떼어주셨습니다."

"서안평을?"

"그렇습니다."

"서안평을 내게 주었다? 그게 진정한 위로인지 또 다른 계략인지는 모르겠다만 하여튼 알았으니 너는 가라! 그리고 저 인장 파는 놈도 데려가라! 죽이고 싶은 마음조차 안 드는구나."

모용외의 앞을 물러 나온 장통은 최비의 귀신같은 머리에 탄복하지 않을 수 없었다. 서안평 이야기를 할 때 최비는 웃으며 말했었다.

"세상에는 잊고만 싶은 일이 있다. 그래서 여자에게 속으면 그저 쓴웃음을 지으며 다른 일에 몰두하는 것이다. 그러나 모용외가 서안평에 내려와 있다 보면 그 쓰라렸던 과거가 자꾸 떠오르지 않겠느냐?"

최비는 백제와 고구려에만 신경을 쓰기에는 너무도 할 일이 많은 사람이었다. 게다가 성도왕 사마영이 끊임없이 그를 재촉하자 최비는 결국 주된 관심을 중원으로 돌렸다.

그는 백제가 당장 침공할 기미가 없다고 판단한 후 사마영과의 약속대로 대장군 문호에게 군사를 주어 다시 성도로 보냈다. 문호가 그 위명에 걸맞게 치열한 전투를 거쳐 강력한 장사왕 사마애를 제압하자 사마영은 최비와 상의도 없이 낙양으로 옮겨 앉으려 했다. 그러자 최비는 즉시 성도로 사마영을 찾아갔다. 사마영은 천하에 거리낄 것이 없었지만 단 한 사람 최비에 대해서만은 내심 두려워하고 있었다.

"오늘의 성공이 다 성도왕 덕분입니다."

"아니, 무슨 말씀을! 태수께서 하신 일이지요. 저는 다만 태수의 한 팔에 불과했습니다."

사마영이 이토록 자신을 낮추는 데에는 이유가 있었다. 그는 최비를 거슬러서는 자신이 패자가 될 수 없다고 생각했기에 자신을 극도로 낮춤으로써 최비의 경계를 풀고 최비가 자신을 황제로 옹립해 주기를 바랐던 것이다.

"이제 성도왕께서 실질적으로 천하의 패자가 되셨습니다. 저는 당장이라도 성도왕을 낙양의 황실로 모시고 싶지만 아직은 한 가지 우환이 있습니다."

"우환이라니요! 그것이 무엇입니까?"

"바로 흉노입니다. 지금 흉노가 세력이 강성할 대로 강성해져 남으로 밀고 내려오기 직전입니다. 이때에 황실을 장악하면 성도왕께서 흉노를 막아내는 책임을 지셔야 하는데 거기에 군사를 다 소모하고 나면 다른 제후들이 그 틈을 노릴 것입니다. 특히 동해왕 사마월이 그 기회를 노리고 있는 듯합니다."

성도왕은 최비의 말을 듣자 덜컥 겁이 났다. 사실 진의 제후들이 가장 두려워하는 것이 바로 흉노였다. 한(漢)이 가장 강성했던 시기에도 흉노는 언제나 한나라 조정을 공포에 떨게 했고 이런 흉노를 달래기 위해 궁중의 여인들이나 심지어 황제의 피붙이까지도 흉노에게 보내야 했던 것이다. 그럴진대 요즘처럼 진 제후들의 힘이 약해져 있을 때에 자신이 흉노를 막아야 한다면 그것은 바로 죽음을 의미하는 것이었다.

"태수의 혜안이 참으로 멀리까지 내다보십니다."

"그러니 먼저 동해왕 사마월을 천하의 패자로 내세우는 게 어떻습니까? 그가 자신의 모든 힘을 흉노에게 쏟아붓고 난 연후에 성도왕께서 나서시면 그때야말로 명실공히 진의 패자가 되는 것입니다."

사마영은 벌떡 일어나 최비에게 절을 했다.

"이 사마영, 죽는 그날까지 태수를 스승으로 모시겠습니다."

최비는 얼른 일어나 사마영보다 더 깊이 고개를 숙여 맞절을 했다.

성도를 떠나는 최비의 입가에는 야릇한 미소가 감돌았다. 그는 성도를 떠나자 그길로 바로 동해왕 사마월을 만났다.

"동해왕 전하."

"태수님!"

두 사람은 서로를 끌어안았다. 처음 최비가 낙랑으로 떠나기 전부터 두 사람이 머리를 모았던 일이 이제야 현실로 나타난 것이었다.

"이제 동해왕 전하께서 천하의 패자로 나설 때가 되었습니다."

"아니, 나는 한 게 없습니다. 태수님이 있고 또 성도왕 사마영이 있는데 내가 나설 수는 없는 것이지요."

"아닙니다. 이 모든 것이 다 처음에 말씀드렸던 대로 동해왕 전하를 위해 벌인 일이 아닙니까. 사마영에게는 결코 욕심을 내어서는 안 된다고 강력히 경고했고 그도 나의 말뜻을 알아들었습니다. 분명 동해왕 전하께 승복할 것입니다."

과연 얼마 있지 않아 성도를 떠난 사절이 동해왕에게 도착했다. 이 사절의 의미는 사마영이 사마월의 천하 패권을 인정한다는 뜻이었기에 사마월은 솟구치는 기쁨을 억제할 수 없었다.

"이제 동해왕 전하께서는 낙양으로 가셔야 합니다. 천하의 제후 중 맨 위 반열에 오르셨으니 낙양에서 황제를 모시며 천하를 다스려야 할 것입니다."

"오, 내가 정말 그래도 되겠소?"

"물론입니다. 천하는 사마씨의 것이고, 황제를 제외하곤 동해왕 전하보다 윗자리에 설 사람은 없습니다. 다만 낙양에 가시거든 하나 조심해야 할 것이 있습니다."

"그것이 무엇입니까?"

"흉노의 유연과 석륵은 보통 영웅이 아닙니다. 그들은 조만간 반드시 강맹한 기세로 남하할 것입니다. 이것은 어떤 제후가 나서도 막을 수가 없습니다. 다만 시간만이 해결할 문제지요."

동해왕의 얼굴에 수심이 어렸다.

"천하제일 제후로서 흉노를 막아야 할 책임은 저에게 있지 않습니까?"

"그렇습니다. 하지만 눈과 귀를 막고 견뎌야 합니다. 황제는 동해왕 전하를 채근할 것입니다, 눈물로 호소할 것입니다. 그러나 이때에 나서지 마십시오."

"알겠습니다."

"흉노는 중원에 들어와 오래 있지 못합니다. 그 시간을 기다릴 줄 알아야 진정한 패자입니다."

"태수님이 흉노를 직접 막아주시면 안 되겠습니까?"

"그것은 불가합니다. 아직 진의 제후들이 각자 생각이 따로 있고 천하가 어지럽다 보니 자신의 재산과 군사를 아끼려고만 합니다. 이런 때에는 먼저 나서는 자가 반드시 피를 보게 되어있습니다. 나는 조금 더 시간이 지난 후 천하를 완전히 하나로 일통하겠습니다. 그때의 나는 저 흉노 오랑캐 놈들을 결코 그냥 두지 않을 것입니다. 하지만 지금은 시간이 필요하고 동해왕 전하 역시 기다리셔야 합니다."

"잘 알겠습니다."

시마월은 최비의 권고에 따라 낙양으로 올라갔다. 이미 사마영이 그에게 사절을 보내 승복의 뜻을 보인 후라 어느 제후도 사마월을 제지하지 못했다. 이들은 사마월 뒤에 최비가 있고 최비를 거스르면 바로 멸망이라는 것을 누구보다도 잘 알고 있었다.

과연 최비의 안목은 날카로웠다. 팔왕의 난이 벌어지는 동안 각 제후에 의해 용병으로 고용되어 중원에 더부살이를 시작했던 흉노가 대거 군사를 일으킨 것이다. 장수들과 관리들로부터 상소가 빗발치자 황제는 사마월을 졸라댔다.

"동해왕, 지금 흉노를 막을 사람은 동해왕뿐이오. 그러니 어서 나서주시오."

"황제 폐하, 군사는커녕 손바닥만 한 물자라도 내놓으려는 제후가 없습니다. 황실이 이렇게 어려운 터에 제후들이 모두 자신의 안위만을 돌보고 있습니다."

"그러니 동해왕께 짐이 부탁하는 게 아니겠소? 부디 나서주시오."

사마월은 최비에게 들었던 바가 있어 황제의 요청을 요리조리 피하며 시일만 보냈다. 그러나 그는 본시 마음이 약한지라 결국 눈물로 호소하는 황제에게 무릎을 꿇고 말았다.

"알겠습니다, 폐하. 제가 천하의 군사를 모아 흉노를 대적하겠습니다."

최비는 사마월로부터 흉노를 토벌하기 위해 군사를 내겠다는 연락을 받자 크게 탄식했다.

"아! 황제가 되겠다는 자가 이렇듯 심지가 약해서야. 그는 죽음을 면할 수 없겠구나!"

과연 최비의 한탄대로 사마월은 각 제후들을 협박 반 동냥 반으로 설득해 군사를 모아 흉노를 막으러 나섰다가 참패하고 고통스러운 최후를 맞고 말았다. 사마월이 죽자 최비는 낙랑에 들어앉아 낙양의 일에는 눈과 귀를 막은 채 난을 피해 몰려오는 진의 장수, 재사, 관리들을 받아들이며 힘을 비축했다.

서안평

을불은 군세를 키우면 키울수록 창조리가 얘기한 십 년이 오히려 짧게 생각되었다. 즉위하자마자 당장 낙랑을 멸하고자 했던 스무 살 나이의 패기가 얼마나 위험했던지를 생각할 때마다 한숨이 나왔다. 을불은 더욱더 서진 준비에 치밀하게 매달렸다.

가을을 알리는 빗줄기가 추적거리며 대지를 적시는 어느 새벽 을불은 여느 때와 마찬가지로 군장을 하고 호위무사 한 사람만을 거느린 채 내전을 나섰다. 아직 어둡기만 한 궁을 나온 을불은 말을 타고 철기군부로 향했다. 군사들이 깊은 잠에 빠져 있을 시각이었지만 을불은 중갑이 잘 손질되어 있는지 보고자 했던 것이다. 지난 십 년 세월 을불은 전국을 돌며 이런 식으로 새벽에는 장비를, 낮에는 훈련을, 밤에는 보급을 다스리는 일을 게을리하지 않았다.

"폐하, 으스스한 새벽입니다. 혹 옥체에 해가 될까 걱정됩니다."

"괜찮다."

호위무사의 근심을 물리친 을불은 철기군부에 가까이 다가 갔다가 누군가 어둠 속에서 비를 맞으며 서 있는 것을 보고는 놀랐다. 호위무사가 급히 칼을 빼 들었지만 상대는 놀라는 기 색이 없었다.

"아니, 국상이 아니오?"

어둠 속의 인물은 바로 창조리였다.

"폐하, 새벽을 밟고 다니시는 노고에 신은 고개를 들지 못하 겠나이다."

"국상, 날이 찬데 어찌 여기 서 계시오?"

"신 또한 빗소리에 잠이 오지 않아 나왔습니다."

"어서 들어가시오. 나는 아직 젊은데 이까짓 비가 문제겠 소?"

"폐하, 이제 그만하셔도 될 듯합니다."

"아니오. 나는 출정하는 그날 아침까지도 나의 군병을 살피 고 그들의 장비를 챙기고 그들의 식량을 챙길 것이오."

을불은 깊이 고개를 숙인 후 등을 돌려 돌아가는 창조리가 모습을 완전히 감출 때까지 지켜보았다.

그날 아침 조회에서 창조리가 한 발 앞으로 나섰다.

"태왕 폐하, 신에게 군사 일만을 주옵소서!"

왕이 군장을 풀지도 못한 채 조회를 연 대전에서 창조리가 범상치 않은 얼굴로 불쑥 군사 일만을 달라고 하자 대소 신료들은 긴장 속에서 비상한 눈길을 창조리의 입술에 모았다.

"지난 십 년 세월 잠조차 아끼며 군세를 다진 폐하의 노고가 결실을 볼 때가 되었나이다. 이제 우리 고구려에는 나아가 싸울 수 있는 정병이 팔만이나 되었습니다. 이 중 철기병이 이만, 기병이 삼만, 보병이 삼만이옵니다. 이 군세면 국조께서 나라를 연 이래 가장 강성한 규모라 아니 할 수 없습니다. 이중 기병 오천, 보병 오천, 도합 일만 군사를 일으켜 소신이 먼저 서안평으로 나가겠나이다."

창조리의 이 말에 신료들이 모두 놀랐다. 을불 역시 놀라 물었다. 새벽에 만났을 땐 내색조차 없던 창조리였다.

"일만으로 서안평을? 서안평에는 모용외가 있지 않소?"

최비가 모용외에게 서안평을 떼어준 후로 모용외는 서안평에 대규모 군사를 주둔시킨 채 극성과 서안평을 오가며 머물고 있었다.

"모용외를 등 뒤에 두고는 낙랑과 존망의 결전을 벌이기 어렵습니다. 과거의 전쟁은 현도로부터 들어오는 적을 나아가 물리치기만 하면 되었기 때문에 우리 군사들은 앞으로 나아가거나 뒤로 물러서면 그만이었습니다. 그러나 이번에는 낙랑을 멸하는 전쟁이라 우리는 깊숙이 나아가야 합니다. 그러면 우리는 오른쪽에 현도를, 왼쪽에 서안평을 두게 되는바 현도와 싸우면 모용외가 뒤에 있게 되고 모용외와 싸우면 현도가 뒤에 있게 됩니다."

"으음!"

"그러하므로 모용외를 멀리 극성으로 몰아내는 게 낙랑을 멸하는 전쟁의 첫걸음이 될 것입니다."

"그건 알겠소만 그 막강한 모용외를 고작 일만 병력으로 어떻게 하겠다는 거요?"

"대군이 나가면 오히려 일을 그르칠 것입니다. 이 출정은 일만이라는 군세에 묘가 있으니 태왕께서는 소신을 믿어주십시오."

을불은 창조리를 믿는 바 있어 고개를 끄덕이고는 아끼는 보검 한 자루를 내주었다.

"지는 게 당연한 싸움이니 여의치 않으면 바로 군사를 물려 돌아오시오."

군장을 차리고 나선 창조리는 일만 군사의 앞에서 물었다.

"고구려에서 가장 뛰어난 장수가 누구냐?"

"고노자 대장군입니다!"

"고구려에서 가장 뛰어난 무예는 누구의 것이냐?"

"여노 장군의 것입니다!"

창조리는 두 장군과 일만 군사를 거느리고 서안평으로 떠났다.

안평하에서 낚시를 하고 있던 모용외는 고구려의 일만 군사가 서안평으로 진군해 오고 있다는 보고를 듣자 어리둥절해하며 반문했다.

"일만 군사?"

"그렇습니다."

"정확히 보았느냐?"

"분명히 일만입니다."

"그게 선봉이냐?"

"그게 다입니다."

"무어? 중군도 후군도 없단 말이냐?"

"선봉 삼천, 중군 오천, 후군 이천, 합계 일만입니다."

모용외는 군막으로 돌아와 사도중련을 불렀다.

"어째서 일만이냐? 그들이 내가 여기 오만 군세를 거느리고 있는 걸 모르는 탓이냐?"

사도중련 역시 고개를 갸웃거렸다.

"군사를 한번 보아야겠습니다."

이틀 후 안평하 유역의 너른 평원에 도착한 고구려군이 선비군과 벌판을 사이에 두고 대면하여 진을 치자 모용외는 다시 한번 눈을 씻고 군세를 세어보았다.

"분명 일만이군!"

곧이어 열린 수장 회의에서 모용외의 장수들은 이구동성으로 외쳤다.

"주공, 제게 칠천 군사를 주십시오!"

"저는 오천 군사로 족합니다!"

오랜 근신 끝에 절치부심하여 다시 살아난 반강이 무서운 살기를 띠고 모용외의 앞에 몸을 던졌다.

"주공, 삼천 군사로 적을 완전히 짓밟아 지난날의 과실을 만회하고자 합니다. 그간 소신은 하루도 편안히 잠을 잔 날이 없었고 술 한 잔 입에 댄 적이 없습니다. 오로지 주공의 은혜를 갚기 위한 일념으로 독한 삶을 살아왔습니다!"

그러나 모용외는 손을 저어 장수들을 물렸다. 그는 신중한 낯빛으로 사도중련을 향해 물었다.

"일만이란 숫자는 무슨 뜻이냐?"

"조금 더 지켜보고 싶습니다."

모용외는 고개를 끄덕였다. 그는 나이가 들면서 사람이 변하고 있었다. 더 이상 그는 싸움이라면 자다가도 벌떡 일어나 적을 베어 넘기며 수급을 세던 과거의 모용외가 아니었다. 최비를 통해 세상의 큰일에는 눈에 보이는 것 이상의 깊숙한 무언가가 틀림없이 있다는 걸 깨달은 데다 자신했던 아영이 손아귀에서 빠져나가는 아픈 경험을 한 이후 그는 속으로 깊어졌다.

고구려군은 진을 치고 나자 각자의 병장기를 들고 진열을 맞추어 섰다. 고노자가 한가운데서 지휘를 하는데 청홍 두 가지 색깔의 깃발만으로 일만이나 되는 군사를 자유자재로 움직이는 게 마치 제 몸 다루듯 했다. 군사들이 일사불란하게 오와 열을 맞추어 기가 움직임에 따라 뭉치고 흩어지고 굽히고 펴는 게 보는 사람들로 하여금 절로 탄성을 터트리게 했다.

처음부터 한마디 말도 없이 건너편을 지켜보던 모용외가 사도중련에게 물었다.

"군사가 어느 정도 훈련을 하면 저 정도 되는 것이냐?"

"고구려 태왕이 십 년간 밤잠을 안 자고 낙랑 정벌에만 전념했다 합니다."

"그런데 왜 고작 군사 일만을 이리 보낸 것이냐?"

사도중련은 이윽고 고개를 끄덕였다.

"알겠습니다. 저들은 싸우러 온 군사가 아닙니다."

"그렇다면 대체 왜 온 것이냐?"

"아마도 우리가 싸움에서 물러나 주길 바라는 것 같습니다."

과거 같으면 이 말을 듣는 즉시 창을 들고 짓쳐나갔을 것이지만 모용외는 무엇을 생각하는지 고개를 끄덕이고만 있었다.

"그래서 오만이 아니고 일만을 데려온 것인가?"

사도중련은 누군지 묘한 상대라고 생각했다. 일만으로 모험을 하는 걸 보면 무모할 정도로 용맹한 자이고 대군을 끌고 오지 않은 채 이쪽을 달래는 걸로 보아서는 지략이 보통이 아닌 자였다.

　"고구려왕이 직접 십 년 준비를 해왔다면 최비라 하더라도 쉽지만은 않겠구나."

　"그래서 최비가 서안평을 우리에게 내준 게 아니겠습니까?"

　"이까짓 서안평! 천하를 나누자고 하던 자가 한 줌도 안 되는 땅을 준 데도 계략이 들어가 있단 말이냐!"

　모용외는 갑자기 분노를 터트렸다.

　"그 인간은 왜 그렇게도 진실이 없단 말이냐!"

　"지금 저기 보이는 군사는 일만이지만 저들 뒤에는 오만에서 십만이 더 있습니다. 최비는 우리와 고구려가 맞붙어 양쪽이 모두 주저앉기를 기다리고 있을 것입니다만 고구려 강병을 맞아 우리가 싸울 이유는 전혀 없다고 생각됩니다."

　"나도 그렇게 생각하고 있던 중이다. 그런데 중련, 만약 저들이 오합지졸을 끌고 왔다면? 최비를 상대하다 보니 세상 모든 게 다 속임수와 계략으로만 보이는구나."

　"저렇게 군병들의 몸이 날래고 군사를 부리는 자의 용병과 진법이 현란한 걸로 보아서는 의심할 여지없는 강병입니다."

　"이봐라, 아야로!"

"예, 주공!"

"가서 저들의 장수를 한번 시험해 보아라. 장수를 보면 졸을 아는 법이니."

"삼 합 안에 목을 날리고 오겠습니다."

아야로는 그간 서안평에서 무료한 시간을 보내 좀이 쑤시던 참이라 모용외의 명령이 떨어지기 무섭게 번개같이 말에 올랐다. 반월도를 휘두르며 달려나간 그는 어느 정도 거리를 유지하고 서서는 고구려 진영에 대고 냅다 고함을 질렀다.

"너희들은 전장이 무슨 춤판인 줄 아느냐! 어서 한 놈 달려나와 목을 달라!"

그러자 기다렸다는 듯 즉각 여노가 달려 나왔다.

"하, 이놈! 그 창 하나는 비싸게 주고 샀겠다만 어디 목숨이 창값에 따라 지켜지는 것이냐!"

아야로가 상대를 도발하려 빈정거렸으나 여노는 말없이 웃고는 여려극을 앞으로 쑥 내밀었다. 단순한 동작이었지만 아야로는 막기가 거북했다. 보통 창이란 길이가 길어 몸까지 다 가오는 데 시간이 걸리므로 창자루를 툭 치면 쉽사리 막아지는 것이었다. 그래서 창을 쓰는 장수들은 창을 회전시키기도 하고 등 뒤에서 돌리기도 하고 밑에서 위로 쳐올리기도 하고 위에서 밑으로 내리꽂기도 했다. 그러나 여노의 창은 가장 단순한 직선 동작에 의해 앞으로 쑥 내밀어졌음에도 불구하고 어느새 명치끝까지 다가왔고 아야로는 혼비백산하며 창끝을 겨우 피했다.

"어, 이놈이!"

아야로는 순간 화가 치밀어 올랐으나 다시 한번 죽을 고비를 넘겨야 했다. 여려극이 불과 한 자 정도 물러나는가 싶더니 이번에는 한층 더 빠르게 아야로의 얼굴을 향해 찔러왔다. 마치 칼을 다루듯 한 손으로 긴 창을 조금만 뺐다 그대로 다시 찌르는 이 수법은 산전수전을 다 겪은 아야로로서도 결코 보지 못한 것이었다. 긴 창을 한 손으로 잡고 이렇게 하자면 상상도 할 수 없는 팔힘과 기술이 필요했다.

"아악!"

피할 수 없다고 판단한 순간 아야로의 입에서는 비명이 터져 나왔다. 그러나 창은 아야로의 코끝에서 멎었다.

"돌아가라!"

여노는 창을 얼굴에 겨눈 채 아무런 감정도 섞이지 않은 목소리로 말했다. 이에 아야로는 힘없이 말을 돌릴 뿐이었다.

"하하하하!"

이 광경을 보고 있던 모용외는 아야로가 돌아오자 호탕하게 웃어젖혔다.

"네놈이 오랜만에 임자를 제대로 만났구나. 그래서 적을 얕보면 안 되는 법이다."

수하 장수의 패배에도 모용외는 진심으로 크게 웃을 뿐이었다. 한참 웃던 그는 곧 사도중련을 불렀다.

"중련, 돌아가자."

"아니, 형님! 제가 이렇게 우스운 꼴을 당했는데 돌아가다니요? 도환이라도 내보내서⋯⋯."

이전 도환과 여노가 신성 부근에서 싸워 백중세를 이뤘던 것을 생각하고는 무심코 말을 내뱉던 아야로는 그러나 다음 순간 입을 다물고 말았다. 그것은 스스로 도환의 밑으로 기어 들어 가는 꼴에 다름 아니기 때문이었다.

"저들이 저토록 나에게 예의를 갖추는데 내가 무슨 객기로 아무 쓸데없는 싸움을 벌인단 말이냐? 모용부는 최비의 전쟁을 대신 치러주는 꼭두각시가 아니다."

"아니, 저들이 무슨 예의를 갖추었다는 얘기요?"

아야로가 사도중련에게 묻자 그가 조용히 말했다.

"저들이 일만 군사를 끌고 온 것 자체가 예의입니다. 만약 우리와 필적한 군세를 보내왔다면 주공께서는 참지 않으셨을 겁니다. 주공은 이제 예전처럼 싸우고 생각하는 게 아니라 생각하고 싸우십니다."

"아니, 아무리 그래도 이 땅을 놔두고 가다니요?"

"아야로, 지금은 조용히 물러서라! 이까짓 작은 땅덩이, 누가 잠깐 맡아두든 관심도 없다. 대신 이 싸움 이후의 모든 영

216

토는 나의 것이 되리라."

　모용외가 군사를 물려 극성으로 돌아가는 모습을 보고 고노자와 여노의 눈은 놀라움으로 가득 채워졌다.

　"모용외와 운명의 일전을 벌여야겠다고 생각했는데 이게 무슨 기적입니까!"

　"기적이 아니오. 그들은 기다리는 거요."

　창조리가 차분하게 대답하며 극성이 있는 방향을 응시했다.

　미천왕 12년의 일이었다.

십 년을 기다린 서진

산등을 타고 내려온 작은 물줄기들이 협곡을 따라 하나둘 흘러들어 격류를 만들고 이 격류가 흐르고 흐르다 깎아지른 절벽에 이르러 커다란 폭포를 이루었다. 거센 물줄기가 마치 바위를 부술 듯 연신 굉음을 울리며 떨어져 내리는 가운데 이 대자연의 위엄 앞에 맞선 젊은 남자가 있었다. 희고 깨끗한 얼굴이었지만 관자놀이가 불끈 솟고 일자로 굳게 다문 입술은 그가 강한 의지의 소유자임을 느끼게 했다. 거대한 폭포를 앞에 두고 하늘을 향해 두 팔을 벌리고 서있던 그는 마침내 무릎을 꿇었다.

"추모왕이시여, 이유가 무엇입니까!"

결연히 던져진 이 물음은 폭포의 굉음 속에서도 선명히 울려왔다.

"임금과 조정이 한마음으로 뭉치고 장수가 수하를 자식처럼 아끼던 때에도 이기지 못했나이다."

애통함이 깃든 그의 목소리는 계속되었다. 목소리의 주인은 바로 을불이었다.

"지난 삼백 년간 이 나라는 크고 작은 싸움을 통해 영토를 넓히고 국력을 키워왔습니다. 그러나 유독 황하족을 이기지 못해 낙랑과 현도를 회복하지 못하였습니다. 이는 그들이 너무 강해서이옵니까? 고구려가 약해서이옵니까?"

마치 추모왕이 앞에 있기라도 한 듯 격정을 더해가는 그의 무릎 앞에는 하얀 천에 싸인 칼이 한 자루 놓여있었다.

"그것은 준비된 시련입니까? 이 나라 고구려에 내린 저주입니까!"

을불은 마음을 다스리려는 듯 눈을 감았다. 연신 바위를 때려대는 물줄기 소리만이 산중에 가득한 가운데 을불은 오랜 시간 깊은 명상에 빠져 있었다. 해가 기울어 어둑어둑한 기운이 산중에 깔릴 즈음이 되어 눈을 뜬 을불은 손을 뻗어 여려검을 잡았다.

"그것이 시련이었다면 이 을불 십 년간 잠을 자지 않고 서진을 준비했음을 이제 고하고자 합니다. 그것이 저주라면 이 을불 이번 원정에 기꺼이 목숨을 바치렵니다. 추모왕이시여, 우리 국토 낙랑을 내어주십시오!"

마지막 한 마디와 함께 을불은 여려검을 하늘 높이 던졌다. 여려검은 마치 하늘을 찌르기라도 할 듯 높이 솟아오르다 빙글빙글 돌며 하얀 폭포 속으로 떨어져 내렸다.

"모두들!"

수하 장수들이 고개를 깊이 숙인 가운데 최비의 회한 어린 음성이 이어졌다.

"수고했다."

최비는 수하 장수들의 면면을 다시금 확인했다. 문호, 왕준, 안저, 장통 등 진을 대표하는 명장들이었다. 이들을 바라보는 최비의 눈에 감회가 어렸다.

"그간 모두 훌륭했다. 그대들이 있었기에 한때나마 진의 천하를 모조리 되찾을 수 있었다. 그러나!"

결코 속내를 내비치는 법이 없었던 그의 목소리가 조금은 떨리는 듯도 했다.

"결국은 대업을 놓쳤구나. 흘러간 과거를 잡으려 그토록 애썼건만 결국은 놓치고 말았다."

최비의 말대로 이즈음 진 황실은 완전히 와해되고 말았다. 십육 년간에 걸친 팔왕의 난이 끝나자마자 화북 지방을 장악한 흉노족 유연과 그의 휘하에 있던 석륵이 진나라 대군을 완파하고 민제를 죽임으로써 오십여 년에 걸친 진나라 황실은 문을 닫고 말았던 것이다. 이에 이민족에게 끝까지 저항하던 낭야왕 사마예와 그의 추종 세력들은 최비의 종용에 따라 낙양을 버리고 남쪽 건업으로 내려가 권토중래를 도모하려 했다.

감회에 차오른 탓인지 사라지지 않는 아쉬움 때문인지 모든 장수가 하나같이 고개를 숙인 채 지그시 입술을 깨물었다. 그 사이로 최비의 다음 목소리가 파고들었다.

"그러나 제장들, 진에는 마지막 희망이 있다."

장수들이 하나둘씩 고개를 들었다.

"이제 너희들에게 단 한 번의 싸움을 더 부탁한다. 고구려를 치고 여세를 몰아 모용부를 친다. 이 싸움만 해낸다면 진은 능히 십 년 안에 천하를 회복하리라!"

대장군 문호가 앞으로 나섰다. 이미 육십이 넘은 그가 쩌렁쩌렁한 목소리로 외쳤다.

"저는 제후들의 내분으로 아직 싸움다운 싸움 한 번 해보지 못했습니다!"

그의 뒤를 이은 것은 젊은 손정의 목소리였다. 그간 최비의 대업을 완수하고자 성도왕 사마영을 돕고 있던 손정은 낙양의 일이 틀어지자 다시 최비에게로 돌아와 있었다.

"저는 반드시 고구려를 멸해 지난날 현도의 치욕을 씻음은 물론 진 중흥의 초석을 놓아 보이겠습니다."

유주자사이자 최비의 사위가 되는 왕준 또한 나섰다. 비록 낙랑 태수로 있는 최비보다 직급은 높았지만 사실상은 황제와도 같은 것이 최비의 위치였다. 왕준은 최비에게 깊이 고개를 숙여 보였다.

"반드시 오랑캐를 척결하겠습니다. 폐하!"

'폐하.'

최비는 이 호칭에 흠칫 고개를 들었다. 과거 그가 가장 꺼려하던 게 바로 그것이었다. 자신은 항상 뒤로 물러서고 앞에는 사마염의 후손만을 내세우던 그는 아무리 세력이 강성해도 결코 높은 자리를 차지하는 법이 없었다. 그의 평생을 통한 신념이란 오로지 사마염을 향한 충의뿐인 까닭이었다. 최비는 왕준을 향해 크게 외쳤다.

"왕준, 네가 나의 충의를 더럽히느냐!"

그러나 왕준은 물러서지 않았다.

"저는 오로지 폐하께 몸을 의탁하여 폐하를 위해 살아왔습니다. 제가 섬기는 주군이란 오로지 폐하 한 분입니다."

이에 최비가 몸을 일으키며 크게 꾸중을 하려는데 이어지는 목소리가 있었다.

"저 또한 한 번쯤은 그렇게 불러보고 싶었습니다."

안저였다. 그가 엎드리며 외쳤다.

"폐하!"

뒤이어 문호가 무릎을 꿇고, 손정과 장통 또한 무릎을 꿇었다.

"폐하!"

방정균과 육경, 진욱 등의 소장들도 그들의 뒤를 따랐다.

"황제 폐하를 뵈옵니다!"

왕준을 비롯한 장수들을 부릅뜬 눈으로 노려보던 최비는 이 내 자신의 몸이 떨리고 있음을 알았다. 휘하 장수 모두가 무릎을 꿇은 채 자신을 향해 끊임없이 폐하를 연호하자 이윽고 최비는 입을 열었다.

"고맙다."

최비에게서는 결코 들을 수 없던 격정 어린 음성이었다.

"고맙다. 너희들만의 황제이나 천하의 황제가 부럽지 않구나."

결국 최비는 눈시울을 붉히고 말았다. 이를 감추기라도 하려는 듯 벌떡 일어선 그는 붉어진 시선을 멀리 던지며 외쳤다.

"너희들만의 황제로서 단 한 번의 명을 내리겠다."

장수들이 하나같이 엎드린 가운데 우뚝 선 최비는 결연한 음성을 내었다.

"진의 온 힘을 다해 고구려를 멸한다!"

미천왕 14년 9월.

마침내 고구려의 모든 장수들은 휘하의 병력을 남김없이 거느리고 평양성에 모였다. 태왕 을불, 국상 창조리 할 것 없이 문무 신료들이 모두 군장을 갖춰 입고 땅을 디딘 가운데 을불은 허리에 찬 칼을 뽑아 높이 쳐들고는 천지가 떠나갈 듯 쩌렁쩌렁한 음성으로 외쳤다.

"낙랑을 멸하든, 내가 죽든 둘 중 하나가 있을 뿐이다!"

현도 출정 이후 십 년 만에 또다시 터져 나온 을불의 일성이었다. 고구려 역사상 가장 짧은 출정의 변이었지만 십 년간 하루도 빠트리지 않고 노심초사하며 낙랑 원정을 준비해 온 왕의 외침에 장수들은 물론 병사들까지 감동하지 않는 이가 없었다.

"낙랑을 멸하든, 우리가 죽든 둘 중 하나가 있을 뿐입니다!"

우렁차게 외치는 장수들과 군사들을 을불 역시 감개무량하여 바라보았다. 번쩍거리는 창과 갑주가 햇빛을 반사하여 온 사방을 은빛으로 물들이는 가운데 그의 머릿속은 천천히 과거를 되짚고 있었다.

그토록 처참하게 관구검에게 무너진 동천왕 시절, 불타버린 고구려를 차근차근 재건한 중천왕 시절, 몰래 군사를 키우고 국방을 다지던 서천왕 시절, 그리고 그 모든 준비를 물거품으로 만든 폭군 봉상왕 시절. 하나같이 위와 진에 고개를 숙이고 칼을 숨긴 채 버텨야만 했던 오욕의 세월이었다.

'드디어!'

을불은 다시 한번 눈 아래의 군사를 살펴보았다. 십만 군사는 세 개의 군세로 나뉘어 있었다.

처음으로 진격을 시작할 제일 군은 새로이 평락대장군에 봉해진 고노자의 삼만 군사였다. 우창 등 과거 고노자를 따르던 장수들을 주축으로 한 고구려 전통의 군사, 봉상왕의 폭정 속에서도 고구려를 지켜내던 백전의 정예병들이었다.

제이 군은 을불 자신이 맡기로 한 사만 군사였다. 고구려의 여러 부족들과 숙신에서 용맹을 앞다투며 차출된 사만 군사의 좌우 장수로서는 태대형 조불과 양우가 자리하고 있었는데 이들 또한 남다른 예기를 빛내며 정연한 대열을 취하고 있었다. 또한 아달휼이 언제라도 적진을 향해 달려들 태세로 을불의 곁을 지켰다.

제삼 군은 창조리의 삼만 군사였다. 여노가 맡아 이끄는 정예. 창조리의 지략에 여노의 병법과 무예를 더했으니 천하에 그 누가 당할까. 이들을 바라보는 을불의 눈에는 굳은 믿음이 배어 있었다. 그리고 그들의 한편에 저가가 약간 비켜서 있었다. 저가는 이미 노쇠한 몸이었으나 이 싸움만큼은 함께하겠다는 그의 의지를 막을 길이 없었다.

'결국은 키워냈다.'

을불은 눈시울이 뜨거워짐을 느꼈다. 지난 십 년간 이 십만의 군사를 키워내기 위해 얼마나 부단한 노력을 했던가.

"제일 군은 출발하라!"

을불의 외침에 따라 고노자가 칼을 높이 들었다 앞으로 내밀자 궁수부대를 필두로 갑사, 도부수, 철기대가 질서정연하게 칼이 가리키는 방향을 향해 몸을 틀어 움직이기 시작했다.

마치 거대한 뱀이 꿈틀거리는 듯한 대형을 바라보고 있는 을불의 귓가에 들려오는 음성이 있었다.

"폐하."

왕후인 아영이었다. 그녀 또한 이 순간을 맞이하여 격정에 휩싸였다. 과거 오랜 기간 상인의 신분으로 모용외를 살리고 을불을 돕는 등 그녀가 벌인 일련의 일들은 오로지 한 가지 목적을 향하고 있었다.

낙랑.

고구려인이기에 처음 낙랑으로 옮겨와 겪었던 그 설움들, 고구려인인 까닭에 홀로 죽어간 어머니……. 낙랑에 대한 복수심을 가슴 깊이 묻은 아영은 모용외를 끌어들여 그의 힘으로 낙랑을 눌러보고자 생각했었다. 모용외의 이름을 떠올리자 다시 한번 아영은 만감이 교차함을 느꼈다.

아영은 갑주를 입고 투구 끈을 단단히 졸라맨 을불을 바라보았다.

"폐하."

"말씀하시오, 왕후."

아영은 뭔가가 울컥 치미는 걸 느끼며 목이 잠겼다.

"오랜 세월 참으로 훌륭한 군사를 길러내셨습니다."

을불은 고개를 미미하게 가로저었다.

"왕후께서 다른 말씀이 하고 싶으신 것을 아오."

아영은 억지로 웃었다. 자신의 반려자인 이 고구려왕은 사람의 마음을 읽을 줄 알았다.

"꼭 돌아오세요."

"왕후, 내 그대와의 약속만은 반드시 지키겠소."

을불은 아영을 안았다. 가녀린 등을 통해 그녀의 떨림이 전해져 오고 있었다. 아영의 눈앞으로 철값 대신 낙랑을 주겠다며 호기롭게 모용외를 꺾어버리던 젊은 날의 을불이 스쳐 지나갔다.

"반드시 보여주겠소, 고구려의 혼을! 그대에게, 또 이 나라를 짊어질 사유에게."

척후를 통해 고구려군의 군세를 확인한 최비 역시 군사를 세 갈래로 나누었다. 새롭게 상장군에 임명된 손정의 오만 군사가 고노자를 상대하고, 최비 자신도 오만 군사를 이끌고 나가 을불을 맞을 준비를 했다. 그리고 창조리 군에 대해서는 왕준의 오만 유주군이 출진했다. 그러나 최비는 대장군 문호만은 낙랑성에 남겨두었다. 이에 문호는 크게 불만을 표시했다.

"굳이 소장을 빼신 처사를 이해할 수가 없습니다. 제가 이제 늙어 손정과 왕준보다 못하다 여기심입니까? 손정도 왕준도 아직 어립니다. 어찌 이 중요한 싸움에 그들을 내세우십니까!"

"대장군, 나는 이번에 십오만 군사를 오만씩 세 갈래로 나누었소. 적이 삼만, 사만, 삼만이니 군사의 우위를 점하기 위함이오. 이렇게 최대의 군세를 펼치려면 대장군이 최소한의 군사로 낙랑을 지켜줘야 하오."

최비의 말이 여기까지 이르자 문호는 더 이상 고집을 피울 수 없었다. 대신 그는 최비에게 한 가지 분명한 약조를 받아냈다.

"세 갈래 군사 중 어느 하나라도 지지부진하면 그때는 제가 나가도록 해주십시오."

최비가 그것까지 거절할 수는 없었다.

각기 십만과 십오만의 군사. 이것은 을불과 최비 모두 동원할 수 있는 최대한의 군사를 동원한 숫자였다. 고구려 전역의 군사와 진나라 전역의 군사가 바야흐로 한곳으로 모여들고 있는 것이었다.

이렇게 낙랑벌은 두 세력의 존망을 건 일전의 무대가 되었다.

두 개의 깃발, 두 개의 봉화

낙랑 전투의 서막을 연 장수는 고노자와 손정이었다.

개마대산의 동쪽을 타고 내려온 고노자를 손정이 막아섰다. 안저 등 평주의 군사와 현도의 군사를 합친 평주군을 이끌고 있는 상장군 손정은 낙랑성으로부터 백이십 리 지점에 주둔하며 이미 십수 일째 고구려군을 기다리고 있었다.

벌판에 진을 친 손정은 멀찍이 몰려오는 고구려군을 보며 혼잣말을 내뱉었다.

"십 년 전 현도성의 치욕을 반드시 씻고 말겠다."

십 년 전 자신이 성도왕에게로 떠난 후 구명이 이끌던 현도군은 개마대산에서 고구려군에 박살이 나고 현도성까지 빼앗기는 치욕을 당했다. 본래 현도군이란 자신이 심혈을 기울여 키운 군사였기에 손정은 그날의 패배가 자신의 패배이기라도 한 듯 이를 악물었다.

"적은 먼 길을 온 터, 쉴 틈을 주지 말라. 적이 진영을 세우기 전에 먼저 친다."

평주군의 선봉장은 안저였다. 십 년 전의 전투에서 군사를 모조리 잃고 친구인 고연굉의 죽음을 지켜보아야만 했던 그의 분노 역시 손정에 못지않았다. 몰려오는 고구려군을 바라보는 그의 눈이 벌겋게 달아올랐다.

"오늘 고구려군을 전멸시키기 전에는 회군하지 않는다."

안서는 분연히 창을 치켜들고 직접 선두에서 말을 몰았다. 그의 뒤를 따라 일만 선봉군이 일거에 고구려군을 향해 달리기 시작했다.

고노자는 달려오는 평주군을 보며 진군을 멈추고 우창을 불렀다.

"적이 싸움을 서두르는구나. 우리 군사가 먼 길을 왔으니 지친 틈을 노리는 것이다. 네가 첫 싸움을 맡아야겠다."

"예, 대장군!"

우창은 과거 고노자가 신성 태수로 있을 때 그 밑에서 해추와 더불어 무예를 뽐내던 무장이었다. 해추가 내세우는 것은 타고난 힘이었고 우창의 장기는 지칠 줄 모르는 끈기였다. 그 둘은 자주 무예를 겨루었는데 초장에는 해추가 우세하다가도 종국에 이르러서는 우창의 근성이 승리를 거두는 경우가 대부분이었다. 이 성실한 장수를 신뢰 어린 눈으로 바라보며 고노자는 명을 내렸다.

"벌판이 그리 넓지 않으니 적은 종대를 이루어 달려들 것이다. 너는 눈에 아주 잘 띄는 갑주를 입고 전선을 지키되 결코 우리 군사의 이동에 신경 쓰지 말라. 적에게 너를 잘 보이게 하되 결코 함부로 싸워 체력을 소모하지는 말라."

"적장과 싸우지 말라는 말씀이십니까?"

"그렇다. 너는 다만 네 모습을 오래 보여줌으로써 싸움을 이끄는 것이다."

고노자의 의도를 알 수 없어 우창은 고개를 갸웃거렸지만 이내 힘찬 음성으로 대답했다.

"반드시 명을 따르겠습니다."

자신이 받은 군명을 철칙으로 여기고 따르는 우직함 또한 그의 장점이었다. 우창은 화려하기 이를 데 없는 갑옷을 갖추어 입고 등에는 커다란 깃발을 꽂았다. 그러고는 우레와 같은 함성을 지르며 병사들을 이끌어 적을 맞이했다.

곧 평주군과 고노자군의 선두가 맞닥뜨리고 치열한 싸움이 벌어졌다. 과연 먼 길을 여러 날 달려온 고노자군에 비해 오래 휴식한 평주군은 기세가 강할 수밖에 없었다. 평주군의 우위가 분명한 가운데 난전이 계속되었다.

평주군을 이끄는 선봉장 안저는 오직 창 한 자루로 진나라 천하에 이름을 날린 출중한 무장이었다. 과거 창을 정확하고 민첩하게 쓰는 것으로 이름을 날렸던 그는 이제 사십이 넘은 나이에도 직접 선두에서 창을 휘두르며 평주군의 기세를 이끌었다. 적장을 노리기 위해 주위를 살피던 그는 머잖아 우창의 화려한 갑주를 발견할 수 있었다.

"이놈, 그 갑주는 죽여달라는 신호로구나!"

안저는 날랜 몸놀림을 뽐내며 우창에게 달려들었다. 우창은 그를 맞이하여 몇 차례 창을 마주쳤으나 워낙 사나운 그의 기세에 오래 지나지 않아 몸을 빼 군사들의 사이로 숨어들었다.

"하하하, 고구려의 선봉장이란 다만 겁쟁이에 불과하다!"

안저는 우창을 한 번 크게 비웃고는 다시 고구려 병사들을 향해 창을 놀리기 시작했다. 그가 한 창 한 창 내지를 때마다 고구려 병사가 한 명씩 죽어갔다. 가뜩이나 날랜 군사와 지친 군사의 사기가 다른 데다 장수의 모습 또한 이토록 극명하게 다르니 전황은 점점 평주군에 유리하게 기울어져 갔다.

"내 분명히 말했다. 고구려군을 박살 내기 전에는 돌아가지 않는다!"

안저는 계속 목소리를 드높여 장졸들을 독려했다. 이대로 시간이 흐르면 승리는 분명 평주군의 차지가 될 것만 같았다.

그러나 멀리서 전장을 지켜보던 손정의 희미한 미소는 싸움이 길어질수록 조금씩 옅어져 갔다. 결국 그의 얼굴에서 미소가 사라지자 곁을 지키던 부장이 물었다.

"상장군의 안색이 좋지 않습니다."

손정은 손끝을 뻗어 한참 난전이 계속되는 전선을 가리켰다.

"사기가 바뀌고 있다."

"예?"

손정의 입에서 흘러나온 것은 꽤나 무거운 목소리였다.

"적군은 먼 길을 오느라 지쳤고 아군은 오랜 시간을 쉬었으니 아군이 유리한 것이 당연하다. 싸움을 시작할 때는 이 차이가 뚜렷했다. 그러나 지금 더 지친 것은 아군이구나."

부장이 이에 전장을 살피니 손정의 말이 사실이었다. 분명 고구려군에는 피로한 기색이 있었지만 그것은 싸움을 시작할 때나 별반 차이가 없었다. 반대로 처음에는 날래기만 했던 평주군이 이제는 오히려 고구려군보다 더 숨가쁜 호흡을 보이고 있었다. 부장의 눈에도 그 차이가 분명하게 보였다.

"상장군의 말씀이 사실입니다. 이것은 무슨 조화입니까?"

대답 없이 더 상세히 전장을 살피던 손정은 한참 지나자 외마디 신음을 내며 무릎을 쳤다.

"내가 속았구나!"

"속았다니요?"

"저 화려한 갑주의 장수에 눈을 빼앗겨 속고 말았다. 적군은 계속 돌아가고 있지 않은가!"

과연 부장이 세심히 살피니 적은 여러 군사가 번갈아 가며 싸우는 덕에 군사가 쉬이 지치지 않고 날카로운 기세를 유지하고 있는 것이었다.

"분명하다. 군사는 계속해서 자리를 바꾸는데 오직 저 장수만 자리를 지키는구나. 적이 전술을 바꾸고 있는데도 저 선봉장만 눈에 띄어 내 미처 알아보지 못했다."

"아!"

"후위에 있는 나조차 몰랐는데 전장 속의 안저 장군이 알아챌 리가 있는가. 쥐도 새도 모르게 흐름이 바뀌었으니 이제 이 싸움은 유리하다고만 할 수는 없는 노릇이다."

손정의 말은 곧 사실로 드러났다. 한결같은 고구려군에 비해 시간이 흐를수록 지쳐가던 평주군의 선두는 언젠가부터 밀리기 시작했다. 용맹을 뽐내며 날뛰던 안저는 이미 지쳐 뒤로 물러선 지 오래였고 이에 따라 고구려군이 더욱 강맹한 기세로 몰아치니 평주군은 조금씩 수세에 몰려갔다.

전선 뒤로 물러나 숨을 고르던 안저는 멀찍이서 제 몸만 사리는 우창의 모습을 노려보고 있었다. 역시 지친 기색을 감추지 못하며 숨을 몰아쉬던 한 장수가 안저에게 말했다.

"이게 무슨 조화란 말입니까? 고구려군이 도무지 지치질 않으니 이대로 가다가는 우리 군이 먼저 무너지겠습니다."

"나도 모른다. 다만 저 덤볐다 도망가기를 반복하는 겁쟁이 선봉장을 확실히 죽이면 적의 기세가 꺾이지 않겠느냐!"

안저는 악에 받친 듯 한마디를 내뱉고는 창을 다시 부여잡았다. 멀리 병사들 사이로 유유자적하는 우창의 화려한 갑주를 눈에 새긴 후 득달같이 말을 몰아 달려간 그는 우창을 향해 벼락같이 외쳤다.

"적장은 도망가지 말고 맞서라!"

고함치는 안저에게 돌아온 답은 멀찍이서 쏘아댄 우창의 화살 몇 대뿐이었다. 우창은 화살이 맞지 않자 다시 몸을 돌려 병사들 사이로 깊이 숨어들었다. 벌써 다섯 번째 같은 모습이 되풀이되고 있었다. 안저의 답답한 가슴을 더욱 긁어놓는 것은 선봉장이 싸움을 피하며 물러섬에도 거머리같이 달려드는 고구려의 병사들이었다.

"이놈들이 정말!"

흥분한 안저는 마치 성난 사자처럼 날뛰며 창을 찔러댔다. 워낙에 출중한 그의 무예에 제법 많은 고구려군 병사가 쓰러져 갔지만 그 또한 점차 지쳐갔다. 한참 분풀이를 하듯 전장을 날뛰던 그는 결국 체력이 다하여 다시 몸을 돌려 후위로 물러섰다. 그때 안저의 등 뒤에서 선명하게 들려오는 목소리가 있었다.

"이제 힘이 다하셨소?"

안저는 황급히 뒤를 돌아보았다. 벌 떼같이 달려드는 고구려군과 더불어 족히 반나절을 도망만 다니던 고구려 선봉장 우창이 그의 눈에 들어왔다.

"이놈이!"

그의 억울한 외침에 이어진 것은 그의 가슴을 노리고 뻗어

진 우창의 힘찬 창끝이었다.

안저의 선봉군을 전멸에 가까이 박살 낸 것도 모자라 적의 본진까지 태반을 무너뜨린 고구려군은 밤이 깊어 피아의 식별이 어렵고서야 군사를 물렸다. 단 하루의 싸움에 평주군은 일만의 군사를 잃은 것이었다.

우창의 창이 살짝 비껴간 덕에 간신히 살아남은 안저를 맞이하여 손정은 아무 말도 하지 않았다. 고개 숙인 안저를 내려다보며 불끈 쥔 주먹을 떨 뿐이었다.

"송구합니다, 상장군."

안저의 희미한 음성이 나오고서야 손정은 입을 열었다.

"장군의 잘못이 아니오."

"마치 홀린 것만 같습니다."

"그럴 것이오."

"적은 너무나도 일사불란했습니다. 물러서고 나섬이 극히 조용하여 순환하는 줄을 모르고 바뀌지 않는 적장만을 보고 있었으니 어떻게 이런 그림자 같은 용병술이 가능하단 말입니까!"

이날 고구려군이 보여준 움직임의 비밀은 바로 청홍기에 있었다.

청홍기 두 쌍, 총 네 개의 깃발을 사용하는 전법은 고노자의

236

주도로 고구려 군략가들이 깊이 연구해 창안한 이후 고구려 전술의 기본이 되어온 가장 중요한 개념이었다. 푸른 깃발은 진군을, 붉은 깃발은 퇴군을 명하는데 같은 깃발 두 개는 빠른 움직임을, 한 개는 고요하고 느린 움직임을 뜻하고 깃발을 드는 방향은 좌우를 가리키는 신호였다. 붉은 깃발 두 개를 오른쪽으로 드는 것은 오른쪽으로 급히 철수하라는 뜻이며 푸른 깃발 두 개를 왼쪽으로 드는 것은 왼쪽으로 서둘러 진군하라는 뜻이었다. 고구려군의 모든 장수가 이 깃발을 든 기수를 옆에 두니 항시 고구려 진영에는 수백 명의 기수가 일사불란한 명령을 전달하여 온 군사가 한마음으로 신속히 움직일 수 있었다. 이 전법을 사용하고 나서부터 고구려군의 진영은 신출귀몰해 적군의 경직된 움직임에 항상 우위를 점할 수 있었다.

안저의 막사를 나선 손정은 진중의 모사들을 불러 모았다. 모사들 또한 하나같이 탄식을 금치 못했다.

"대군의 차륜진이라니 고래로 그런 것은 찾아볼 수가 없습니다."

모사들이 차륜진을 모르는 바가 아니었으나 그들이 알고 있는 차륜진이란 대군이 한꺼번에 펼칠 수 있는 진법이 결코 아니었다. 더군다나 부지불식간의 고요한 차륜진이라니. 한참 이들이 시끌벅적하게 고구려군의 용병술에 대해 토론하는 가운데 손정이 입을 열었다.

"대군의 차륜진이라는 것이 있기는 했다."

모사들의 소란이 멈춘 가운데 손정이 말을 이었다.

"과거 진과 오의 마지막 싸움에서 나의 양부가 되시는 손진 대장군과 주군의 상장이었던 두예가 국운을 걸고 맞붙은 적이 있다."

손정이 말한 주군이란 최비를 가리키는 것이었고 손진과 두예의 싸움이란 그 유명한 오나라 최후의 장강 전투를 말하는 것이었다.

"폐선을 불태우는 주군의 계책으로 장강을 건넌 진의 군사를 맞이한 것이 바로 오나라 대군의 차륜진이었다. 손진 대장군께서는 군사를 다섯 갈래로 나누고 북소리를 신호로 하여 군사들이 자리를 바꾸도록 하였지. 진의 군사는 이 대군의 차륜진을 맞이하여 마치 오늘의 아군처럼 패하고 말았다. 충분히 쉬고 전열을 가다듬은 새로운 적군이 자꾸만 선두에 나타나니 이길 방법이 없었지."

손정의 옛이야기에 모사들은 하나같이 열띤 표정을 지으며 말했다.

"오오, 그런 일이 있었습니까? 그런 큰 싸움을 왜 저희는 알지 못하는 것입니까?"

"그것은 오군의 차륜진이 하루 만에 깨어진 까닭이지. 진나라 군사가 너무도 가벼이 격파한 탓에 사서와 병서에 따로 기록되지 않은 것이다."

모사들은 무릎을 치며 찬탄을 내었다.

"그렇다면 주군께서는 차륜진의 약점 또한 알고 계셨단 말씀이 아닙니까? 대체 그 차륜진은 어떻게 깨어졌습니까?"

그러나 밝아진 모사들의 얼굴에 비하여 손정의 얼굴은 여전히 어둡기만 했다.

"그것은 북소리 때문이었다. 주군께서 적군의 북소리를 거짓으로 흉내 내어 아무 때나 크게 치도록 하니 오나라 군사들은 서로 뒤엉키며 혼란에 빠지고 말았다."

"아아!"

"그런데 지금 적은 붉은 깃발과 푸른 깃발을 시시때때로 사용하여 진퇴를 명하니 아마도 그것이 그 일사불란한 대열의 비밀이 아닌가 한다."

과연 어려서부터 문무를 겸비한 재목이라 불리며 자라온 만큼 손정의 살핌에는 날카로운 데가 있었다. 청홍기를 알아보는 그의 안목에 모사들은 감탄했으나 이어진 손정의 말은 어둡기만 했다.

"영민한 주군께서는 북소리를 찾아내셨지만 저들은 눈에 뚜렷한 깃발로 신호를 해대니 어떻게 적을 깬단 말이냐?"

깊은 한숨을 내쉬던 손정은 곧 마음을 정한 듯 무거운 목소리를 내었다.

"오군의 차륜진을 깬 당사자가 바로 주군이 아니더냐. 일단 군사를 뒤로 물려 시간을 벌고 그동안 주군의 지혜를 청해야 겠다. 곧바로 주군께 조언을 여쭙도록 하라."

손정의 명에 따라 평주군은 지체 없이 진영을 뒤로 물렸고 전령이 최비의 주둔지를 향해 먼지를 일으키며 달려갔다.

한편 군사를 정비한 고노자는 우창의 공로를 치하했다.

"고구려에 장수는 셀 수도 없이 많으나 나는 너를 가장 믿는 다."

"감사합니다."

"그것은 오로지 너의 인내와 성실함을 아는 까닭이다. 무예 가 뛰어날수록 칼을 숨기기가 힘든 것이 장수의 본성인데 너 는 반나절이나 적의 도발과 농락을 견뎠구나. 그것이 결국 큰 공적을 이루었다."

고노자가 자신의 칼을 풀어 우창에게 건네니 우창은 깊이 고개를 숙이며 이를 받았다.

"지금의 고구려군은 무적이라 할 만하다. 일찍이 천하의 그 어느 군사도 이처럼 긴밀하고 정확하게 움직일 수 없었다. 우 리는 앞으로 열흘 안에 적을 무너뜨리고 낙랑성을 점령한다."

"제가 선봉을 서겠습니다."

고노자의 칼을 받아 든 우창이 힘차게 답했다. 이날 무려 반 나절 동안이나 병사들 뒤에 숨어 몸을 사리던 우창은 안저를 비롯한 열댓 명에 이르는 적장을 상처 입히거나 죽인 공적을 세운 것이었다.

다음 날 아침이 밝자 우창은 앞장서 군사를 진격시켰다. 사기가 잔뜩 오른 고구려군은 밤사이 진영을 물린 평주군을 쫓아 앞으로 나아갔다.

매일같이 군사를 물리며 어두운 표정으로 적진을 살피던 손정은 사흘이 지나고서야 돌아온 전령을 맞이할 수 있었다. 손정은 얼굴의 수심을 걷고 기쁜 소리를 내었다.

"주군께서는 어떤 가르침을 주셨느냐?"

"저, 그것이……."

"왜, 주군을 만나뵙지 못했느냐?"

"주군께서는 다만 한 절의 노래를 불러주셨을 뿐입니다."

"노래? 무슨 노래더냐?"

뫼야 뫼야 보아다오, 저 너머 님이 오셨는지
구름아 구름아 보아다오, 내 님이 어디로 가셨는지

가만히 그 노래를 새겨듣던 손정은 알겠다는 듯 빙그레 웃고 나서 휘하의 장수들을 모두 불러 모았다. 사흘 만에 비로소 밝은 얼굴을 한 그는 상세한 군령을 장수들에게 각기 전달했다. 이를 전해 듣는 장수들의 얼굴도 어느새 하나같이 밝아져 있었다.

다음 날 평주군은 정연한 대열을 갖춘 고노자군과 다시 맞섰다. 일만 군사를 잃은 평주군의 사만 군사와 고노자의 삼만 군사가 모두 나서서 전력을 다한 싸움을 시작하자 벌판은 온통 흙먼지로 자욱했다. 수적으로는 여전히 평주군의 군사가 많았으나 사기의 차이는 숫자의 차이를 메우고도 남았다. 거기에 고구려군이 다시 청홍기를 따라 일사불란한 움직임을 보이자 이날의 전황 또한 첫날과 크게 다르지 않았다.

그런 가운데 인근 청석산의 두 봉우리를 서둘러 오르는 이들이 있었다. 낮은 산이 아닌 까닭에 꼬박 반나절을 쉬지 않고 오른 이들은 각기 양쪽 봉우리에 도착하자마자 숨 고를 틈도 없이 근처의 나뭇가지를 잔뜩 긁어모았다.

"이쯤이면 되겠지."

이들 중 수장 노릇을 하는 자가 일을 마치고 산 아래를 내려다보았다. 높은 산이라 양 진영이 모두 훤히 들여다보였다. 수만 군사가 서로 얽혀 싸움에 정신이 없는 가운데 고구려군의 진영은 수백 개의 청홍기로 붉게 물들었다 푸르게 물들기를 반복했다. 다섯 갈래로 나뉜 고구려군은 각기 다르게 붉거나 푸른색을 띠는데 푸른색의 군사는 앞으로 나서고 붉은색의 군사는 물러나는 것이 그 움직임이 정연하기 이를 데 없었다.

고구려군의 선두에서 싸우는 한 갈래의 군사를 자세히 들여다보던 진의 수장이 뒤의 병사들에게 명했다.

"봉화를 둘로 준비하되 내가 신호하면 연기를 피워라."

동시에 다른 봉우리에서도 같은 일이 진행되고 있었다.

한편 중상을 입은 안저를 대신하여 평주군의 선봉에 선 진욱은 전날 밤 손정으로부터 받은 명을 떠올리고 있었다.

"우측 봉우리에 봉화가 오르면 적은 물러설 것이고 좌측 봉우리에 봉화가 오르면 적은 진군할 것이오. 봉화 한 개는 느린 움직임이고 두 개는 빠른 움직임이오. 그것을 명심하되 장군은 적을 넓게 보지 말고 눈앞의 한 무리만 보시오."

"한 무리만 보라 하심은……?"

"고구려군은 다섯 무리로 나뉘어 각기 따로 움직이고 있소. 싸움은 오로지 선두에 나선 무리만 하는 것이니 장군은 그 변화에 현혹되지 말고 처음 선두를 맡은 무리만 쫓되 반드시 봉화의 신호를 따르시오."

진욱이 눈을 가늘게 뜨고 살피니 과연 고구려군에는 다섯 갈래가 있었다. 그 다섯 갈래의 군사가 서로 다른 방향으로 움직이며 평주군을 들이치니 얼마 지나지 않아 첫날의 싸움과 같은 양상이 되었다. 머잖아 평주군은 조금씩 수세에 몰렸다.

한참 불리한 싸움이 계속되는 가운데도 진욱은 물러서지 않고 멀리 청석산의 두 봉우리만 주시했다. 그리고 거의 반나절을 기다리고 기다린 끝에 우측 봉우리에 두 줄의 연기가 오르는 것이 그의 눈에 또렷이 보였다.

"우측의 두 줄기란? 적이 전력을 다해 물러섬을 뜻한다."

혼잣말로 그 의미를 되새긴 진욱은 곧 목청을 있는 대로 돋우어 군령을 내렸다.

"지금 당장 눈앞의 적을 쫓아라! 전력을 다해 쫓되 결코 다른 곳을 보지 말라!"

말이 끝남과 동시에 진욱은 말을 달려 눈앞의 고구려군을 쳤다. 창을 번개처럼 휘두르며 달려든 그의 눈앞에 드러난 것은 급히 물러서는 고구려 병사들의 등짝이었다.

"으하하! 과연 상장군의 말씀이 틀림없구나!"

고구려 병사의 등에 깊게 창을 찔러 넣으며 진욱은 크게 웃었다. 그의 뒤를 따르는 군사들 또한 무방비로 급히 물러서는 고구려 병사들의 등 뒤를 손쉽게 노릴 수 있었다. 눈 깜짝할 사이에 수백 명의 고구려 병사들이 피를 흘리며 쓰러져갔다. 밤이 되어 더 싸울 수 없을 지경이 될 때까지 이날의 싸움은 계속되었다.

고노자가 군사를 물리고 진영을 가다듬어 보니 이날의 전과가 너무도 분명히 드러났다.

"나의 실책이다."

"대장군!"

"도대체 적군에 어느 명장이 있기에 이토록 빨리 차륜진을 깬단 말이냐."

고노자의 얼굴에 안타까운 빛이 떠올랐다.

"차륜진이란 양날의 칼이라 간파당하면 적에게 등을 보이게 되는 도박과도 같은 전술이다. 그러나 이걸 알아볼 수 있는 장수란 거의 없다. 설사 있다 하더라도 몇 번의 전투를 거쳐야 겨우 눈에 들어오는 법이다."

이날 고노자는 일만 가까운 군사를 잃었기에 그의 상심은 크기만 했다.

"지나간 일입니다. 새로운 명을 주십시오."

한숨을 쉬며 우창을 바라보던 고노자는 그의 담담한 얼굴에 힘을 얻은 듯 이내 안타까운 빛을 지우고 힘을 주어 명했다.

"차륜진이 깨졌다고는 하나 서로 일만을 잃었을 뿐이니 패한 것은 아니다. 대열을 고치고 군사를 정비하되 일단 싸움을 멈추어 적의 예기를 피하자꾸나."

"예."

다음 날부터는 싸움이 벌어지지 않은 채 양군은 소강상태에 들어갔다. 믿던 차륜진이 깨어진 고노자군도 청홍기의 위력을 실감한 평주군도 싸움을 서두르지 않은 까닭이었다.

이상한 선봉군

전령으로부터 싸움의 경과를 듣고 난 문호는 급히 최비에게 부장을 보냈다.

"손정이 이미 일만 군사를 잃었으니 저를 보내주십시오."

"그는 다시 적군 일만을 물리쳤소. 대장군, 아직 어느 한쪽도 전황이 불리하지 않소. 낙랑을 비울 수는 없소."

이미 열 차례 넘게 거절의 답신을 듣고 온 부장은 고개를 푹숙인 채 문호의 불호령을 기다리고 있었다.

"윤허를 받을 때까지 돌아오지 말라는 내 말을 듣지 못했느냐!"

문호의 호통에 부장의 몸이 움찔거렸다. 명장으로 이름난 문호였지만 그 명성만큼이나 유명한 것이 그의 불같은 성정과 고집이었다.

"다시 가라! 이번에도 주군의 허락을 얻지 못하고 돌아오면 내 너를 참하리라!"

"저…… 대장군. 주군께서 병사들에게 명하시길 이제 제게는 진문을 열어주지 말라 하셨습니다."

"뭐?"

"백 번을 더 와도 답은 같다고…….."

부장은 더 이상 말을 잇지 못했다. 문호가 눈을 부릅뜨고 자리에서 일어선 까닭이었다.

"주군께 전해라. 이 문호, 낙랑의 전권을 육경에게 일임하고 청석산으로 떠났다고! 명을 어긴 죄는 돌아와서 청하리라."

질린 부장이 그저 고개를 숙이는 가운데 문호는 육경을 불러 대장군의 인수(印綬)를 팽개치듯 건네고 말에 올랐다. 그러고는 병사 한 명 대동하지 않은 채 오로지 홀몸으로 평주군을 향해 말고삐를 잡아챘다.

"이틀 안에 적을 멸하리라!"

단기필마로 성문을 뛰쳐나가며 던진 문호의 한마디였다.

다음 날 평주군의 진문을 지키던 병사들은 달려오는 한 인마를 발견하고는 창을 겨누어 그의 질주를 막아섰다. 그러나 이내 이들은 황급히 창을 내던지며 바닥에 엎드렸다. 마필에 걸려 있는 것은 바로 대장군기, 진에 오직 하나뿐인 대장군 문호의 표식이었다.

"네가 문무를 동시에 좇으니 양쪽이 다 모자란 것이 아니냐!"

소식을 듣고 맨발로 달려 나온 손정은 벼락같은 문호의 꾸

중에 고개를 들지 못했다. 손정은 한때 잠시나마 문호에게서 사사한 적이 있기에 그를 스승의 예로 대했다.

"너는 왜 차륜진을 깨어 적의 사기를 꺾고도 싸움을 하지 않느냐?"

"석군의 숫자가 아직 많은 까닭입니다."

"기다리면 적군의 숫자가 줄어드느냐?"

"……."

"못난 놈!"

손정에게서 눈길을 거둔 문호는 막사 안에 모여든 장수들을 바라보았다.

"너희 중 가장 나이 많은 자가 누구냐?"

한 노장수가 앞으로 나서자 문호가 말을 이었다.

"부상병 천 명을 줄 테니 그들과 함께 가서 죽어라."

"예?"

"네가 가장 나이가 많으니 당연한 일이 아니냐?"

당황한 노장수에게 문호는 다그치듯 외쳤다.

"네 이름이 무엇이냐?"

"상씨 성을 쓰는 협이라 합니다."

"상협? 나는 네 이름을 들어본 적이 없다!"

"예? 그것은 소장이……."

"너는 곧 죽을 나이다. 천하와 역사에 이름을 남기고 죽겠느냐. 아니면 지금처럼 이름도 없는 장수로 별 볼 일 없는 삶을 끝내겠느냐!"

당황하여 눈을 둥그렇게 떴던 상협은 이어진 문호의 말에 가슴이 뛰는 것을 느꼈다. 문호의 말대로 평생을 별 볼 일 없는 작은 장수로 살아오며 건사해 낸 목숨이었다. 새파랗게 젊은 장수들이 이름을 떨치며 자신의 위에 서는 것을 바라만 보아온 지난 삶이 갑자기 머릿속을 휘저었다.

"너는 그 나이에도 죽음이 두려운 것이냐?"

고개를 숙이고 있던 상협은 결연한 표정을 지으며 결기 어린 목소리를 내었다.

"어디서 어떻게 죽으면 되겠습니까!"

"내일 전투가 시작되거든 선봉으로 나서라. 오로지 빨리 죽겠다는 일념으로 적을 쳐라. 필생의 힘을 기울여 싸우되 반드시 그 자리에서 죽어라."

장수들이 돌아가자 문호는 홀로 남은 손정에게 말했다.

"사만 군사와 이만 군사의 싸움이다. 무슨 놈의 계략이며 전술이 필요한 것이냐. 너희 장졸 모두가 적의 청홍기라는 같잖은 허상에 사로잡혀 싸움을 미루니 사기가 이따위인 것이다."

"송구합니다, 스승님."

"내일의 싸움은 군략이 필요치 않으니 너는 창을 잡고 직접 전장에 나서라."

"그리하겠습니다."

"보아두어라. 무엇이 숫자 싸움의 승패를 좌우하는지를."

다음 날 며칠 동안 소강상태에 있던 양군이 다시 마주쳤다. 평주군의 선봉을 바라보고 있던 고노자는 이상한 느낌을 지울 수 없었다.

"저런 이상한 군사는 처음 보는구나."

"어째서입니까?"

"본래 선봉군이란 군사의 사기를 좌우하기에 가장 날래고 사나운 병사들로 이루어지는 법이다. 그런데 저 선봉군은 정말로 형편이 없구나."

그제야 우창도 적군의 상태가 특이함을 알아차릴 수 있었다. 수일 만에 모습을 드러낸 평주군의 선봉은 보병으로만 이루어져 있었는데 모두가 낡은 창과 녹슨 갑주를 갖춘 채 형편없는 대열을 이루어 다가오고 있었다.

"말 탄 병사는커녕 깃발을 든 자도 없군요. 장수도 한 명뿐입니다."

"저것이 선봉군이란 말이냐?"

"아마 부상병을 내세워 화살받이로 쓰고자 하는 게 아니겠습니까?"

"화살받이라……. 허허, 백성이 전장에 끌려나와 부상당한 것만도 한스러운 일인데 또다시 살길 없는 죽음으로 내모니……."

적군의 측은한 몰골에 잠시 풀어졌던 마음을 추스르며 고노자가 명했다.

"우창, 가장 날랜 군사를 선두에 세워 저들을 일거에 치도록 하라. 한순간에 모두 흩어지고 말 터이니 그 뒤의 본진 또한 사기가 바닥에 떨어질 것이다."

"예!"

"오늘의 싸움은 크게 득을 보겠구나."

고노자의 앞을 물러난 우창은 진문 앞에 서서 다가오는 적군을 바라보았다. 패기라고는 찾아볼 수 없는 적의 선봉군이 절뚝거리듯 천천히 고구려의 진영을 향하고 있었다. 이 허술한 진군을 노려보던 우창은 양손에 직접 고노자의 깃발을 들었다.

평락대장군의 다섯 글자가 새겨진 두 개의 청색 깃발이 힘차게 앞을 향했다. 곧이어 수십 년간 고구려를 지켜온 고노자의 날랜 정예병들이 적군을 향해 힘찬 외침과 함께 내달리기 시작했다.

힘껏 달리던 고노자의 정예병들이 창을 높이 들어 찍으니 좌우로 늘어선 오십여 평주군 병사들이 일거에 죽음을 맞이하고 적군의 몸에 박힌 창을 뽑아 아래에서 위로 찌르니 다시

일렬의 평주군이 피를 뿜으며 쓰러졌다. 한 팔이 없는 평주군 병사가 애써 휘두른 칼이 고구려 병사의 창에 간단히 튕겨 나갔고 절뚝거리는 병사 하나는 창을 내지르다 균형을 잃고 넘어졌다. 대충 동여맨 상처가 벌어져 싸우기도 전에 피를 흘리는 병사가 있는가 하면 열병에 시달리던 병사가 저 혼자 쓰러지기도 했다. 과연 고노자의 판단처럼 평주군의 부상병들은 한 싸움에 깨어지고 흩어져 지리멸렬할 것만 같았다.

그러나 이들은 물러서지 않았다. 바닥에 쓰러져 죽어가면서도 고구려군의 발등을 찌르고 허벅지를 깨물며 발목을 잡아챘다. 하나같이 필사적으로 몸을 내던지는 이들 부상병들의 머릿속에는 어젯밤의 기억이 생생히 살아있었다.

"너희가 내일의 선봉군이다."

하얀 천 조각을 하나씩 나누어 받은 천 명의 부상병들은 어리둥절한 눈으로 대열 앞에 선 노장 상협을 바라보았다.

"천에 가족의 이름을 써라. 노부모의 이름을 써도 좋고 부인이 있는 자는 부인의 이름을 써도 좋다. 아들이 있는 자는 아들의 이름을 써라. 글을 모르는 자는 내게 말하라. 내가 대신 써주마."

이들이 영문을 모르는 중에도 모두 가족의 이름을 쓰자 상협이 다시 입을 열었다.

"이제 그 천 조각을 품에 넣어라. 내일 너희의 시체에서 그 천 조각을 거둘 것이다. 거기 쓰인 이름에게는 황제께서 황금과 충렬지사의 호를 내리실 것이다."

군중에 크게 웅성거림이 일었다.

"너희는 모두 늙고 다친 병사들이다. 싸움의 끝에 살아남을 이가 없다. 불구라고 괄시받으며 개같은 삶을 이어가느냐, 아니면 가족의 가난을 해결하고 영광스러운 삶을 선물하느냐의 갈림길이다. 아니, 그 전에 도망치는 자는 등에 칼을 맞고 죽을 것이다. 어떻게 하겠느냐! 나는 적과 장렬히 싸우다 죽는 길을 택했다."

상협은 자신의 천 조각을 접어 품에 넣었다.

"대장군께서 말씀하셨다. 내일 앞을 보고 쓰러진 자와 뒤를 보고 쓰러진 자의 천 조각을 따로 걷겠다고 말이다. 앞을 보고 죽은 이가 적은 이름에는 황금을, 뒤를 보고 죽은 이가 적은 이름에는 형벌을 내리라 하셨다."

그의 늙은 목소리에 힘이 실렸다.

"모두 앞을 보고 죽자. 우리의 목숨을 바쳐 가족에게 넉넉한 삶을 주자. 우리가 가족의 밑알이 되자."

순식간에 병사들이 창을 높이 들며 외쳤다.

"앞을 보고 죽자!"

움켜쥔 주먹을 떨며 새긴 상협의 간밤 훈시가 마음을 움직였던 탓에 평주군의 선봉은 하나같이 불편한 몸을 내던지며 악귀와도 같은 모습으로 고구려군을 막아섰다. 그리고 이들 선봉군의 분전을 뒤에서 지켜보는 사만 군사의 선두에는 손정이 지그시 입술을 깨물고 있었다.

격전은 한나절 만에 끝났다.

이미 나이 육십이 넘는 노장 상협은 이날 많은 고구려 병사를 베지 못하고 죽음을 맞이했다. 우창의 뚝심 어린 창을 받아낼 재간이 없어 한 창에 가슴을 꿰뚫린 그는 죽음이 다가온 바로 그 순간에도 앞을 향해 창을 휘두르며 절명했다. 상협의 뒤를 따르던 부상병들 역시 마찬가지였다. 단 한 사람의 예외도 없이 모두가 몸이 앞을 향해 고꾸라진 채 죽어갔다.

그러나 이들의 희생은 헛되지 않았다. 마지막 한 명의 병사가 목숨을 다하여 쓰러지고 그 필사적인 집념에 질린 고구려 선봉군이 숨을 돌리는 찰나 눈을 벌겋게 물들인 평주군 사만이 일거에 짓쳐들었다.

누구도 직접 창을 들고 선두에 나선 손정을 막을 수 없었다. 벌건 눈으로 이를 악물고 덤벼드는 진욱과 그의 비장들을 막을 수도 없었다. 오로지 우창이 물러서지 않고 이들을 상대했지만 종내는 그마저도 손정의 한 창을 맞고 말았다.

악에 받친 사만의 군사와 질려버린 이만의 군사는 싸움이 되지 않았다. 그래도 고구려군은 필사적으로 적을 베었고 그들이 전멸할 무렵에는 적도 삼만으로 줄어 있었다. 이날 어둠이 내리기 시작한 고구려군의 진영에는 손정의 깃발이 높이 걸려 휘날렸다.

적막이 흐르는 전장에는 이미 성한 데 하나 없이 온몸이 만신창이가 된 채 끝까지 깃발을 놓지 않고 있는 한 장수가 있었다. 온몸에 핏덩어리가 말라붙은 사이로 다시 새로운 피가 흘러내렸다. 우창이었다. 마지막 순간까지 진군을 알린 깃발, 마지막 순간까지 적을 찌른 창을 양손에 꼭 쥔 채 우창은 한쪽 무릎을 꿇고 굳어있었다. 그의 손에 쥐어진 청기는 이미 붉게 물든 지 오래였다.

"우창! 그것은 진군을 알리는 청기더냐. 회군을 알리는 홍기더냐."

고노자의 비통하기 그지없는 탄식이 흘렀다.

"네 평생 나를 따랐구나. 고맙다. 고맙고 또 고맙다. 이 은혜는 곧 저승에서 갚으마."

고노자의 중얼거림에 따라 이내 한 줌 바람이 흐르며 우창의 손에 쥐어진 깃발이 툭 떨어졌다. 황량한 벌판, 그 폐허 위로 피로 붉게 물든 깃발만이 고구려군의 자취를 남기고 있었다.

그리고 저 멀리 사라져가는 평주군의 선두에서는 대장군 문호의 핏발 선 눈이 다음 먹이를 향해 번득이고 있었다.

"다음은 고구려왕이다. 축배는 그의 목을 술상에 놓고 들 것이다!"

섭어뱉듯 말을 던진 문호는 직접 평주군 삼만을 이끌고 최비와 을불이 대치하고 있는 암사평으로 향했다.

인과의 힘

　암사평의 벌판에서는 최비와 을불의 대군이 마주하고 있었다.

　이들 두 지략가는 누구도 싸움을 서두르지 않았다. 다만 적군을 살피고 살피며 일전을 벌일 장소와 때를 자신에게 유리하게 맞추어갈 뿐이었다. 최비는 암사평의 서쪽 끝에서, 을불은 암사평의 동쪽 끝에서 산세를 뒤로하고 진영을 몇 개로 나누어 차린 채 앞으로의 전쟁을 준비했다.

　이렇게 싸움의 시기가 조금씩 다가오는 가운데 자그마한 사건이 하나 터졌다.

　최비는 따로 삼천 기병을 편제하여 말을 잘 타는 도홍이라는 장수에게 주며 적의 신경을 거스르되 싸움은 하지 말라는 명을 내렸다. 낙양 출신인 도홍은 본래 북방족들을 오랑캐라며 심히 경멸하는 터라 고구려의 자치주에 불과한 숙신 족장이 달려 나오며 창을 휘두르는 것을 보자 그만 분이 터져버렸다.

　"적장은 다 어디에 숨었는가!"

　무거운 양날창을 바람처럼 휘두르는 아달휼의 모습을 보다 못한 도홍이 최비의 지시를 어기고 한 장수를 불렀다.

"저놈을 어떻게든 죽여라."

그러나 도홍의 명을 받은 장수는 말을 달려나가자마자 바로 목이 떨어져 버렸다. 이후 도홍이 세 장수를 차례로 보냈으나 모두 같은 운명이 될 뿐이었다. 도홍은 무예가로 이름난 부장에게 출전을 명령했다.

"장군, 적장이 너무 강해 상대하기가 쉽지 않습니다. 태수님 지시도 있고 하니 굳이 맞싸우는 건 방략이 아닐 것입니다."

"에라, 이 못난 놈! 그러고도 네가 창을 든 장수라 할 수 있느냐!"

도홍의 질책을 받은 부장은 마지못해 창을 움켜쥐고 아달휼을 향해 말을 달렸다. 그러나 아달휼의 근처까지 이른 그는 더 이상 다가서지 못하고 급히 말고삐를 잡아챘다. 창을 겨눈 채 달려드는 아달휼의 무시무시한 모습에 압도된 까닭이었다.

"아!"

짧은 신음 하나만이 그에게 허락되었다. 장수의 표식을 발견하고 바람같이 달려든 아달휼이 한 창에 그의 목을 날려버린 탓이었다.

"저 오랑캐를 도대체 무슨 수로 막는단 말이냐!"

도홍은 애가 달았지만 장수들은 아달휼의 투창술을 몹시 두려워했다. 그의 투창은 화살보다도 멀리 나는 데다 백발백중이었기에 도홍의 군사들은 아무도 말고삐를 쥐려 하지 않았다.

도홍이 발악하듯 소리쳤다.

"나가자! 모두 한 번에 나가서 죽든 죽이든 하자!"

도홍이 삼천 병마를 몰아 달려들자 아달휼은 말을 돌려 달아났고 잠시 추격의 기쁨을 누리는 사이 멀찍이서 출발한 고구려 기병이 어느새 눈앞에 다가왔다. 아달휼 역시 삽시간에 말의 방향을 바꾸었다.

"와아!"

하늘을 찌르는 함성과 함께 고구려군이 달려드는 데다 미친 창잡이 아달휼이 다가오자 도홍은 더 생각할 것도 없이 말을 돌리며 외쳤다.

"전군! 퇴각하라! 뒤도 돌아보지 말고 도주하라!"

그러나 다음 순간 그는 최비의 엄명을 기억해냈다.

'싸우지 말아라! 적이 쳐들어오면 미리 물러서고 뒤로 물러나면 달려나가라. 만약 네가 이 지시를 어기고 적에게 바로 등 뒤를 추격당한다면 돌아오지 말아라! 네가 쫓겨 돌아오면 우리 군사의 사기가 땅에 떨어질 것이니 사세부득이면 네 판단에 따라 어디로든 달아나라! 그러나 절대 진영으로 돌아오지는 말아라!'

도홍이 달리는 말의 방향을 돌려 최비 쪽도 아니고 고구려군 쪽도 아닌 비스듬한 방향으로 말을 달렸다. 갑자기 방향을 바꾸느라 혼비백산한 군사들이 서로 밟고 밟히며 허겁지겁 그의 뒤를 따랐다.

"이놈, 창을 받아라!"

아달훌이 도홍의 등을 향해 길게 창을 던지자 그는 등심을 맞고 그 자리에서 절명했다. 고구려군은 달아나는 적군을 악착같이 뒤쫓아 반절가량을 도륙했다.

돌아온 아달훌이 을불 앞에 짧게 고개를 숙인 후 전공을 보고했다.

"적장과 낙랑군 삼천 군사 중 반절은 격살했습니다. 나머지 반은 도주했습니다."

막사 안의 모든 장수가 환호했으나 을불만은 크게 기꺼운 표정이 아니었다. 이에 아달훌이 물었다.

"마음에 걸리는 것이 있으십니까?"

"최비는 진나라 제일의 지략가이다. 고작 삼천 군사를 보내어 아군의 예봉을 꺾으려 하니 여기에는 필시 계략이 있지 않겠느냐?"

"저 또한 우리의 측후면으로 도주하는 적이 이상하다 여겼지만 도주하는 모습만은 매우 절박했습니다."

"계략으로 보이지는 않았단 얘긴가?"

"그렇습니다."

"조심하고 결코 진군을 서두르지 말라."

"예."

큰 전공을 세웠음에도 을불은 침착한 자세를 잃지 않았다. 그것은 올바르지도, 그렇지 않기도 한 선택이었다.

눈을 감고 이야기를 듣던 최비는 장통의 말이 끝나자 천천히 입을 뗴었다.

"고구려왕이 진군을 멈추었다고?"

"예. 조심하고 조심하는 것이 제법 군사를 부릴 줄 아는 듯합니다. 그보다 주군, 도흥이 명을 어기고 몸을 가벼이 움직여 군사를 잃었으니 죄를 물어 그의 혈족을 모조리 참하고 본보기를 세워야 하지 않겠습니까?"

"아니다. 도흥이 나의 뜻을 어기고 함부로 움직인 것이 아군의 사기를 떨어트린 행동이긴 하지만 그것은 또 그대로 의미가 있을 것이다."

"그러나 주군, 군진에 영이 서지 않으면……."

최비는 고개를 저으며 다른 이야기를 꺼냈다.

"장통, 내 너에게 들려줄 이야기가 있다."

"귀를 씻고 듣겠습니다."

장통이 머리를 조아리자 최비가 천천히 말을 시작했다.

"과거 나는 바둑으로 천하에 적수가 없었는데 유일하게 동수를 이루는 것이 사도중련이었다. 일찍이 그와 나는 아흔아홉 번을 대국하기로 했는데 그가 마흔아홉 번을 이기고 내가 쉰 번을 이겨 승자가 되었지."

"그가 그렇게 바둑을 잘 둡니까?"

"사도중련의 바둑은 그야말로 빈틈이 없다. 아무리 함정을 파도 달려드는 법이 없으며 눈앞의 이득을 쳐다보지 않지. 그는 열 집을 두고 싸우면 여섯 집만 갖고 네 집을 내어준다. 열 집을 노리는 자와 여섯 집만 노리는 자가 싸우면 반드시 여섯 집을 노리는 자가 이긴다. 그것이 그의 싸움법이지."

"이치는 알겠으나 그리 두는 것이 쉽지는 않을 것 같습니다."

"그래. 그의 싸움법이란 보통의 사람에게는 불가능하지."

"주군께서는 어찌 그를 이겼습니까?"

"마지막 대국에서 그의 바둑이 하도 압박이 심하여 내가 마음을 잃고 잘못 낸 수가 있었다. 그러나 그는 그 실수를 묻지 않았어. 그 한 수면 나의 진영이 모조리 흐트러지고 중앙을 뺏길 판국이었는데 그는 그것이 나의 미끼라 생각하고 묻지 않았다. 그 덕에 나는 그 한 수를 크게 키워 종내는 대국을 이길 수 있었다."

"아아!"

"지금 고구려왕의 마음이 사도중련과 같다. 도흥이 군사를 데리고 뛰쳐나갔으나 그는 그것이 돌발 행동임을 알 턱이 없지. 도리어 여기에는 나의 계책이 숨어있다 여기고 진군을 멈춘 것이다."

"그러면 이제 어떻게 대처하면 되겠습니까?"

"그 한 수를 크게 키워야 하지 않겠느냐?"

장통은 다시 한번 머리를 조아렸다.

"지혜를 내려주십시오."

"먼저 도홍의 장례를 후하게 치러라."

장통은 잠시 생각하다 말했다.

"장례를 후히 치르라 하심은 그가 제멋대로 뛰어나간 것을 주군의 명에 의한 것으로 한다는 말씀입니까?"

"그러하다. 다음은 이틀간 삼천 군사를 보내 잠시 겨루다 역시 같은 경로로 도주한 후 멀리 돌아 귀대하도록 하라. 그러면 고구려군은 자신들의 뒤에도 우리 군세가 있다고 생각할 것이다. 그렇다고 군사를 나눌 수도 없는 그들로서는 안전한 곳을 골라 자리를 잡고 동정을 살피게 마련이다."

최비는 손가락을 들어 탁상에 펼쳐진 지도의 한 점을 찍었다. 그의 손가락이 강 사이의 한 성 위에 머물러 있었다.

"바로 이곳이 될 것이다."

장통이 신음을 내었다.

"아, 그것은 동현성이 아닙니까!"

"틀림없다."

"주군, 동현성은 천혜의 요새입니다. 성은 비록 작지만 성벽은 견고하며 수백 년 묵은 박달나무로 만들어진 성문들은 두껍고 무거워 안에서 열지 않으면 밖에서 깨뜨리기 지난합니다. 애초부터 군사의 피난을 목적으로 축성하여 군량 또한 풍부합니다. 적이 동현성에 들면 깨뜨릴 길이 없습니다."

최비는 가만히 장통을 바라보았다. 그러고는 작은 한숨과 함께 물었다.

"동현성에는 군량만 있느냐?"

"예?"

"거기에 수북이 쌓인 건초와 목재를 너는 못 보았단 말이냐?"

"아! 만약의 경우 적에게 군량이 넘어가는 걸 막기 위해 불을 지를 준비가 되어있습니다!"

"뿐만 아니라 양 측면과 후면의 성문은 허벅지 굵기의 빗장쇠를 굳혀버리면 절대 열리지 않는다. 동현성엔 군사가 얼마나 있느냐?"

"이백이 있습니다."

"동현성에 사람을 보내라. 쇳물을 끓여 서, 남, 북 세 문의 빗장에 붓고 병사 백 명을 뽑아 백성으로 위장시킨 다음 군데군데 교묘히 숨게 하며 나머지 군병은 적이 오거든 끝까지 싸우다 죽게 하라. 안타까운 목숨이지만 이것이 고구려군 섬멸의 씨앗이 되니 어떡하겠느냐. 적이 아침에 출발하면 저녁에 성에 들게 된다. 그러면 그 백 명의 병사로 하여금 어둠 속에서 군량과 건초에 모조리 불을 지른 후 성문을 열고 도주하게 하라."

"아!"

최비의 말이 여기까지 이르자 장통은 그제야 알았다는 듯 무릎을 치며 탄성을 내고는 얼굴 가득히 부끄러운 빛을 떠올렸다.

"큰불이 나면 적이 나올 곳은 한군데뿐이다. 그 앞을 이만 궁수대가 기다렸다 쏘아대면 적은 반드시 전멸할 터, 들 곳 없는 요새란 바꾸어 말하면 날 곳 없는 함정이 되는 것이다."

"참으로 영명하십니다."

"인간이 모든 일을 다 머리로 짤 수도 없고 머리로만 짠 계략은 완전하지도 않다. 최고의 계략이란 우연이 섞일 때 이루어지는 것이다."

과연 일은 최비의 예상대로 풀려갔다. 하루는 장통이 삼천 군사를 거느리고 나갔다가 도홍과 똑같은 길로 도주하고 다음 날은 방정균이 같은 일을 반복하자 마음속에 의심의 불씨를 품은 고구려 장수들은 이맛살을 찌푸렸다.

"오늘도 삼천 군사였느냐?"

"예, 폐하."

"오늘은 몇을 격살했느냐?"

"불과 이백에 미치지 않습니다. 이제는 적이 아예 도주할 생각으로 싸움에 임하는 것 같습니다."

"그런데도 적이 선공을 해왔단 말이지?"

"예."

"그야말로 유인책이 아니고 무엇이란 말인가."

신경이 날카로워진 을불은 밤중에 아달흘과 함께 진영을 살피다 이곳저곳에서 들려오는 장졸들의 대화에 귀를 기울였다. 하나같이 적군을 낮게 보고 아군을 잔뜩 치켜세우는 말들이었다.

"과거 동천태왕께서 바로 이렇게 다 이긴 싸움을 패하지 않았는가."

을불은 관구검과 동천왕의 싸움을 떠올렸다.

"뒤가 불안하니 앞으로 나아갈 수 없구나. 일단 군사를 물려 최비의 계략을 피하고 배후의 적을 소탕해야겠다."

"여기서 북동쪽 삼십 리에 있는 동현성이 난공불락의 요새이니 이를 빼앗아 주둔하며 안정을 취함이 어떨는지요."

다음 날 고구려군은 진영을 거두어 동현성으로 향했다. 고구려군이 움직이자 최비의 대군도 일정한 거리를 유지한 채 뒤를 쫓았다.

한편 동현성에서는 군병들이 심각하게 대립하고 있었다. 최비가 이백 명 중 백 명은 죽을 때까지 성을 지키고 나머지 백 명은 숨어있다 불을 지르고 도주하라 했기에 누구나 숨는 편에 서고 싶어 했다. 장수가 있었다면 군병들의 갈등도 없었을 테지만 일종의 임시 피난처에 불과한 곳이라 교위가 몇 있을 뿐이었고 교위들 모두 자신이 살아 나가고자 했기 때문에 누가 숨고 누가 싸우느냐의 문제로 분위기는 흉흉하기만 했다. 모두 눈치만 보고 있을 때 한 젊은 병사가 벌떡 일어나 외쳤다.

"나는 끝까지 싸우다 죽을 것이다. 나를 따르는 자는 내 뒤에 서라!"

사십여 명이 일어나 그의 뒤에 자리를 잡았다. 그러자 그는 교위들을 제치고 우두머리가 되어버렸다.

"교위들은 대개 처자가 있으니 살려야 한다!"

젊은 병사는 교위들을 모두 숨는 쪽의 줄에 서도록 했다. 양쪽으로 백 명씩 갈리자 그는 숨는 자들을 평복으로 갈아입힌 후 갑자기 칼을 뽑았다.

"목숨이 아까워 이토록 흔들리는 놈들이니 제대로 불이나 지를 수 있을지 모르겠다. 이런 놈들에게 맡겼다가는 큰일이 실패하기 십상이니 오히려 싸우다 죽겠다는 너희들 중 반이 불을 지르고 나가 살아라! 오십 명이면 불 싸지르는 데 충분하고도 남으니 이 비겁한 놈들을 모두 죽여라!"

평복으로 갈아입은 자들은 이미 무장을 해제한 터라 손쓸

틈도 없이 순식간에 백 명 모두 죽고 말았다. 젊은 병사는 다시 남은 백 명 중 처음 그와 같이 죽겠다고 나섰던 사십여 명을 남기고 나머지에게 평복을 입혔다.

"적의 사만 군사 앞에서 우리 사십여 명이 저항해 봐야 그게 무슨 의미가 있겠느냐? 차라리 자중지란이 일어 서로 죽이고 성을 비운 채 도망한 걸로 하는 게 적을 속이기 훨씬 쉬울 것이다. 그러니 이놈들을 죽이고 처음부터 목숨을 바치고자 했던 우리가 용감하게 불을 지르고 살아남는 게 옳다."

이와 동시에 칼을 뽑아 평복한 자들을 죽이니 처음 죽기로 나섰던 사십여 명을 빼고는 모두 목숨을 잃고 말았다.

"자, 이제 우리는 평복을 입고 각자 숨을 만한 곳을 찾아 숨도록 하자. 어차피 우리는 목숨을 바치기로 했으니 혹 들켜도 성에 남겨진 일꾼임을 가장하고 군략에 대해서는 죽는 한이 있더라도 입을 다물 것이다."

모두 굳건한 표정으로 고개를 끄덕였다.

"우리 중 다가 살아남지는 못할 것이다. 만약 누군가 살아남는다면 최비 태수님께 우리 사십여 명의 최후를 증언하고 가족들을 살펴달라고 고하기로 하자."

그러자 군병 하나하나가 모두 평복으로 바꾸어 입고 착실히 숨을 곳을 찾아들었다.

"앞뒤를 모두 경계하라!"

틀림없이 매복이 있을 거라 여긴 고구려군의 진군은 편안하지가 못했다. 걸음을 빨리했지만 뒤에서 꾸준히 따라붙고 있는 최비의 대군 중에서 때때로 장수들이 달려드는 바람에 수시로 진군을 멈추어야 했다. 그러다 보니 어둠이 내릴 무렵이 되어서도 고구려군은 쉬지 못하고 앞으로 전진할 수밖에 없었다. 도홍의 실수를 이용한 최비의 전략은 가히 일품이었다.

"차라리 앞이든 뒤든 이놈들이 확 달려들었으면 좋겠구먼!"

최비의 대군이 뒤에서 주는 긴장과 불안은 곧바로 피로감으로 이어져 고구려군은 사기가 크게 떨어졌다.

"동현성이다!"

벌써 어둠이 내린 데다 불안에 지친 고구려 병사들은 목적지에 도착하자 반가움에 환호성을 쏟아냈다. 그러나 을불을 비롯한 장수들은 견고한 석성을 앞에 두고는 어떻게 해야 할지 판단을 내릴 수 없었다. 장수들은 굳은 표정으로 을불 앞에 모였다.

"성이 작지만 견고해 이 어둠 속에 공격하기란 어렵기만 하겠습니다."

여간해서는 물러설 줄 모르는 양우의 입에서 갑갑한 소리가 새어 나왔다.

"이 성에 주둔하고 있는 군사가 얼마 되지 않는다 하더라도 적의 대군을 뒤에 놓고 성을 공격하기는 쉽지 않은 일입니다."

"그렇다고 이 부근에서 야영을 할 수도 없습니다. 당장 군진의 방향을 어디로 할지도 어렵습니다. 뒤의 대군을 향해야 하는지……."

모든 장수들이 한마디씩 하는데 텁텁하고 뾰족한 소리의 차이만 있지 최종적 판단은 한가지로 당했다는 것이었다.

"망설일 것 없습니다. 일단 철기군으로 하여금 뒤를 막게 하고 신속하게 성벽을 타 넘어 주둔군을 섬멸한 후 우리는 성에서 자고 적의 대군은 야영하도록 하면 내일의 전투에서 우리가 유리할 것입니다."

"문제는 그게 아니다. 이미 어두워진 터라 우리는 섣불리 움직일 수가 없다. 만약 이것이 적의 함정이라면 성에 들어갔다가 당할 수밖에 없는 것이 아닌가!"

왈가왈부하던 장수들은 을불의 지적에 모두 고개를 끄덕일 수밖에 없었다. 이때 장수 하나가 달려와 큰 소리로 외쳤다.

"성문이 열렸습니다."

"무엇이! 그 견고한 성문을 깨뜨렸단 말이냐?"

"아니, 누군가 안에서 문을 열었습니다."

양우를 비롯한 장수들이 뛰어가서 보니 과연 성문은 열려 있었고 한 사람이 등에 횃불을 받아 긴 그림자를 늘어트린 채 성문 앞에 서 있었다. 수백 개의 창이 겨누어진 사이로 걸어

나온 그는 우두머리 노릇을 하던 젊은 병사였다.

"성에 들지 마시오! 성안에는 불을 지를 만반의 준비를 하고 있는 자들이 사십여 명 있으니 먼저 샅샅이 수색해 그들을 모두 잡아내시오!"

"너는 누구냐?"

장수 무골이 칼을 그의 목에 갖다 대고 물었다. 무골은 을불이 어린 시절 안국군의 묘를 찾았을 때 그를 잡았다 놓아준 인연이 있는 자로 성정이 곧고 강직하여 을불은 왕위에 오르자 즉각 그를 찾아 장수의 지위를 준 바 있었다.

"내가 적인지 아닌지는 그들을 찾아내면 알 수 있을 것 아니오!"

무골은 고개를 끄덕이고는 수백 명의 군사를 동원해 성안을 샅샅이 뒤졌다.

"성문의 빗장쇠에 찻물이 부어져 있었습니다. 그자의 고변이 아니었으면 우리는 자칫 독 안에 든 쥐 꼴이 될 뻔했습니다."

이어 평복을 입고 숨어있던 자들이 속속 붙들려 나오자 무골은 젊은 병사를 을불에게로 데려갔다.

"이자의 공이 크기만 합니다. 하마터면 치명적인 화공을 당할 뻔했습니다."

"너는 누구기에 이렇게 큰일을 한 것이냐?"

"태왕 폐하, 저를 몰라보시겠습니까?"

젊은 병사가 고개를 드는 순간 을불의 입에서 탄성이 터져 나왔다.

"아니, 평강! 너는 평강이구나."

"그렇습니다!"

"아아, 네가 이런 일을 해낼 줄이야!"

을불은 벌떡 일어나 평강을 가슴에 안았다.

"수년 전 갑자기 없어졌다고 들어 걱정을 했었는데 어떻게 된 일이냐?"

"폐하께서 필사적으로 서진을 준비하실 때 저는 고구려보다는 오히려 낙랑에서 할 일이 많을 것 같아 낙랑군에 들어가 있었습니다. 또한 이 부근에서 양군의 격돌이 있을 걸로 생각하고는 이 성에 편제되어 바로 오늘과 같은 날을 기다려 왔습니다."

"아아, 이것은 고구려의 복이로다."

"모두 태왕 폐하께서 뿌리신 일입니다."

평강을 안은 팔을 풀며 을불이 물었다.

"그러니까 이게 모두 최비의 계략이란 말이지?"

"그렇습니다."

"그렇다면 좋다. 오히려 여기서 적을 잡자. 우리는 성 밖 어둠 속에 숨고 밤이 깊어지면 성안에 불을 지른다. 그러면 적의 궁수대가 잔뜩 몰려올 테니 그들을 배후에서 덮친다."

태왕이 낙랑에서 구한 거지 소년이 나타나 횡액을 막았다는 사실에 사기가 잔뜩 오른 고구려군은 성의 뒤편으로 한참 물러나 몸을 숨겼다. 그러나 일은 고구려군의 뜻대로 되지 않았다.

멀찍이서 동현성을 살펴보던 최비의 입에서 실망스러운 목소리가 새어 나왔다.

"실패했구나! 궁수대를 되돌려라!"

장통이 놀라 물었다.

"어떻게 실패를 짐작하십니까?"

"지금쯤 저 성안에서 연기가 올라야 하는 것이 아니겠느냐?"

"적군이 성안에 들거든 병사들이 곯아떨어질 때를 기다렸다가 한밤에 불을 지르라고 하셨잖습니까?"

"그 불을 말하는 게 아니다. 지금 저들은 종일 먹지 못하고 행군을 했으니 성에 들면 가장 먼저 밥부터 짓지 않겠느냐. 그러니 온 성안에 밥 짓는 연기가 진동을 해야 하거늘 주변이 온통 새카맣기만 한 건 어딘가에 숨어 우리를 기다린다는 뜻이 아니냐. 어서 궁수대를 철수시키고 소, 돼지를 잡아 병사들을 실컷 먹여라. 주린 배를 잡고 어둠 속에 웅크리고 있는 적 앞에서 맘껏 먹는 것도 하나의 승리이니라."

숫자의 비밀

백암성을 출발한 창조리는 낙랑 동쪽의 백랑하에 이르러 진영을 차렸다. 군량 수송을 겸하다 보니 아무래도 진군 속도가 늦을 수밖에 없어 평양성을 떠난 지 이십 일이 지난 후였다. 강 건너편에는 강안을 새까맣게 메운 왕준의 유주군이 일찌감치 진을 치고 있었다. 창조리는 말없이 적의 진영을 훑어보고는 막사로 돌아와 군막 회의를 열었다.

"적은 대략 오만 정도 되어 보입니다."

장수들은 강이 넓은 데다 적이 앞을 가로막고 있어 어떻게 건너야 할지 고심하는 얼굴들이었다.

"강폭이 일정하니 저들은 강 건너편에서 계속 우리를 마주보며 같이 움직일 것입니다."

틀림없는 말이었다. 지키는 게 바로 이기는 결과가 되는 유주군으로서는 굳이 욕심을 내어 강을 먼저 건너오지 않고 건너편에서 경계만 할 것이었다. 답을 찾지 못해 갑갑해하는 창조리의 군막 안으로 급보가 날아들었다.

"국상, 고노자 대장군께서 평주군에 참패하고 군사를 모두 잃었습니다."

"무어! 어떻게 그런 일이 생겼단 말이냐?"

"손정과 일진일퇴하는 중에 갑자기 진의 대장군 문호가 단기필마로 나타나자 전세가 급작스럽게 기울었습니다."

전령으로부터 상세한 보고를 듣는 창조리의 얼굴에 분노와 안타까움이 가득 서렸다.

"뿐만 아니라……."

"말하라!"

"문호는 삼만 군사를 이끌고 태왕과 대치하고 있는 최비에게로 향했습니다. 태왕께서 감당하기 힘든 위기에 빠질 것이 자명합니다."

전령의 보고를 듣던 여노의 표정이 금세 불안과 초조로 벌겋게 물들었다.

"국상!"

여노의 다음 말은 듣지 않아도 뻔한 것이었다. 태왕이기 이전에 을불은 여노 자신의 둘도 없는 벗이자 형제였다.

"어서 강을 건너 태왕께로 향하셔야 합니다!"

여노뿐 아니라 모든 장수들이 이구동성으로 진군을 외쳤지만 창조리는 쉽게 고개를 끄덕이지 않았다. 태왕도 태왕이지만 눈앞의 오만 군사를 그냥 두고는 움직일 수도 없었고 움직여서도 안 되었다. 움직이기만 하면 적은 바로 뒤를 칠 것이었다. 고노자군의 전멸은 심각한 전세의 불균형을 초래했다.

깊은 장고(長考)에 들어간 창조리가 갑자기 눈을 번쩍 뜨고는 칼칼한 목소리로 군령을 내었다.

"여노 장군은 명을 받으라!"

"삼가 명을 받듭니다."

긴장 어린 침묵 속에서 창조리만을 응시하고 있던 여노가 즉각 한쪽 무릎을 꿇으며 예를 취했다.

"태왕은 잊어라. 어떤 위기가 닥쳐도 능히 견뎌내실 분이니 제장(諸將)의 조급함은 오히려 원정을 망칠 뿐이다. 장군은 여기서부터 십여 리 떨어진 후방에 진영을 차려라. 나는 그 진영으로 앞으로 사흘간, 밤마다 만 명의 군사를 보낸다."

"예."

"그러면 장군은 낮마다 오천의 군사를 돌려보내라!"

군령을 받은 여노는 즉시 군사를 이끌고 떠나가 십여 리 떨어진 곳에 진영을 차렸다.

한편 왕준은 고구려의 일군이 강을 건너지 않고 오히려 후방으로 물러갔다는 보고를 받고 장수와 모사들을 한자리에 모아 당부를 거듭했다.

"십 년 앞을 내다본다는 창조리가 어떠한 계략을 펼칠지 알 수가 없다. 결코 함부로 움직이지 말고 적을 세밀히 관찰하라."

여노가 진영을 차린 다음 날 왕준은 강 건너 적의 동태를 살피던 장수로부터 보고를 받았다.

"적의 진영에 오천가량의 군사가 합류했습니다."

"무엇이? 그래서 적은 총 몇이란 말이냐?"

"강이 넓어 염탐꾼을 보낼 수도 자세히 살필 수도 없습니다."

"으음. 가뜩이나 많은 적군이 더 불어났구나. 더욱 적이 강을 건너는 틈을 기다릴 수밖에 없겠다."

그다음 날에도 왕준은 장수의 보고를 받았다.

"또다시 오천가량의 군사가 합류한 듯합니다."

"뭐? 대체 어디서 자꾸 군사들이 몰려온단 말이냐."

"그런데 자사님, 지난밤 적군의 일부가 움직이는 기척을 보고 들은 병사가 많습니다. 아마 군사가 계속 늘어나는 척 허장성세를 부리려 밤마다 군사를 뒤로 빼돌렸다가 낮에 돌아오게 하는 것이 아닐까 합니다."

왕준이 들어보니 맞는 말이었다. 잠시 생각하던 왕준은 무릎을 치며 말했다.

"네 말이 맞다! 적이 도강을 해야 하니 아군이 지레 겁먹고 물러나도록 계략을 부리는구나. 적의 군사는 처음과 같을 것이다. 우리는 반드시 이 자리를 지켜야만 하겠다."

왕준은 기분 좋은 웃음을 떠올렸다.

"창조리, 네놈은 결코 이 강을 건너지 못할 것이다."

그렇게 사흘이 지나고 나흘이 지나자 고구려 진영에는 더 이상 오가는 군사가 없었다. 다시 닷새가 지나고 엿새가 지나도록 고구려군의 진영이 제자리에 머물러만 있자 왕준은 득의만면하여 연신 웃음을 터트렸다.

"네놈, 지금쯤 무척 안달이 났을 것이다."

그러나 이즈음 강 건너의 고구려 진영에는 저가가 이끄는 오십 명가량의 병사들이 불을 피우고 먼지를 일으키느라 분주한 시간을 보내고 있을 뿐이었다.

무슨 일이 벌어지고 있는지 꿈에도 생각지 못하고 있던 왕준은 창조리의 군사를 자신이 꼼짝달싹 못하게 묶어두었다며 최비에게 공적을 알리는 서한까지 보냈다.

최비는 동현성 앞에서 왕준의 서한을 받고는 고개를 갸우뚱했다.

"싸우지 않고 적을 잡아두고 있단 말이냐?"

"그러하옵니다. 자사께서 어찌나 치밀하게 도강을 막고 있는지, 적은 단 한 명의 군사도 강을 건너지 못하고 있습니다."

전령이 한껏 왕준의 공을 치켜세웠지만 최비는 여전히 마뜩잖은 얼굴이었다.

"이상하다. 창조리가 왕준을 두려워하여 강을 건너지 못하고 시일을 보낸다니."

"그러나 사실입니다. 적은 매일같이 북과 꽹과리를 치며 군영을 다지고 밥 짓는 연기를 피웁니다."

"뭐? 북이라고!"

갑자기 벌떡 일어서며 터트린 최비의 고함에 전령은 크게 놀라 뒤로 물러섰다.

"왕준 이 멍청한 놈이! 세상에 강을 건너지 못하는 군대가 매일같이 북과 꽹과리를 치며 연기를 피운다고? 진영을 숨기고 발소리를 죽여 도하할 장소를 찾아다녀도 모자랄 판에?"

"주, 주군."

"너, 당장 왕준에게로 가서 적은 군사로 강을 건너보라 일러라! 만일 적이 그곳에 없거든 밥을 굶고 밤을 새워 적의 뒤를 쫓으라 하라! 적을 놓친다면 반드시 내 그를 참하리라!"

최비의 노기에 질린 전령은 죽어라 왕준을 향해 말을 달렸다. 심지가 깊기로 유명한 최비가 그토록 분노하는 것을 한번도 본 적이 없는 까닭이었다.

전령으로부터 최비의 말을 전해 들은 왕준의 얼굴이 하얘졌다. 그도 그때쯤은 무언가 이상하다고 느끼고 있던 참이었다. 그는 최비의 명대로 연일이라는 장수에게 이천 군사를 주어 강을 건너도록 했다.

"아니, 이런!"

아무런 방해 없이 강을 건너는 데 성공한 연일의 눈에는 불과 오십 명의 고구려 병사가 들어왔다. 그들은 창칼조차 놓아둔 채 연기를 피우고 나뭇가지로 땅을 긁어대느라 정신이 없었다.

연일은 속았다는 생각에 불같이 화를 내며 맨손의 고구려 병사들을 도륙하기 시작했다. 이때 직접 나뭇가지를 손에 쥐고 누구보다 힘차게 땅을 긁던 저가는 병사들의 비명 소리를 듣고서야 나뭇가지를 놓고 허리를 폈다.

"네가 수장이냐?"

"그러하다."

저가는 평온한 표정이었다.

"군사는 언제 떠났느냐?"

"하도 오래전 일이라 기억조차 나지 않는구나."

본래 저가는 창조리와 사흘간만 머무르다 몸을 빼기로 약조한 터였다. 그러나 이 나이 든 고구려의 충신은 애초에 떠날 생각조차 없이 적을 속이고자 연기를 피우고 먼지를 일으키며 북을 치느라 여념이 없었던 것이다.

"이 늙은 목숨 하나로 시간을 더 벌었으니 어찌 후회가 있으랴!"

칼을 높이 드는 연일의 모습에 저가는 크게 웃었다.

"먼저 가옵니다, 태왕 폐하! 만수무강하소서!"

젊은 날에는 안국군을 따랐고 늙은 뒤에는 다시 을불을 따르며 그를 왕으로 세우는 일에 모든 것을 바친 칠십객의 충신은 세상을 떠나는 그 순간에도 을불을 떠올리며 그의 안녕을 빌었다.

"이 늙은 눈에 아로새겨주신 서진의 희망 감사히 여기며 갑니다. 부디 대업을 이루소서!"

곧이어 휘둘러진 연일의 칼에 목을 잃은 저가의 몸은 힘없이 쓰러지고 말았다.

"국상의 지혜란 도무지 끝 간 데를 모르겠습니다."

여노가 놀란 표정을 숨기지 못한 채 말했다. 그의 옆에는 창조리가 말 머리를 함께하고 있었다.

"강이 넓어 적의 정탐을 막은 데다 도강이라는 전술의 허상을 심어준 탓이오. 왕준은 아마 앞으로도 당분간은 강 건너에서 조심만 하겠지."

적을 통쾌하게 속여 넘겼음에도 창조리의 표정은 결코 밝지만은 않았다.

"무슨 일이라도 있습니까?"

"그가 말을 듣지 않을 것 같소."

"누구 말입니까? 감히 전장에 나와 대장군인 국상의 말을 듣지 않는 사람이 있습니까?"

"저가 주부를 말함이오."

"네? 아무리 그분이 태왕의 오랜 신하라 하나 어찌 국상의 말을 듣지 않는단 말입니까?"

"그는 아마 죽을 게요. 사흘을 넘긴 후 고구려로 돌아가라 일렀거늘 그는 그리하지 않을 것이오."

마음이 급해진 여노는 당장이라도 달려가 저가를 데리고 오고 싶었지만 꾹 누르는 수밖에 없었다.

"애초에 다른 사람을 남기려 했지만 주부는 자원하였소. 태왕께서 지난날 현도성에 아끼는 소우 장군을 남긴 뜻을 생각하라며 오히려 나를 꾸짖었소."

"값비싼 희생으로 얻은 귀중한 시간이니 한순간도 허비할 수 없습니다. 태왕이 계신 동현성으로 빨리 달려야겠습니다."

"아니오!"

"네?"

"남쪽으로 한참 내려가면 걸어서 강을 건널 수 있소. 거기를 건넌 다음 곧바로 산을 넘어 낙랑성을 쳐야 하오. 그게 빠른 길이오."

"그런데 왕준이 눈치를 채고 뒤를 쫓으면 우리는 앞뒤로 협공을 당하지 않겠습니까?"

"지금 그걸 생각 중이오. 어쨌든 걸음을 빨리해 낙랑성으로 향하시오."

여노가 쉴 사이 없이 몰아치자 고구려군은 이를 악물고 빠른 걸음으로 낙랑성을 향했다.

신출귀몰한 용병

　낙랑성을 향하는 창조리의 삼만 군사는 험한 산세 속의 좁은 길로 접어들고 있었다.

　"점점 길이 험해지는군요. 사방이 험한 바위산인 데다 가운데는 협곡이니 진군이 더디기만 하구려."

　"지름길이라 불편해도 할 수 없습니다. 평지는 너무 돌아가는 길이라……."

　"이쯤에서 군사를 쉬게 해야겠소."

　창조리가 묵묵히 고개를 들어 주위를 살피다 문득 한마디를 던졌다.

　"이곳은 이름이 어떻게 되지요?"

　여노가 산민(山民)을 찾아 대답했다.

　"조안곡(炷眼谷)이라 합니다."

　"조안곡, 부뚜막의 눈이라…… 역시 그렇구나."

　창조리는 곧 여노에게 군령을 내렸다.

　"여노 장군은 기병을 모두 거느리고 낙랑성으로 달려가시오. 도착하면 하루 동안 성 밖에 머물다 곧장 돌아오시오."

"그냥 시위만 하면 되는 것입니까?"

"그렇소. 기병이 달려가 시위를 하면 적은 곧 우리의 보병이 도착할 거라 여길 거요. 이 전략의 요체는 낙랑성에 사소한 공격이라도 하지 않는 것에 있소. 그래야 적은 더욱 당황할 것이오."

여노는 즉각 일만 오천의 기병을 거느리고 밤낮없이 말을 달려 이틀 만에 낙랑성 앞에 도착했다. 그런데 도착해 보니 의외로 낙랑성을 지키는 군사가 많지 않았다. 최비가 거의 모든 군사를 세 갈래로 나누어 고구려군을 막게 한 데다 적잖은 군사가 백제와의 경계에 배치된 까닭이었다. 문호가 없는 상태에서 고구려의 대군을 맞자 낙랑성의 수비대장 육경은 극도로 당황했다.

"어서 태수님과 문호 대장군께 전령을 보내라. 적이 새까맣게 몰려왔다고. 기병만 해도 일만 오천이니 이제 곧 보병이 도착하면 낙랑성은 하루아침에 적의 수중에 들어가고 말 것이다!"

전령들이 연달아 낙랑성을 떠났고 낙랑성의 백성들은 벌써 짐을 싸 피난길에 오르고 있었다. 여노와 고구려 기병들은 연신 힘찬 말 울음소리를 울려대며 하루 반나절이나 낙랑성 앞에서 을러대다 뒤로 빠져나왔다.

"뭐라! 낙랑성이 공격을 당하기 직전이라고?"

최비와 문호는 밤을 새워 달려온 전령들의 보고를 받자 크게 놀랐다.

"왕준이 꽁꽁 묶어두었다던 창조리군이로구나."

문호는 고개를 들 수 없었다. 낙랑성이 점령당한다면 고노자의 대군을 전멸시킨 공이 모조리 물거품이 되는 것은 물론 오히려 큰 문책을 피하기 어려울 것이었다.

"저 견고한 성을 공격해 적을 멸할 동안 낙랑성은 모조리 불타고 백성은 흩어질 것이오. 어서 돌아갑시다!"

문호는 최비의 결정에 반박할 수 없었다. 아니, 오히려 문호가 더 서둘렀다.

"전군 낙랑성으로 회군한다! 낙랑성이 함락 직전이니 기병은 능력껏 말을 달리고 보병은 밤낮없이 걸어야 할 것이다!"

공성전 직전에 갑자기 군사를 빼는 낙랑군을 보고 동현성의 고구려군은 영문을 몰랐지만 모두 기쁨의 함성을 터트렸다.

왕준은 쉴 새 없이 걸음을 옮기며 초조함을 달랠 수 없었다. 마상에서 스치는 바람에 머리칼을 휘날리며 그는 연신 감겨드는 괴로운 기억을 떨치려 했으나 그럴수록 부장 연일의 목소리는 더욱 또렷이 감겨들었다.

— 적이, 적이 없다고?

— 예, 오십여 군사가 남아 군세를 위장하고 있을 뿐이었습니다.

— 아, 이놈들이 밤에 많은 군사를 빼고 낮에 적은 군사를
더했구나.

— 듣도 보도 못한 신략입니다.

— 대군은 어디로 갔느냐? 찾아보았느냐?

— 군마의 발자취를 따라갔더니 그것이…….

— 그것이?

— 낙랑성으로 향했습니다.

— 낙랑성이라고?

— 예.

"창조리 네 이놈!"

원통하기 그지없는 외마디 소리가 말을 달리는 왕준의 입에
서 터져 나왔다. 왕준은 다시 한번 뒤를 돌아보며 대군을 몰아
쳤다.

"주군께서 적이 없거든 밥을 굶고 밤을 새워 쫓으라 하셨다.
이제는 적의 뒤를 쫓아 모조리 격멸하는 것만이 살길이다!"

왕준의 외침에 이어 장수들이 온 군사를 사정없이 몰아쳤
다.

"뒤처지는 자는 목을 베리라! 전군, 낙랑성을 향해 있는 힘
을 다해 걸음을 옮겨라!"

장수들이 뛰어다니며 잠이 덜 깨어 행동이 굼뜬 병사 몇의

목을 치니 전군이 잠에 치여 쓰러져가면서도 필사적으로 낙랑성을 향해 걸음을 옮겼다.

이미 나흘간이나 왕준의 유주군은 그야말로 밥도 잠도 잊은 채 걷고 달렸다. 뒤처지는 자는 장수들의 칼에 맞아 목숨을 잃었고 걷다가 지쳐 쓰러지는 자는 뒤이은 병사들의 발에 밟혀 죽었다. 그렇게 혼신의 힘을 다하여 달리기 시작한 지 닷새째가 되자 더는 견디지 못한 왕준이 휴식을 허락했다.

"적이 머무른 흔적을 보니 얼마 지나지 않았구나. 거의 다 따라잡았다."

불 피운 흔적과 발자취를 확인한 왕준이 비로소 진군을 멈출 것을 명하자 닷새 만에 유주군의 진영에 막사가 쳐지고 밥 짓는 병사들을 제외한 모든 군사가 잠에 곯아떨어졌다. 몇몇 초병들만이 남아 주위를 경계하는 가운데 장졸 모두가 오랜만의 휴식에 정신을 놓고 있는 이곳은 창조리가 이름을 물었던 조안곡이었다.

"하아아!"

주위를 살피던 유주군 보초병의 입에서 긴 하품이 흘러나왔다. 기지개를 켜며 고개를 끝까지 젖히던 그는 눈을 감으며 한껏 양팔을 뻗다가 갑자기 눈을 크게 부릅뜨고 산 중턱을 뚫어져라 쳐다보았다. 그의 눈에 집채만 한 바위가 굴러떨어지는 광경이 들어온 탓이었다.

"저, 저게 무어야! 산사태?"

연이어 수백 개의 바위와 통나무가 산등성이를 따라 굴러떨어지고 있었다. 급경사를 타고 내려온 바위는 순식간에 초병의 눈앞을 가득 메웠다.

"아악!"

비명조차 끝까지 지르지 못한 채 초병은 바위에 깔려 목숨을 잃었다. 그를 깔아뭉갠 바위는 직선으로 유주군 진영으로 향했다.

우르릉.

수백 개의 바위와 통나무가 사방에서 굴러떨어지는 광경은 그야말로 장관이었다. 천지를 울리는 굉음에 눈을 비비며 일어난 유주군 병사들은 믿지 못할 광경을 마주하여 비명을 지르며 사방으로 뛰어다녔다.

산천을 울리던 굉음이 모두 멈추고 나서야 이 소란은 조금씩이나마 잦아들었다. 바위가 휩쓸고 간 진영 곳곳에는 뭉개져 떡이 된 시체들이 사방에 널려 있었다. 이 참혹한 광경을 바라보던 한 장수가 저도 모르게 비명을 질렀다.

"이, 이것은!"

바위들에는 하나같이 짚단이 단단히 묶여있었다. 게다가 바위와 함께 굴러 내린 통나무들은 기름에 절여진 듯 번들거리고 있었다. 놀란 장수는 급히 주위로 눈길을 돌렸다. 그의 눈에 들어온 것은 진영 주위를 둘러싸고 있는 빽빽한 숲이었다. 여름 내내 울창했을 이 숲에는 잎을 모두 떨군 채 메말라 있는 늦가을 나무들만 가득했다.

"화공, 화공이다!"

마치 그의 말이 신호라도 되듯 산 중턱의 이곳저곳에서 불붙은 화살이 날아들기 시작했다. 수천수만의 화살이 날아들고 짚단과 기름에 절여진 통나무에 불이 붙었다. 순식간에 사방에서 피어오른 불꽃이 곧 숲으로 옮겨가자 유주군 진영에서는 좀 전과는 비교도 할 수 없는 아비규환이 펼쳐졌다. 어디로 몸을 움직여도 불길을 피할 수 없었고 불길은 곧 또 다른 불덩어리를 불러 온 숲은 신음과 비명으로 가득 채워졌다.

목숨이 붙어있는 군사들이 가까스로 화염과 매캐한 연기를 피해 숲을 빠져나오자 이번에는 봇물이 터져 나오듯 한꺼번에 몰려온 어둠의 장승들을 대면해야만 했다. 어디서 나타났는지도 알 수 없는 이 수천의 철갑 장승은 그야말로 파죽지세로 유주군의 측면을 들이쳤다. 마치 도끼를 맞은 썩은 고목처럼 부서진 유주군을 동에서 서로 길게 관통한 이 철갑기병은 멀리 사라졌다가 다시 돌아와 이번에는 서에서 동으로 다시 유주군을 짓밟았다. 유주군이 어둠 속에서 앞도 분간하지 못한 채 달려드는 철갑기병을 향해 이를 악물고 내지른 창은 부서질 뿐이었고 칼은 튕겨 나갈 뿐이었다.

왕준의 눈앞에 전개되고 있는 세상은 그야말로 지옥이었다. 온 숲이 불타고 유주군의 막사가 불타고 빠져나온 병사들은 철갑기병에 의해 짓이겨지고 있었다.

"아아, 살아야 한다! 모두들 살아야만 한다!"

살 곳을 찾아 모두가 내달렸으나 도망갈 수 있는 곳이라고는 너른 숲 끝의 한 줄기 협로뿐이었다. 서너 명도 채 늘어설 수 없는 좁디좁은 생로에 아직 살아남은 병사들이 한꺼번에 몰려들자 밟혀 죽는 자가 이루 셀 수 없을 정도였고 급기야 불붙은 몸뚱이로 서로가 서로에게 죽음을 옮겨대며 비명을 지르는 참극이 새벽 먼동이 트도록 계속되었다.

전멸.

왕준의 뇌리에 이 한 마디 단어가 떠오르자 그는 아무 생각도 없이 말에 올랐다.

"비켜라!"

그는 칼을 휘둘러 자기 병사들을 베어가며 길을 뚫었다. 그의 뒤를 따라 몇몇 장수가 함께 생로를 찾아 말을 달렸다.

수십 명의 병사를 사정없이 베어 죽인 덕에 곧 왕준과 장수들은 조안곡 입구까지 달릴 수 있었다. 비로소 넓은 길이 나오자 왕준은 유주군을 모조리 집어삼킨 계곡을 뒤돌아보다 아무 일도 없었다는 듯 찔러오는 아침 햇살에 눈을 감아버렸다.

"아아!"

비통한 신음이 그의 입에서 흘러나왔다. 며칠간 밤을 새우고 굶은 탓에 험한 산세를 두려워할 겨를도 주위의 매복을 살필 정신도 없어 당한 일이었다.

"누구를 원망하랴. 이 모두 내가 자초한 일이다."

왕준은 사정없이 얼굴을 일그러뜨린 채 다시 말을 몰았다. 그의 뒤를 따르는 이는 스무 명도 채 되지 않았다.

"주군께 돌아가자. 돌아가서 이 사실을 알리고 죽음을 청하는 수밖에 없구나."

그러나 터벅터벅 걷는 말 등에 엎드린 채 쉴 새 없이 자책하던 왕준은 얼마 가지 않아 멈추었다. 길을 막고 서 있는 한 장수의 모습이 눈에 들어온 탓이었다.

"아!"

여노였다. 낙랑성에서 돌아온 그는 여려극을 비껴들고 바람에 갈기를 나부끼는 한왕마를 몰아 왕준 앞으로 천천히 다가왔다. 단기필마에 불과했으나 여노의 타오르는 듯한 기세에 눌려 왕준을 비롯한 패장들은 하나같이 제자리에 얼어붙었다.

"내 묻겠다."

왕준의 바로 앞까지 다가온 여노가 한마디를 던졌다.

"백랑하에서 오십 명의 군사를 이끌던 노장이 있다. 그는 어떻게 되었느냐?"

왕준을 비롯하여 누구도 대답이 없는 가운데 한 장수가 입을 열었다. 바로 저가의 목을 친 장수 연일이었다.

"내가 그 늙은 놈의 목을 쳤다."

그의 말이 채 끝나기도 전 쏘아지듯 내질러진 여노의 창이 그의 목젖을 정확히 꿰뚫었다. 피를 뿜으며 쓰러지는 연일을 보고서야 비로소 정신을 차린 장수들이 제각기 병장기를 빼 들어 여노를 겨누었다.

십여 명의 장수가 한꺼번에 달려들었으나 지치고 상처 입은 유주군 장수들을 향해 겨누어진 여노의 여려극은 날빛을 두 번 번쩍이는 법이 없었다. 한 장수의 갑주를 부수고 박혔다가 또 다른 장수의 투구와 목을 함께 날렸다. 칼을 들어 막은 장수는 칼을 놓쳤고 창을 휘두른 장수는 부러진 자신의 창을 보아야 했다. 열댓 번 춤을 추던 여려극이 거두어질 즈음에 유주군 장수들 중 살아남은 자는 왕준 한 명뿐이었다.

"이놈!"

왕준은 두려움에 잘 움직여지지 않는 창을 들어 여노를 겨누었으나 여노는 그를 흘끗 바라본 후 등을 돌렸다.

"어딜 가느냐!"

"너는 최비에게 오늘의 패전을 알릴 임무가 있지 않느냐."

"굳이 나를 살리는 이유가 무엇이냐?"

"너를 백랑하에 묶어둔 노장, 그분을 위함이다. 너는 살아서

천하의 놀림거리가 되어라. 네가 오래 살수록 그분의 공적이
빛날 터이니!"

돌아온 여노를 보며 창조리가 한마디를 던졌다.
"굳이 하지 않아도 될 일을 하였소."
"송구합니다. 하나 저가 어르신은 제게도, 폐하에게도 아버
지와 같은 분이셨습니다."
창조리가 고개를 끄덕였다. 을불이나 여노보다 함께한 시간
은 짧았지만 자신 또한 저가의 따뜻한 인품을 존경하고 사랑
하던 터였다.
조안곡 한복판에 작은 봉분을 마련한 여노와 창조리는 맡아
두었던 저가의 인수(印綬)를 시체 대신 묻고 깊이 절을 올렸
다.
"어르신의 죽음으로 오늘의 전공을 올렸습니다."
저가를 가슴에 묻은 여노와 창조리는 낙랑성으로 진군을 서
둘렀다.

무계의 계

미천왕 14년 10월 낙랑성에서 남동쪽으로 십여 리 떨어신 곳.

늦가을의 애잔함이 짙게 깔린 넓은 구릉에 거의 칠만에 이르는 고구려군이 운집해 있었다. 세 갈래로 나뉘어 세 군데에서 격전을 벌인 고구려군은 비로소 이날에서야 한데 모여든 것이다.

칠만이나 되는 군사가 모여있었지만 진중은 그 어느 때보다 고요했다. 고구려 군사들은 대장군 고노자가 삼만 대군을 거의 잃었다는 사실에 당황했고 창조리가 왕준의 오만 군사를 전멸시켰다는 사실에 기세가 올랐지만 이제 마지막 결전을 앞두고 침묵에 휩싸여 있었던 것이다.

문호, 손정과 함께 성루에 올라 매서운 눈으로 고구려군 진영을 노려보던 최비가 이윽고 문호에게 물었다.

"대장군의 생각은 어떻소?"

"출성(出城)입니다."

최비는 고개를 끄덕이더니 다시 손정에게 물었다.

"너는?"

"수성(守城)입니다."

"어째 그러하냐?"

"낙랑성은 성벽이 견고해 방어에 유리하고 적은 원정군이라 맨손으로 돌아갈 수 없으니 우리가 여기서 기다리면 적은 자연히 조급해질 것입니다. 조급한 적을 상대하는 것은 쉬운 일이니 우리는 성을 지켜야만 합니다."

듣고 있던 문호가 나섰다.

"이 싸움만을 생각한다면 네 말이 맞다. 하지만 이 싸움은 진을 새로이 일으키느냐 마느냐의 갈림길이다. 또한 흉노와 선비가 이 싸움을 지켜보고 있다. 적을 코앞에 두고도 싸우지 않는다면 이들이 주군을 어떻게 보겠는가? 이 싸움은 당장은 고구려를 상대하지만 기실은 흉노와 선비 등의 침공을 막고 진을 새롭게 일으키는 분수령이 될 것이다."

손정이 고개를 깊이 숙였다.

"제자의 생각이 짧았습니다."

최비가 엷은 웃음을 띠며 고개를 끄덕이더니 다음 순간 추상같은 명을 내렸다.

"대장군은 전군을 이끌고 성문을 열어젖히라!"

그날 밤 을불은 홀로 깨어 진영을 이리저리 거닐다 창조리의 막사로 향했다. 군막 안의 불빛이 아직 창조리가 잠에 들지 않았음을 알리고 있었다.

"국상."

창조리가 일어나 고개를 숙이자 곧 을불은 창조리와 마주 앉았다. 창조리의 탁상에는 지도 한 장이 펼쳐져 있었다.

"전략을 짜고 있었던 모양이구려. 그래, 국상 생각은 어떻소?"

창조리는 자세를 고쳐 앉았다. 그리고 그간 오래도록 생각해 온 전술을 천천히 꺼내놓기 시작했다. 적의 강약과 아군의 강약을 비교하고 근처의 지리와 기후, 각 요충지의 성격과 역할을 짚어 나가는데 과연 깊은 살핌과 식견이 있어 하나하나 틀린 말이 없었다. 긴 설명을 마친 창조리는 이윽고 지도의 한 점을 짚었다.

"이제 곧 적은 성을 나설 것입니다. 천하의 재사 최비와 불패의 용장 문호가 성문을 닫아걸고 있다는 것은 그 자체로 이미 패배인 까닭입니다. 적이 나오기 시작하면 우리는 군세를 이곳으로 옮겨 첫 싸움을 시작해야 합니다. 근처의 지형을 살펴본바 이곳이 매복하기 좋고 기습당할 우려가 없습니다."

을불은 곧 고개를 끄덕이더니 곁에 있던 붓을 들어 창조리가 가리킨 지점 위에 요(要) 자를 적어놓고 생각을 정리하는 듯했다. 그런 을불을 보고 창조리가 물었다.

"그런데 폐하, 본래 왼손을 쓰셨습니까?"

"아니요. 최비가 왼손을 쓴다기에 나도 따라서 써보는 것이오. 최비가 새우잠을 잔다기에 나도 새우잠을 잤고 최비가 서수필(鼠鬚筆)을 쓴다기에 나도 낭호필(狼毫筆)을 버리고 궁중의 쥐 수염을 뽑았소."

"최비의 생각을 읽기 위함이시군요."

을불은 묵묵히 고개를 끄덕이더니 힘 실린 목소리로 말했다.

"그만큼 나는 이기고 싶었소. 낙랑을 몰아내어 우리 고구려를 비로소 당당한 나라로, 황하족의 위에 서는 강한 민족으로 만들어내고 싶었소. 낙랑이 역사상 그 어느 때보다 강성한 지금 온 황하족의 힘을 모조리 거느리고 낙랑을 다스리는 최비라는 걸출한 인물을 이겨서 우리 고구려의 미래를 세우고 싶었소."

을불은 잠시 마음의 격정을 다스리려는 듯 손에 들고 있던 붓을 꽉 움켜쥐었다가 천천히 내려놓았다.

"그래서 최비를 따라 했소. 그가 어떤 자일지, 어떻게 움직일지, 어떤 상황에서 어떤 생각을 할지 매일 그의 마음이 되어 오늘을 준비했소."

감동해 고개를 숙이는 창조리의 머리 위로 예상치 못했던 을불의 한마디가 떨어졌다.

"국상, 나는 이제 국상에게 큰 실례를 해야만 하오."

"폐하께서 무엇을 말씀하시든 이 창조리는 그저 감복하며 따를 뿐입니다."

"이 싸움에서 나는 국상의 지략을 따르지 않겠소."

순간 창조리는 멈칫했다. 이제껏 자신의 전략을 한 번도 내친 적 없던 태왕이었다. 더구나 지금은 나라의 존망을 걸고 벌일 한판 승부였다. 그런데 이 싸움을 앞두고 태왕으로부터 이런 말을 듣게 되자 창조리의 놀라움은 이루 말할 수 없었다.

"이유를 여쭤도 되겠는지요?"

"나는 지금껏 최비와 같은 것을 보고 느끼려고 노력해 왔소. 국상이 아까 말했던 전략은 틀림이 없었지만 최비도 똑같이 생각하고 있다는 느낌이 들었소. 더군다나 여기는 최비의 땅, 곳곳이 그의 머릿속에 들어있소. 그와 현란한 지략으로 겨루는 것은 유리함보다는 불리함이 많을 수밖에 없소. 나는 최비를 묶기 위해 무책으로 싸울 거요."

"그렇다면 폐하께서는 어디서 싸움을 하고자 하십니까?"

이에 을불은 기다렸다는 듯 다시 붓을 들어 지도에 한 글자를 썼다. 평(坪) 자였다.

"평이요?"

"그렇소, 평이오."

더없는 확신의 무게가 실린 목소리였다. 그것은 지난 십여 년간 오로지 이 순간만을 생각하고 생각해 온 세월의 무게였다. 을불은 일어서서 막사의 천을 걷어냈다. 늦가을의 소슬한 바람이 막사 안으로 드는 가운데 차츰 물러나기 시작하는 어둠 속에서 서서히 모습을 드러내고 있는 낙안평의 벌판이 을불과 창조리의 눈에 들어왔다.

"저 앞에 보이는 낙안평은 동서남북 네 군데에 막힌 곳이 없소. 지형의 높낮음도 없고 작은 강줄기 하나 흐르지 않소. 매복도, 기습도, 화공도, 수공도, 그 어떤 계책도 불가능한 곳이 바로 저 낙안평이오. 나는 최비를 묶어야 한다는 생각이 들었을 때부터 바로 저 낙안평을 생각해 왔소."

"저와 최비의 계략을 함께 봉하신다?"

"그렇소. 우리는 반드시 저 땅에서 싸워야만 하오. 모든 변수를 빼고 오로지 장졸의 의지와 집념만으로 겨루어야 하오. 그간 누가 더 성실히 준비했는가, 그것만이 승패를 가르는 단 하나의 요소가 될 것이오. 그리고 나는 자신이 있소."

창조리는 묘한 표정을 떨치지 않은 채 미미하게 고개를 끄덕였다.

그리고 사흘 후의 새벽.

해와 달이 함께 내는 어슴푸레한 빛이 낙안평의 황무지를 푸른 빛깔로 덮은 가운데 을불은 여노와 아달흘 그리고 양우와 함께 서쪽을 바라보고 있었다. 그들의 시선 끝에는 낙랑군의 진영이, 그리고 그 너머로 수백 년째 그 단단한 성벽을 자랑하는 낙랑성이 버티고 있었다.

애초에 십만으로 출발했던 고구려군은 고노자의 삼만 군세가 전멸하다시피 하는 바람에 칠만으로 줄어들었고 십오만이었던 낙랑군은 손정의 평주군이 고노자에게 이만을 잃고 왕준의 유주군 오만이 창조리에게 전멸당하는 통에 팔만으로 줄어 있었다. 양군을 합쳐 십오만의 대군이 최후의 결전을 준비하고 있는 너른 낙안평 위를 때 이른 까마귀 떼가 날았다.

마치 장승마냥 묵묵히 서 있던 이들의 침묵을 깨트린 것은 을불의 목소리였다.

"드디어 결전의 날이 왔구나."

"감개무량합니다."

여노의 활달한 목소리가 뒤를 이었다. 여노는 을불을 향해 깊이 허리를 꺾었다.

"감사합니다. 이 역사적인 날에 고구려의 장수로 함께 서 있을 수 있도록 해주셔서. 이 여노, 결코 부끄럽지 않게 싸우겠습니다."

을불은 그의 가장 가까운 벗을 끌어안았다. 둘 사이에는 더이상 어떤 말도 필요 없었다.

곧 을불은 시선을 움직여 아달휼과 마주했다.

"아달휼."

"예!"

"고구려에 용맹한 장수는 많으나 그대와 같은 장수는 드물다. 그대는 본능으로 전황을 볼 줄 아는 장수, 그대에게 군명이란 오히려 굴레와도 같은 것이리라."

"폐하!"

"그대야말로 오늘의 싸움에 가장 걸맞은 장수다. 오로지 그대의 판단으로 싸움에 임하라. 나는 그대의 눈을 믿는다."

"그 믿음, 결코 저버리지 않겠습니다."

"양우!"

이어서 양우가 고개를 숙였다.

"오늘의 선봉장은 그대이다. 여노도 아달흘도 아닌 그대가 선봉장인 까닭을 아느냐?"

"혈기입니다! 결코 물러서지 말라는 명으로 알고 전장에서 죽겠습니다!"

을불을 가장 오래 따른 공신 중의 공신, 적을 가리지 않는 이 용감한 장수를 향해 을불이 외쳤다.

"오직 앞으로만 나아가라. 고구려 선봉장의 위엄을 보여라!"

세 장수가 고개를 깊이 숙이고 물러나자 을불은 다시금 낙랑군 진영을 바라보았다. 정연하게 세워진 진영이 적의 강함을 다시금 실감케 했으나 아군의 병사들도 이에 모자라지 않았다. 십여 년이라는 시간을 들여 직접 키워낸 군사였다. 더는 훈련할 전술도, 끌어올릴 사기도 없었다.

"반드시 승리하리라!"

새벽을 걷어내며 떠오른 해가 조금씩 움직여 하늘 가운데로 향하고 정오의 시각이 되어가자 제각기 병장기를 움켜쥔 양 진영 군사의 손에 힘이 들어갔다. 장졸 모두가 각오를 다지는 가운데 팽팽한 침묵이 흘렀다. 도합 십오만의 군사가 모두 숨을 죽이고 진군의 북소리만을 기다리는 탓이었다.

양우는 갑주를 단단히 갖추고 고구려 진문 앞에 섰다. 결전의 순간에 시선을 모아 멀리 적진의 선두를 살피던 양우는 창을 높이 들었다. 그의 창끝에는 깃발을 대신하여 은인 저가의 죽음을 기리는 검은 천이 매여 있었다. 그 검은 천이 세찬 바람에 펄럭이는 소리와 더불어 양우는 혼잣말로 의지를 다졌다.

"마침 거센 바람이 불어오는구나. 이는 모든 잡념일랑 바람에 흘려보내고 오늘의 싸움에 임하라는 뜻. 이제 진격의 시간이다."

곧이어 양우는 목청을 크게 돋우어 진격을 알리는 명을 내렸다.

고구려 선봉군이 우레와 같은 함성을 내지르며 돌격을 시작했고 그 선두에서 양우가 온 힘을 다해 말을 박차며 쏜살처럼 달려나갔다.

"고구려를 위하여!"

창과 함께 앞을 향해 내질러진 양우의 고함은 함성과 말발굽 소리로 요란한 전장을 쩌렁쩌렁 울렸다.

달려오는 양우를 가장 가까이서 바라보는 낙랑군의 선봉장은 안저였다. 얼마 전 입었던 창상을 초인적으로 이겨낸 그는 창 자루를 부서져라 틀어쥔 채 앞을 노려보며 어젯밤 문호의 당부를 선명히 떠올렸다.

"정면 대결의 승패는 사기에 따르고 전장의 사기란 장수의 용맹을 따른다. 선봉장이란 대군의 사기를 결정하는 법, 내 너를 선봉장으로 삼아도 되겠느냐?"

이미 문호의 선봉장으로 수백 개의 전장을 지나온 안저는 문호의 말이 새삼스러웠다.

"굳이 대장군께서 걱정하는 바가 있으십니까?"

"이곳은 평. 모든 군사가 평에서 싸움을 벌이는 까닭이다."

"그것은 어떤 차이가 있습니까?"

"본래 전쟁이란 길고 긴 호흡이다. 전황이 불리하면 퇴각하면 되고 한 싸움을 지면 두 싸움을 이기면 되고 한 갈래 군사가 불리하면 다른 갈래의 군사가 도우면 된다. 이 모든 요소가 어우러져 마지막에 닿는 것이 전쟁의 승패이니 한 전투의 결과란 나아가느냐 물러서느냐에 불과한 작은 것이다. 그러나 내일의 싸움만큼은 다르다. 양군이 몸을 숨길 곳 없는 평야에 생사를 결하러 마주하였으니 이제 정직한 싸움에 모든 것이 달렸다."

문호는 말을 끊고 허리춤의 칼을 뽑았다.

"천하제일의 재사인 주군께서는 이처럼 장졸의 용맹에만 걸린 싸움을 한평생 피해 오셨지만 내일의 싸움은 이쩔 수 없다. 비록 싸움은 하나이지만 여기에는 고구려뿐 아니라 선비, 흉노, 나아가서는 진의 중흥이 달린 까닭이다. 오로지 군사의 용맹만으로 겨루는 가장 단순하나 가장 무서운 싸움이다."

안저는 무릎을 꿇어 문호의 칼을 받으며 외쳤다.

"결코 기대에 어긋나지 않겠습니다!"

"좋다. 반드시 내일의 전장에서 너의 역량을 보이라."

몇 번이고 문호의 당부를 되새기며 각오를 다잡던 안저는 귀가 먹먹해질 듯한 함성에 정신을 수습하고는 마침내 창을 높이 들고 소리쳤다.

"전군! 이 전장에서 죽는다!"

지난 십여 년간 최비와 문호가 이끄는 낙랑군은 싸움에 패한 적이 없었다. 이를 잘 아는 장졸들의 사기 또한 대단하여 누구 하나 뒤처지고 물러서는 이 없이 커다란 함성을 지르며 사나운 기세로 전장을 달렸다.

곧이어 십 년간 이 하루만을 바라보며 칼을 갈아온 고구려 군사들이 이들을 맞아 낙안평의 한중간에서 맞붙었다. 어떠한 계략도 어떠한 술수도 없이 다만 힘과 힘, 숫자와 숫자가 맞붙는 싸움이었다.

그 가운데 자욱한 흙먼지를 헤치며 눈에 불을 켜고 적장을 찾던 양우와 안저는 결국 서로를 발견하고 누가 먼저랄 것도 없이 달리는 말에 박차를 가했다. 말 한마디 던질 겨를 없이 맞부딪친 이들은 한 창 한 창마다 서로의 목숨만을 노렸다. 대군의 사기가 오로지 자신들의 싸움에 달려있다는 것을 둘 다 잘 알고 있기에 이들은 한 치의 물러섬도 없이 흉맹한 싸움을 펼쳤다.

수십 년을 전장에서 보낸 안저도, 혈기가 넘치는 양우도 쉽사리 상대를 베지 못한 채 수십 합을 흘려보냈다.

양군의 장졸 모두가 손에 땀을 쥐고 이 광경을 바라보는 가운데 최비가 입을 열었다.

"백중세로군."

"예. 고구려왕이 많은 준비를 하였습니다."

"철기병을 믿는 그가 평을 택한 건 당연한 일!"

"주군이 평을 택하신 건 철기병을 잡을 곳이 바로 평이기 때문 아닙니까?"

"같은 낙안평을 두고 생각이 둘로 나뉘었군."

순간 최비와 문호의 눈에 양우가 창을 높이 쳐든 채 안저에게 달려드는 모습이 들어왔다.

원래 양우나 안저의 경지에는 높고 낮음이 없었다. 자기를 지키며 싸워서는 상대를 잡을 수 없다는 것을 둘 모두 깨달았을 즈음 먼저 자기를 버린 것은 양우였다. 창을 내려찍듯 높이든 양우가 목숨을 포기하고 온통 가슴을 드러낸 채 안지에게 달려드니 안저는 먼저 급소를 피한 후 빈틈에 창을 넣었다. 서로의 혼신을 다한 일격이 오갔지만 아예 죽음을 각오한 탓에 양우의 손끝을 떠난 창이 안저의 가슴팍을 먼저 찔렀고 방향이 틀어져 버린 안저의 창은 양우의 얼굴 바로 위를 지나가 버리고 말았다. 안저는 비명 한 번 지르지 못하고 절명했다. 일세에 이름을 떨친 무장으로서는 허망하기 짝이 없는 최후였다.

양우의 목숨을 버린 일격과 안저의 목숨을 아낀 일격의 차이를 한순간에 목도한 낙랑군은 크게 움츠러들었다.

"와!"

고구려군이 이때를 놓치지 않고 무서운 기세로 달려들자 수세에 몰려 저항하던 낙랑군들은 이내 몸을 돌려 도주하기 시작했다. 그러나 이들의 전장은 나무 하나 없는 황무지의 평야. 몸을 기대어 피할 곳도 숨어들 곳도 없고 적을 따돌릴 방법도 없었다. 낙랑의 군사 중에는 등에 창칼을 맞고 피를 쏟는 자들이 속출했다. 이뿐만이 아니었다. 낙안평 구석으로부터 일어난 알 수 없는 두 갈래의 거대한 흙먼지가 전장을 향해 다가오고 있었다.

두 갈래의 흙먼지.

동천왕 이래로 고구려 중갑기병이란 개마기병을 뜻했는데 개마란 말갖춤, 즉 말에도 철갑을 입혔다는 의미였다. 말과 병사가 하나같이 무거운 철갑을 걸치니 중갑기병은 걸음이 빠를 수가 없었고 말이 쉬이 지치게 마련이었다.

그러나 중갑기병의 장단점 중 장점만 지닌 군사를 꼽자면 그것은 아달휼의 숙신 기병이었다. 등이 넓고 고개가 높은 숙신의 말은 보통의 말보다 두 배는 많은 짐을 지고도 같은 시간을 같은 속도로 달릴 수 있는 까닭이었다. 다만 이 숙신마는 씨가 귀한 까닭에 다수를 갖출 수는 없어 이 무렵 고구려군이 가진 숙신마는 오천 필에 불과했다.

"적에게 다시 한번 보여주어라. 과거 개마대산의 공포를!"

철그렁거리는 쇠붙이 소리를 온 사방에 울리며 전장을 향해 달려드는 이 아달휼의 오천 기병이 바로 두 갈래의 흙먼지 중 하나였다.

이들의 옆에는 다시 오천의 기마병이 있었다. 이들은 기묘한 무장을 갖추었는데 말에는 기름칠을 한 가죽을 대고 병사에게는 군데군데 작은 철판이 덧대어진 특수한 갑주를 입혀

놓았다. 바로 여노가 과거 신성에서 고안해 낸 경갑과 그가 불철주야 키워낸 정예병이었다. 허리에는 단궁과 짧은 칼을 걸고 등에는 짧은 날의 창을 메 무게를 낮춘 이들은 하나같이 기마술의 명수였다.

이들 중에서도 가장 빠른 이는 단연 한왕마를 탄 여노였다. 이미 전황을 알고 있는 여노는 그 어느 때보다도 힘차게 말을 몰았다. 낙안평의 거센 바람을 뚫고 여려극을 세운 채 쏜살처럼 달리는 여노의 모습은 그야말로 화폭에서 튀어나온 민담 속 신장의 모습이었다.

"오로지 이날을 위해 십 년을 기다렸다. 지금이 아니면 앞으로 또 얼마의 세월을 후회하며 기다릴지 모른다."

흙먼지 속에서 모습을 드러낸 이들 두 갈래 기마병 중 먼저 낙랑군에 닿은 것은 여노의 군사였다. 순식간에 좌측면을 파고든 이들은 그야말로 현란한 기마술과 창술을 뽐내며 낙랑군을 베어갔다. 기묘하게도 낙랑군의 공격은 이들의 손목이나 팔꿈치 등에 덧댄 철판에 대부분이 막히니 온몸을 철갑으로 두른 것과 별반 다를 바가 없었다. 거기에 더하여 이들은 너무나도 빨랐다. 한쪽을 쳤다가는 번개같이 말을 돌려 다시 멀어졌다가 미처 준비 못 한 곳을 골라 쳐대니 낙랑군은 흩어진 대열을 정비할 틈도 없이 자꾸만 이들에게 등 뒤를 내주며 속절없이 죽어갈 뿐이었다.

그러나 이들에게 결정타를 가한 것은 뒤이어 나타난 아달휼의 중갑기병이었다. 그간 소문에 소문을 물고 죽음의 전령으로 둔갑한 이들은 나타난 것만으로도 낙랑군에 더없는 공포와 혼란을 가져다주었다. 말과 사람이 모두 온몸에 쇳덩이를 달고 뛰어드는데 미처 병장기조차 겨누지 못한 낙랑군이 버텨낼 재간이 있을 리 없었다. 이들은 낙랑군과 병장기를 맞대지도 않았다. 다만 들이받고 짓밟으며 무인지경을 지나듯 전장 한복판을 가로지를 뿐이었다.

도주하는 낙랑군을 한 명도 살려두지 않겠다는 듯 사납게 말을 몰며 패잔병 사이를 비집던 여노는 마지막으로 살아남아 도주하던 적장에게 한 창을 지르고서야 잠시 숨을 돌렸다.

입을 꾹 다문 채 이 광경을 바라만 보던 최비의 눈빛이 묘하게 뒤틀리며 중갑기병이 일으킨 흙먼지 속을 날카롭게 훑었다.

"대장군, 준비를 하시오. 평을 택한 게 얼마나 치명적인 과오였는지 뼛속 깊이 느끼도록 해주시오!"

고구려 철기군의 위력에 선봉군이 거의 전멸하는 중에도 최비의 얼굴에는 당황하는 기색이 없었다.

다시 무서운 기세로 달려들던 여노는 필사적으로 도주하는 패잔병들 뒤로 서서히 모습을 드러내고 있는 생소한 군진을 발견하고 일순 말을 멈추었다.

기병도 기수도 궁수도 없는 창과 방패만으로 이루어진 진형. 단 한 번도 실제로 본 적이 없었지만 여노는 이것이 무엇인지 알 수 있었다.

"장창 방진!"

관구검이 동천왕을 맞아 펼쳤던 대(對)기병 전술. 연전연승의 고구려 중갑기병을 한순간에 전멸시키고 고구려 영토의 반을 짓밟았던 장창 방진.

그 역사가 여노의 눈앞에서 다시금 펼쳐지고 있었다.

장창 방진

"주군의 지혜란 정말 어디까지 닿아있는 것인가!"

이 외침은 낙랑군 본대의 선두에 서 있던 방정균의 입에서 터져 나온 것이었다.

고구려 철기군이 안저의 선봉군을 헤집는 사이 낙랑군 본대의 방진은 이미 전장에 이르러 있었다. 방진을 펼친 군사의 갈래는 세 무리. 중군을 이끄는 문호, 우군의 손정, 그리고 방정균의 좌군으로 이루어져 있었다. 이 세 갈래의 군사가 혼란을 틈타 전장을 감싸버리자 양우의 선봉군과 두 갈래 철기군은 방진에 둘러싸인 형국이 되었다.

이즈음 진나라 제일의 무장을 말하면 문호 다음으로 꼽히는 자가 손정이었다. 또한 젊은 장수 가운데 최고의 지장을 꼽으라 하면 그 역시 손정이었다. 오나라의 마지막 황제 손호의 먼 손자뻘인 데다 명장 손진의 양자, 거기에 최비와 문호의 제자라는 어마어마한 배경 또한 그의 이름 앞을 장식하는 수식어였다. 진나라 팔왕의 난, 여덟 제후 간의 싸움에서 수도 없는 장수를 베어 넘기며 떨친 그의 위명은 선비와 흉노에까지 닿아있었다. 과거 낙랑을 침공하던 모용외의 배후를 틀어막은 것도 그였고 동해왕 사마월이 죽은 후 그의 본거지인 동해로 진군하던 석륵을 막아낸 것도 그였다. 그 젊은 영웅이 이날의 군사 중 오른편의 일군을 이끌고 있었다.

가운데의 군사를 이끌고 있는 대장군 문호는 불세출의 무장으로 진나라 전역에서 그를 모르는 사람이 없었다. 그의 이름 앞에 붙은 백전불패라는 단어는 한 치의 과장도 없는 사실이었다. 그가 겪은 전장은 정말로 백 개가 넘었고 그간 그는 단 한 번도 패하지 않았다. 과거 그의 형인 문앙이 얻었던 천하제일 무장의 명성을 이미 넘어선 지 오래였다.

다만 왼편의 일군을 이끄는 자는 그간 이름을 날려온 왕준도, 진욱도 아닌 방정균이었다. 전설적인 무예가 양운거의 제자라는 것 외에 그가 얻은 이름이라고는 모용외의 수하인 반강을 꾀로 사로잡은 정도였다. 그러나 이날의 싸움은 진법이고 방정균은 낙랑 제일의 진법가였기에 일군을 맡아 지휘하는 것이 다른 두 장수에 모자라지 않았다. 그리고 이 방정균이야말로 또 다른 이유로 이날 가장 크게 전의를 불태우는 인물이었다.

"소청!"

방정균은 눈알이 튀어나올 듯 전장을 노려보았다. 과거 양운거의 장원에서 그에게 한없는 열등감을 심어주며 모든 것을 빼앗아갔던 을불. 비록 자신이 먼저 스승과 소청을 배신했지만 뒤늦게 그들의 죽음을 접하고는 그 모든 원한을 을불에게 돌리며 복수심을 키워오던 방정균이었다.

"반드시 오늘 네놈을 죽이리라."

그의 회상이 끝나갈 즈음, 그리고 전장에 남은 고구려 군사의 모습이 눈에 똑똑히 들어오는 순간 낙랑군의 본대 한가운데에서 문호의 커다란 외침이 온 사방을 울리며 터져 나왔다.

"전군! 개진! 진격하라!"

각기 이만씩 세 무리로 나뉜 낙랑군 본대의 육만 군사는 이날 모두가 같은 복색과 같은 대열을 갖추고 있었다. 말을 탄 자도, 깃발을 든 자도, 칼을 든 자도, 활을 든 자도 없이 모두가 일사불란하게 늘어선 채 같은 길이의 장창을 들고 있었다. 다만 선두의 병사들만은 무기를 놓고 튼튼한 방패를 양손으로 쥐고 있었다.

"일 열과 이 열은 방패를 들고 삼 열과 사 열은 방패 사이로 창을 지른다."

"걸음은 구호에 따라 다 같이 옮기되 어떠한 상황에서도 일 보씩만 움직인다."

"전열의 병사가 죽으면 후열의 병사가 바로 그 자리를 충당한다."

간단하기 그지없는 마지막 군령과 함께 낙랑군은 움직이기 시작했다. 마치 거북이처럼 방패의 벽에 몸을 숨긴 채 이인일 창을 겨누고 앞으로 나아가는 일사불란한 진형. 이것이 바로 동천왕을 무너뜨렸던 관구검의 방진을 더욱 개량한 문호의 방진이었다.

이윽고 방진을 이룬 세 갈래의 군사가 일제히 같은 속도로 움직이며 포위망을 형성했다.

"전군, 죽을힘을 다해 철수한다! 포위망을 벗어나 적의 배후를 친다!"

여노의 격렬한 외침이 낙안평을 울렸다. 곧이어 여노 스스로가 가장 빠르게 전장에서 이탈하자 그의 오천 군사는 즉시 상대하던 적군을 놓아두고 여노의 뒤를 따랐다.

여노는 이 방진을 너무나 잘 알고 있었다. 과거 신성에서 창조리로부터 관구검의 일화를 전해 들은 이후 을불은 여노로 하여금 방진을 오랜 시간 연구하게 했다. 그리고 장고 끝에 여노가 내린 결론은 결코 맞서서는 안 된다는 것이었다. 방진의 유일한 약점이란 펴고 거둠이 더디고 진군이 느린 것이라 일단 펼쳐진 방진은 피해서 싸워야 한다는 궁여지책만이 해답이었다.

여노가 빠르게 대처를 한 탓에 그의 오천 군사는 아직 포위되지 않은 틈새로 빠져나갈 수 있었다. 그리고 그가 창끝을 돌린 곳은 손정의 군세였다. 손정군의 배후까지 곧바로 달린 여노가 말 탄 자세 그대로 몸을 돌려 활시위를 당기니 날카롭게 우는 소리를 내며 날아간 화살은 대열 속 깊숙이 파고들어 낙랑군 장수의 목덜미에 정확히 꽂혔다.

울고도리 혹은 명적(鳴鏑)이라 불리는 이 화살은 화살촉에 바람구멍을 내어 소리를 내도록 만든 것이었는데 보통은 공격을 알리는 지휘관의 신호로 쓰였다. 그러나 여노는 휘하 모든 병사의 화살촉에 구멍을 내어 울고도리로 만들게 하니 적을 위협하는 효과가 더해졌고 항시 화력을 집중하는 효과까지 있었다.

그러나 이 울고도리가 이날만큼은 오히려 독이 되었다. 날 아드는 바람 소리에 낙랑군은 서둘러 방패의 벽을 펼쳤고 여노에 뒤이은 수백 대의 화살은 이 벽을 뚫지 못하고 모조리 힘을 잃고 말았다. 방패 사이로 수없는 장창이 튀어나왔다. 그리고 잔뜩 가시를 드러낸 벽이 여노의 군사를 향해 진군해 오기 시작했다. 반절은 포위망을 유지하고 반절은 여노를 상대하게 한 손정의 재빠른 대처였다.

"전군, 뒤로!"

마치 거대한 벽이 다가오는 것과도 같은 적의 방진을 보며 내린 여노의 명령이었다. 곧 오천 군사는 일제히 말을 돌려 물러섰다. 정확히 손정의 군사들이 진군한 만큼 물러선 여노의 기병은 그 자리에서 다시 화살을 날렸다. 오랜 세월을 훈련해 온 성과가 빛나는 모습이었으나 화살은 여전히 방패의 벽을 뚫지 못했다.

"관구검의 장창 방진을 절묘하게 개량했구나."

여노는 이를 갈았다. 십여 년간 방진을 연구하여 꺼내놓은 것이 이 기동력을 살린 일제 사격이었건만 낙랑군은 방패를 턱없이 키워 이를 무위로 돌려놓았다. 그러나 여노는 판단이 빠르고 미련이 없는 사내였다. 그는 곧 새로운 명령을 내렸다.

"이대로 적과의 간격을 유지한다. 무슨 일이 있어도 근접하여 맞붙지 않되 적이 등을 돌리면 그때를 노려 활을 쏘아라."

이윽고 그는 포위망 속의 양우와 아달흘을 생각하며 입술을 깨물었다.

"이 이상 할 수 있는 것이 없소. 어떻게든 벗어나시오."

세 갈래 방진의 사이에 갇힌 고구려군의 한가운데에서 아달흘은 이를 갈며 외쳤다. 사방을 둘러싼 방패의 벽, 그것이 온통 가시를 드러낸 채 고구려군을 꼼짝 못 하게 옥죄었다.

"철수할 길이 없소."

양우가 사방을 살폈으나 이미 새어 나갈 길이 없었다. 이에 이를 갈던 아달흘이 말고삐를 다시 잡아챘다. 그는 두려움과 머뭇거림이란 애초에 겪어본 적이 없는 사내였다.

"더 생각할 것도 없소. 갈 곳이 없으니 가던 길을 가야 하지 않겠소?"

미처 양우가 말릴 틈도 없이 아달흘은 정면의 적군을 향해 무거운 창을 곧추세웠다.

"그 누가 고구려 철기병을 막으랴!"

그것은 그의 뒤를 따르는 군사들도 마찬가지였다. 이제껏 단 한 번도 이들의 앞길을 막아낸 적군이 없으니 포위당했다 하여 기세를 낮출 이유가 없었다.

"고구려를 위하여!"

양군의 분위기는 묘하도록 상반되었다. 잔뜩 기세를 높여 달려드는 아달흘과 중갑기병, 그리고 제자리에 멈추어 버티고 선 낙랑군의 보병. 이들이 격돌하는 그 순간에 고구려군의 선두에는 아달흘의 길고 무거운 창이, 낙랑의 선두에는 두꺼운 방패들이 모습을 드러냈다. 곧 이 방패의 벽에 아달흘의 창이 쏘아지듯 꽂혔다.

아달흘의 무거운 창은 방패를 뚫다 못해 통째로 부수었다. 박살이 나버린 방패 뒤로 드러난 낙랑군 병사들을 찔러 쓰러뜨리고 그 위로 철갑을 두른 말의 발굽이 굴렀다. 여러 적병의 창이 아달흘을 한꺼번에 찔러왔으나 이를 한 창에 모조리 걷어낸 아달흘은 다시 미친 듯 창을 휘둘러 여러 적병의 목숨을 앗았다. 그야말로 일기당천의 저승사자. 대대로 숙신 제일의 용사를 이어온 뜨거운 핏줄이 그에게서 폭발했다.

"적장은 어디에 있느냐!"

아달휼은 적병을 수도 없이 찔러 죽이며 적의 장수를 찾았으나 장수는커녕 깃발 하나 눈에 들어오는 것이 없었다. 그의 외침에 돌아오는 것은 이름 모를 병졸의 창끝뿐이었다. 찔러오는 적병의 창을 걷어내고 쓰러뜨리기를 이미 수백 번. 그럼에도 계속해서 창을 찔러오자 아달휼은 상황이 심상치 않음을 느끼고 뒤를 돌아보았다.

"으음!"

좀처럼 놀라는 법이 없는 아달휼의 입에서 신음이 흘러나왔다. 두세 병사가 힘을 합쳐 든 특수한 철창이 고구려 중갑기병의 접근을 막아내고 있었다. 큰 방패 또한 창날을 막고 말발굽을 버티어내니 고구려 기병들은 더 나아가지 못했고 그러다 보니 아군끼리 충돌하며 얽히는 혼란을 불러왔던 것이다.

"침착하라! 적병의 방패 사이를 노려라!"

비장들이 이 혼란을 진정시키려 소리 높여 외쳤다. 그러나 이어진 것은 방패 사이로 튀어나온 낙랑군의 장창이었다. 두 병사가 한 조가 되어 힘껏 내지른 장창은 달려오는 고구려 기병의 힘과 합쳐져 그토록 단단하던 중갑기병의 철갑을 뚫어내며 살에 박혔다.

난전이 벌어지는 순간 세 갈래의 중간에 위치하여 아달훌과 대치하고 있는 문호의 일군에서 커다란 북소리가 울렸다. 북 치는 고수를 옆에 둔 문호는 천천히, 그리고 높지 않은 목소리로 명령을 내렸다.

"제일 열, 개진!"

이에 웃통을 벗은 거대한 몸집의 고수가 온 힘을 다해 북을 쳤다.

둥! 둥!

두 번의 북소리가 온 전장에 선명히 울리자 대열의 선두에 있던 방패병들이 좌우로 일 보씩 거리를 벌렸다.

"제이 열, 한 발 앞으로!"

둥! 둥! 둥!

다시금 북소리가 울려 퍼지자 선두의 방패병들이 벌린 간격 사이로 일사불란하게 두 번째 대열의 병사들이 나섰다. 그리고 이들은 제자리에서 뛰듯이 앞으로 한 발짝을 내딛으며 창을 질렀다.

"제일 열, 한 발 앞으로!"

다시 일 열의 방패병이 이 열의 창병보다 한 걸음 나아갔다. 순식간에 선두는 다시 굳은 방패의 벽으로 감싸졌다. 북소리가 한 번 바뀔 때마다 이들은 온 힘을 다해 내지르는 창이 되었다가 다시 굳게 잡아 든 방패가 되었다.

창칼을 튕겨내는 방패의 벽 앞에서 망연자실해 있는 철기병의 몸에 온 힘을 실은 장창이 꽂혔다. 개중 용감한 이들은 말에서 내려 창대 사이로 뛰어들었으나 곧 다시 내밀어진 방패 속에 갇히니 그 안에서 벌집이 될 뿐이었다.

낙랑군은 한결같은 진군을 거듭하며 포위망을 좁혀왔다. 간혹 선두의 병사가 죽어 나가면 다음 열의 병사가 급히 달려 나와 그 자리를 메웠으므로 혼전이 계속되어도 흐트러짐 없이 반듯하게 대열을 유지할 수 있었다.

"보아라! 이것이 방진이다!"

좌측 일군을 맡은 방정균은 좁혀드는 가시의 벽과 무너지는 고구려군을 보며 하늘이 떠나갈 듯 크게 웃었다. 장수란 군사의 선두에 위치하여 진군을 이끄는 것이 일반적인 진형의 싸움법이었으나 이 방진만큼은 장수가 필요 없는 전술이라 방정균 역시 한참 후위에서 북 치는 고수 하나만을 옆에 둔 채 여유롭게 싸움을 지켜보고 있었다.

"을불 이놈만큼은 반드시 내 손으로 잡으리라!"

손정의 방진은 여노를 상대하기 위해 반수를 돌린 탓에 그 두께가 다른 군사의 반절밖에 되지 않았고 아달휼은 이를 알아챌 수 있었다.

"생로를 만들라!"

얇아진 포위벽을 향해 아달휼은 그야말로 성난 야수처럼 덤벼들었다. 장졸들이 뒤따라 사납게 들이치니 잠시 살길이 뚫리는 듯도 싶었다. 그러나 낙랑군은 녹록지 않았다. 특히 이 사태를 알아챈 방정균이 진격을 두 걸음으로 늘려 더욱 압박을 가해오니 등 뒤에 창을 맞는 꼴이라 힘을 쓸 수가 없었다.

오도 가도 못 하는 처지에 놓인 아달휼은 어금니가 바스러져라 이를 악물었다.

"오늘이 내가 죽는 날이구나. 결코 곱게 가진 않으리라."

움직임을 방해하던 무거운 철갑주를 벗어던진 그는 필사의 각오를 다지며 창을 다잡아 적병을 겨누었다. 그러고는 말고삐를 잡아채며 다시금 적진으로 뛰어들 태세를 취하는데 이때 그의 앞을 가로막는 이가 있었다.

"기다리시오."

양우였다. 안저와의 긴 싸움에 이어진 사면초가의 전황에 그의 몸에는 이미 크고 작은 상처들이 가득했다. 그가 거친 숨을 몰아쉬며 말을 이었다.

"장창을 상대하는 데 기병의 말이란 걸림돌일 뿐이오. 물러나시오."

"물러서 어디로 가란 말이오? 예서 적과 함께 죽는 것만이 남은 길이오. 비키시오!"

"내가 생로를 뚫겠소. 장군은 나의 시체를 밟고 지나가시오."

아달휼은 이내 양우의 결심을 알아차리고 고개를 저었다.

"그 길은 양우 장군이 가시오. 내가 앞을 맡으리라."

"장군이 이끄는 철기병은 고구려에 반드시 필요하오. 여기서 이렇게 끝나서는 아니 되오. 어차피 보병은 생로가 뚫려도 빠져나갈 수 없으니 장군은 더 말씀하지 마시오."

아달휼이 다시 무어라 말하려는데 양우는 듣지 않았다. 그는 항시 그러한 사내였다. 을불에게 거두어진 이후로 제 몸을 돌보지 않고 앞장서기를 벌써 십수 해. 나서면 물러설 줄을 모르고 명령받은 일은 반드시 해내고 말았다. 이날 그에게 을불이 내렸던 명령은 오직 앞으로만 나아가라는 것이었다.

"이 자리에서 죽어 고구려의 기틀이 된다!"

한마디 비장한 외침과 함께 양우는 손정의 우군으로 뛰어들었다. 그의 군사들이 그 뒤를 이어 적의 장창 속으로 몸을 던져 갔다. 가시덤불마냥 죄어오는 장창 방진. 이와 양우의 군사들 사이에 다시금 일방적인 싸움이 벌어졌다. 고구려군의 창은 방패에 막혔고 그 방패 사이로 내어진 낙랑군의 창은 고구려군의 몸을 꿰뚫었다. 백 명의 고구려 병사가 몸을 던져도 한 명의 적을 죽이기 힘들었다. 그렇게 무너지는 양우의 군사를 보는 아달휼의 깨물어진 입술에서 피가 흘렀다. 아달휼은 곧 마음을 굳혔다. 그는 동료가 죽음으로 터준 생로를 두고 갈등

할 만큼 나약한 인물이 아니었다.

"아군을 밟아라. 밟고 살아남아라."

아달휼의 오천 기병이 몸을 던졌다. 쌓여가는 전우의 시체를, 혹은 살아있는 그들의 몸뚱이를 밟고 그들을 방패 삼아 뛰쳐나간 이들은 철벽같은 적의 방진을 들이쳤다. 뚫어내지 못하면 어차피 모두가 죽은 목숨. 그들은 적의 창을 두려워 않고 몸을 내던져 적과 부딪쳤다.

"폐하!"

그로부터 얼마 지나지 않은 시각에 아달휼은 을불 앞에서 고개를 숙이고 있었다.

"많은 군사를 잃고 돌아왔습니다."

을불은 온갖 감정이 얽힌 묘한 표정을 짓고 있었다. 그는 무어라 말을 하지 않고 한참 아달휼을 바라보다 이윽고 손을 들어 그의 어깨에 묻은 흙먼지를 털어내며 알 수 없는 말을 던졌다.

"참으로 장하다. 이제 되었도다."

주위의 모든 장수가 알아듣지 못해 의아한 표정을 짓는데 아달휼만은 일그러진 표정으로 고개를 끄덕였다.

"양우는 아직 저 안에 있겠지?"

"그렇습니다."

"가서 구하라."

"예, 폐하."

아달휼이 묵직한 음성을 토하며 다시 창을 부여잡는데 을불의 시위무장으로 종군하고 있는 녹번이 급히 말렸다.

"폐하, 양우 장군을 아끼시는 마음은 알지만 어찌 구사일생으로 살아온 군사를 다시 사지로 내모십니까? 적의 방진을 깰 방법이 없지 않습니까?"

녹번의 만류에 을불은 아달휼을 바라보았다. 그는 야수와 같은 눈을 번뜩이며 전장만을 노려보고 있었다. 어떤 두려움도 망설임도 없는 모습이었다.

"아달휼을 보아라. 그가 살아 나왔지 않느냐. 그것이 무엇을 의미하느냐."

영문을 모르는 장수들을 뒤로하고 을불은 아달휼에게 물음을 던졌다.

"아달휼, 말하라. 지금껏 방진을 무너뜨리지 못한 이유는 무엇이냐?"

"적의 창과 방패가 날카롭고 단단하여 부딪칠 엄두를 내지 못한 까닭입니다."

"그렇다면 이번에는 어떻게 뚫었느냐?"

"양우 장군을 따라 온 군사가 삶을 포기하고 열 명이 죽어 적 한 명을 죽이겠다는 마음으로 들이치니 적진이 조금이나

마 흔들렸고 한 번 흔들리자 긴 장창과 무거운 방패가 오히려 짐이 되어 적들은 서로 엉키며 무너졌습니다."

"방진의 강점이 곧 약점이란 말이 아닌가."

"적은 거대한 고목과도 같습니다. 한 번 패이면 제 무게를 못 이겨 쓰러집니다."

아달휼의 깨달음은 틀림없는 사실이었다. 방진은 강하다는 장점과 느리다는 약점을 가졌기에 속도를 높여 피할 뿐 누구도 정면으로 뛰어들 생각을 하지 못했던 것이었다.

그러나 좀 전의 고구려군은 옆의 동료가 죽어도 자신의 몸에 적의 병장기가 박혀도 끊임없이 적을 들이쳤고 그 결실은 기대 이상이었다. 한 번 흐트러진 방진은 순식간에 무너졌다. 방진이 사용하는 장창이나 방패는 모두 여럿이 함께 들어야 하는 것이었기에 이 길고 무거운 무기들은 일단 대오가 흐트러지면 무용지물로 변했다.

"묻겠다. 그대는 다시 적의 방진을 깨뜨릴 수 있겠느냐?"

"수없는 부하를 두고 왔습니다. 오로지 복수가 있을 뿐입니다."

낙랑 축출

"내 워낙이 아는 것이 많아 도무지 사람 같지가 않더라는군. 그래서 나를 낳고 이름을 불(弗)이라 지으셨다지 뭔가."

"아니, 막 태어난 아이가 아는 것이 많다니요?"

"어허, 이 사람! 자네는 매사에 믿는 것이 없으니 자네도 이름을 아닐 불(不)이라 바꾸게."

전장 한편에서 한가로이 아웅다웅하는 이들이 있었다. 바로 조불과 형대였다. 멀찌감치에서는 창조리가 말에 올라 전장을 응시하고 있었다.

"여하튼 이 소라는 놈들은 참으로 덕이 있는 짐승이야. 젊은 놈일수록 먹이를 나중에 먹는단 말이지."

이들이 앞에 두고 있는 것은 삼천여 마리에 이르는 소 떼였다. 조불은 병사를 시켜 여물을 흩뿌리고는 이를 먹는 모습을 가만히 지켜보았다.

"장군, 전황이 급박한데 언제까지 소만 돌보시렵니까?"

"자네, 소를 가벼이 여기지 말게. 소가 없었으면 누가 예까지 수레를 끌며 군량과 물자를 다 짊어졌겠나? 소를 잘 먹이고 기름을 발라 반질반질하게 키우는 것이 바로 나라의 힘을 키우고 전쟁을 이기는 길이야."

어이가 없어 말문이 막힌 형대를 놓아두고 조불은 병사들을 시켜 소 무리를 갈랐다.

"늦게 먹이를 먹는 놈들의 코뚜레를 풀어 앞으로 보내라."

곧 이천여 마리의 소 떼가 골라지자 조불은 그중 가장 크고 늠름한 소의 등에 올라타고는 병사를 시켜 자기의 창을 가져오게 했다. 그리고 멍하니 이 모습을 바라보는 형대를 재촉했다.

"자네 무얼 하나? 어서 타지 않고."

"장군, 대체 무얼 하시는 겁니까?"

"장수가 전쟁 중에 할 것이 무엇이겠나!"

"이 소 떼는 무엇이고요?"

"싸움소지. 자네는 소싸움도 본 적이 없나?"

곧 이천여 마리의 소 떼가 낙안평의 한가운데를 향했다. 먼 곳에 눈길을 두었던 창조리가 이 소 떼의 뒷모습에 일별을 보내며 작은 미소를 떠올렸다.

한편 문호는 여노에게 묶이고 아달홀에게 뚫린 손정군의 이야기를 듣고 적잖이 놀라 자세히 물었다. 피해는 경미했으나 이제껏 무적을 자랑해 온 방진이 무너진 것 자체만으로도 충격인 까닭이었다. 이야기를 다 듣자 문호는 가벼운 찬탄을 내었다.

"방진을 뚫었다니 고구려왕이 과연 대항마를 키워냈구나. 장차 무슨 일을 벌일지 알 수가 없다. 반드시 오늘 고구려군을 끝장내야만 하겠다."

문호는 다시금 고수를 시켜 진군의 북을 울리게 했다.

"날이 어둡기 시작했다. 손정군은 저대로 놓아두고 나머지 두 군사는 고구려 본영으로 진군한다. 내일 동이 트기 전에 고구려왕을 잡으리라."

곧 낙랑군의 두 갈래 군사가 진군하여 고구려군 본대와 전선을 마주했다. 이어 벌어진 싸움에서도 방진은 여전히 무서운 위력을 뿜냈다. 가시 돋친 벽을 마주하여 고구려 장졸들은 오직 용맹과 투지로 맞섰지만 시간이 지날수록 시체만 높게 쌓여갈 뿐이었다.

"남은 화살을 모조리 쏴라. 적의 진군을 멈추게 하라."

굳세기로 명성이 자자한 고구려 강궁의 시위가 단련된 팔뚝에 의해 당겨졌으나 제아무리 굳센 화살이라 할지라도 방진의 두꺼운 방패를 뚫고 부술 리 없었다. 수천 발의 화살이 날아도 쓰러지는 낙랑군은 손에 꼽을 만한 숫자였다. 그야말로 무적, 방진에는 어떠한 무기도 통하지 않았다.

"물러서지 마라! 등을 보이면 끝이다!"

장수들이 필사적으로 군사들을 독려했으나 그들도 길이 보이지 않기는 마찬가지였다. 물러설 수만 있다면 당장이라도 등을 돌려 도주하고 싶은 것이 장졸들의 한결같은 마음이었다.

대장군 문호는 그럼에도 서두르지 않았다. 수백의 전장에서 얻은 냉정함과 침착함으로 무장의 혈기를 두텁게 누르며 짧은 명령만을 내보냈다.

"한 발 앞으로!"

"둥!"

"한 발 앞으로!"

"둥!"

그것이 낙랑군에서 내는 유일한 소리였다. 병사의 함성조차, 장수의 독려조차 없이 낙랑군은 같은 동작을 반복하며 방진은 정확한 간격으로 나아갈 뿐이었다. 점차 전장이 어둠 속으로 묻히는 가운데 문호는 마지막 진군을 지휘했다.

가시의 벽. 이 흉물스러운 대형이 머잖아 고구려군의 진영에 이르니 마침내 방책에 몸을 기댄 마지막 방어선만이 남아 이들을 맞이했다. 필사의 의지를 다지며 눈을 부릅뜬 고구려 최후의 용사들. 그러나 온종일 패하기만 한 이들이 사만 군사의 방진을 막아낼 방법이 있을 리 없었다.

그렇게 이 길고 길었던 전쟁은 끝을 드러내고 있었다.

"폐하, 물러서야 합니다."

녹번의 간절한 목소리가 을불을 연신 설득했다.

"이제 잠시 후면 중군이 무너집니다. 이곳은 위험합니다."

그러나 을불은 아무런 대답도 하지 않았다. 다만 핏발 선 눈으로 적병 너머의 전장을 살필 뿐이었다.

"아아, 대체 아달휼 장군은 어디로 갔단 말인가! 어째서 여적 나타나질 않는단 말이야!"

녹번의 간절함은 아달휼에 대한 원망으로 바뀌었다. 중갑기병은 물론 나머지 모든 기병마저 거느리고 본진을 떠난 그는 도무지 모습을 보이지 않고 있었다. 녹번은 초조함에 발을 동동 굴렀다.

"국상은 또 어디 계시기에!"

이제는 고구려 진영 안에서조차 병장기 부딪히는 소리와 비명 소리가 들려오고 있었다. 녹번은 더 참지 못하고 을불의 앞에 엎드려 머리를 짓찧으며 외쳤다.

"폐하. 부디 물러나십시오. 이제 적병이 코앞입니다!"

을불은 갑자기 자리를 박차고 일어섰다.

"폐하!"

"보아라."

굳게 물려져만 있던 을불의 입술이 열렸다.

"이 싸움의 마지막을! 앞으로의 수백 년을 결정짓는 순간이다."

갑작스레 터져 나온 을불의 세찬 목소리가 녹번의 귀를 강

330

하게 때려 왔다. 그제야 을불의 시선이 닿은 곳으로 녹번 또한 눈길을 주었다. 그곳에는 몇 개의 작은 불덩이가 일어나 어둠 속에 춤추듯 일렁이고 있었다.

어둠에 완연히 묻힌 낙안평.

군데군데 들려진 횃불만이 전장을 밝히는 가운데 낙랑군의 등 뒤 멀찍이서 불덩이 수천 개가 이글거리며 타올랐다. 곧이어 터져 나온 알 수 없는 울음소리를 신호로 그 불덩이는 천지를 진동시키는 소리를 내며 달려오기 시작했다. 그것은 말발굽 소리도 병사들의 함성도 아니었다. 평생 처음 듣는 소리와 모습에 이제껏 앞으로만 나아가던 낙랑군의 대다수가 고개를 돌려 뒤를 바라보았다.

"두두두두!"

불덩이가 정체를 드러내는 데에는 오랜 시간이 걸리지 않았다. 짧은 뿔이 달린 커다란 몸집의 짐승 무리가 어둠 속에서 튀어나왔다. 바로 소 떼였다. 꼬리에 불이 붙은 소 떼 이천여 마리가 살이 타는 고통에 정신을 잃은 채 낙랑군, 그중에서도 문호의 중군을 향해 미친 듯 날뛰며 달려들었다.

"우아악!"

소 떼의 육중한 발굽 소리와 울음소리가 전장의 북소리를 묻으니 어찌할 바를 모른 채 낙랑군은 혼란에 빠졌다. 병졸들이 우왕좌왕하는 가운데 창을 놓고 몸을 피하는 자가 태반. 미처 피하지 못한 병졸들을 향해서 불붙은 소 떼가 육중한 몸을 들이박았다.

그토록 탄탄하던 방진의 벽이 일순간에 흔들렸다. 방패는 애초에 소용이 없었고 내지른 창은 두꺼운 소가죽에 박힌 채 부러졌다. 힘에 밀려 넘어진 병사들 위로 수없는 소 떼의 발굽이 떨어졌고 버티는 이들의 가슴팍엔 소뿔이 박혔다. 소 등에 묶인 항아리가 깨지는 순간에는 더욱 큰 재앙이 닥쳤다. 기름이 가득 든 항아리는 꼬리에 붙은 불을 일순간에 키웠다. 비록 낙안평의 모래 바닥이 큰불은 막았으나 몸에 기름이 튀며 불길이 옮겨붙은 병사들의 참담한 몰골은 낙랑군의 기세를 크게 꺾어놓았다.

달려온 건 소 떼만이 아니었다. 소 떼 사이로 말을 달린 삼백의 결사대가 이 방진 안에 들었고 이들은 눈에 핏발이 선 채 울부짖었다.

"저 개새끼들을 전부 잡아 죽여라! 죽어간 동지들의 핏값을 받아내라!"

맞서 싸운다기보다 몸을 던진다는 표현이 옳았다. 소 떼가 짓이겨놓은 방진 속으로 파고든 이들은 적의 창을 막고 피하는 일에는 전혀 생각이 없었다. 오직 적병을 죽이겠다는 일념만으로 머릿속을 꽉 채운 채 마상에서 허리를 굽혀 사정없는 도륙을 거듭하며 방진을 안에서 뒤흔들었다.

"너희의 죽음을 헛되이 하지 않으리라!"

돌연 어둠 속에서 나타난 셀 수 없는 군사들이 죽어가는 고구려 결사대를 바라보며 질풍같이 말을 달려 거칠게 문호의 중군을 들이받았다. 바로 아달휼의 철기병이었다.

방진의 방패는 철기군의 갑주보다 두꺼웠고 방진의 장창은 철기군의 창보다 길었다. 그렇게 공격과 방어 모든 것이 낙랑군에게 유리한데도 철기군은 자신들의 목숨을 창과 방패 앞으로 내밀며 방진을 두드리고 또 두드렸다.

"방진을 깬다! 그 옛날 동천태왕을 사지로 내몰고 오늘 양우를 죽인 방진을 기필코 깨고야 말겠다! 오늘 나는 방진이라는 너희의 전설을 다시는 일어날 수 없는 고목으로 만들어주고야 말겠다."

아달휼은 방진을 고목에 비유했다. 너무도 단단하여 웬만한 바람에는 흔들림조차 없지만 한 번 꺾이면 다시는 일어설 수 없는 고목. 그리고 그 고목에는 지금 흠이 패어 있었다. 소 떼라는 도끼가 치고 지나간 흠, 삼백 결사대가 파고 들어간 흠. 그 흠이란 치면 칠수록 점점 더 크게 벌어질 것이 분명했다.

"조금만 더! 조금만 더 힘을 내라! 적은 곧 무너진다!"

그리고 그 비유는 머잖아 현실로 나타났다. 소 떼와 결사대에 의해 정연함을 잃은 방진은 비틀거리며 틈을 벌렸고 그 틈으로 뛰쳐든 철기병에 의해 수십의 창병이 무너지고 다시 수백의 방패병이 무너졌다. 방진이란 너무도 정교하게 짜여진 탓에 일단 흔들리면 돌아올 수가 없었다.

그토록 강력했던 방진의 창과 방패는 대오를 잃은 혼전 속에 애물단지로 전락하고 말았다. 기다란 창대는 서로 엉킬 뿐이었고 무거운 방패는 들기조차 버거웠다. 적수공권의 낙랑병이 그 위명 높은 고구려 철기병을 상대할 방법이 있을 리 없었다. 순식간에 온 군사가 혼란에 빠지니 고구려 철기병 하나가 낙랑 병사 백을 죽이는 일이 허다했다.

후위에서 이를 지켜보던 최비는 손끝을 떨었다. 붉어진 얼굴 군데군데 크게 솟은 핏줄이 그가 얼마만 한 분노를 누르고 있는지 짐작게 했다.

"훈련의 문제인가? 왜 대열을 회복하지 못하는가!"

나직한 음성에 한없는 분노와 회한이 묻어 나왔다.

"어째서 방패를 버리는가. 창을 놓는 까닭이 무엇이야. 지금이라도 맞서면, 지금이라도……. 아직 늦지 않았는데."

"주군."

"왜 저 병졸들은 저렇게 멍청하냔 말이다! 등을 보이면 죽는데 왜 맞서지를 않아!"

결국 최비의 분노는 폭발하고 말았다. 근처에 남아있던 신하 중 누구도 그가 그토록 거센 소리를 내는 것을 본 적이 없어 그저 고개만 숙일 뿐이었다.

"대체 무엇이 문제냐! 내가 무엇을 잘못한 것이야! 어째 방진이 기병에 무너져? 낙랑의 장졸이 문제더냐, 아니면 이 최비가 고작 관구검만 못한 것이냐!"

최비의 들끓는 분노는 이후로도 한참을 가라앉지 않았다. 온갖 기묘한 표정을 번갈아 떠올리며 괴로워하던 그는 문호의 군사 태반이 무너지고서야 평정을 되찾았다.

"구해라, 서둘러서."

앙다문 입술 사이로 한숨 어린 소리가 새어 나왔다.

"예?"

"방정균과 손정에게 당장 문호를 구하라 해라. 그가 없는 낙랑은 끝이다."

최비의 명령이 하달되자 손정은 문호를 구하기 위해 전군을 돌리려 했으나 이미 허물어져 버린 군사들을 좀체 통제할 수 없었다.

"대장군께서, 스승께서 위기에 빠졌거늘 나는 무엇을 한단 말인가!"

더는 방법이 없었다. 문호군은 금세라도 전멸할 것만 같았다.

"군사를 돌릴 수 없다면 나 혼자만이라도 가야만 한다!"

손정은 현도 태수 배무를 불러 군사를 맡기고 몇몇 장수와 더불어 문호에게로 달렸다. 그러나 있는 힘껏 박차를 가하며 스승을 향해 필사적으로 달리던 그는 얼마 지나지 않아 심상 찮은 바람 소리에 급히 고개를 숙이며 말을 멈추어야만 했다. 과연 그의 머리 위로 맹렬한 화살 한 대가 스쳐 지나갔다.

"가지 못한다."

손정의 눈에 적장의 모습이 드러났다. 그토록 그의 군사를 괴롭히던 고구려 기병의 수장 여노였다. 그를 보는 손정의 눈에 불꽃이 튀었다.

한편 방정균 또한 최비의 명을 전해 들었으나 그는 손정과는 다른 이유로 문호에게 향하지 않았다. 그것은 그의 눈앞에 드러난 을불의 모습 때문이었다.

"저놈만 잡으면 모든 것이 해결되지 않는가. 이제 고구려 군사가 저것밖에 남지 않았는데."

방책을 지키던 군사들까지 전멸한 지금 고구려 진영 안에 남은 군사는 일이천 명에 불과했다. 방정균의 이만 군사를 막아낼 리 만무했다.

"적의 수괴를 잡는다. 주군의 명은 보류한다."

방정균은 직접 창을 꼬나들고 방진의 앞으로 나아갔다. 상대의 진영 안으로 들어가게 된 이상 방진은 더 이상 쓸모가 없었을뿐더러 불과 일이천 명의 군사를 상대하는 데 굳이 방진을 쓸 이유도 없었다.

"달려라! 고구려왕의 목을 친다!"

참담한 패배를 처음 겪어보는 장수는 모든 것을 포기하기 마련이었다. 그것은 육십 줄에 이르러서야 첫 패배를 겪은 노장도 예외일 수 없었다.

"내가 패배했단 말인가."

문호는 한 서린 목소리를 뱉어내며 장수들에게 마지막 명령을 내렸다.

"너희는 살아남은 병졸을 이끌고 좌우 군사에 가담하라."

"대장군께서는!"

"늙은 장수가 어찌 군사만 떠나보내겠느냐."

"대장군!"

"좋은 주군을 만나 온 천하를 호령했다. 장수로서 어찌 남은 후회가 있겠는가!"

문호의 커다란 외침에 장수들은 비통한 듯 고개를 숙였다. 이들 사이에 흐른 잠시 간의 침묵 끝에 장수 하나가 결의에 찬 음성을 터트렸다.

"용서하십시오. 대장군과 함께하겠습니다!"

이어서 몇몇 장수가 같은 외침을 내었고 결국에는 전군의 장수가 모두 남았다. 문호의 중군을 이루는 장수들 태반이 수십 년간 그를 따른 심복들인 까닭이었다. 문호는 이들을 보며 깊은 탄식을 내뱉었다.

"너희가 죽으면 병졸은 누가 통솔하느냐! 어서 가거라."

그러나 장수들은 묵묵부답으로 일관하며 문호의 앞을 지킬 뿐이었다. 이에 문호는 갑자기 자신의 장을 잡아 들었다. 곧이어 서릿발 같은 외침이 그의 입에서 터져 나왔다.

"너희는 모두 진의 중요한 장수. 한낱 의리로 이곳에서 목숨을 버리는 것은 나라와 주군에 대한 배신이다. 떠나지 않는 자는 내 손에 죽으리라!"

"대장군!"

"어서 가라! 너희가 나의 말을 가볍게 여기느냐!"

그때 이도 저도 못하고 망설이는 장수들의 앞을 가로막는 목소리가 있었다.

"가긴 어디를 간다는 말이냐!"

문호를 비롯한 온 장수들의 눈길이 목소리의 주인공을 향했다.

"너희는 이곳을 벗어나지 못한다."

온몸에 피 칠갑을 한 아달홀이었다. 홀로 나타난 그는 피가 뚝뚝 떨어지는 창을 겨누어 문호를 가리켰다. 곧 각기 창칼을 들며 낙랑군 장수들이 그를 둘러쌌으나 문호가 손을 들어 이들을 막으며 물었다.

"네 이름이 무엇이냐?"

"숙신 족장 아달휼이다."

"아달휼!"

문호는 그 이름을 몇 번 되뇌었다. 고구려 철기병의 수장. 방진을 깨어낸 주역. 잠시간 그를 살펴보던 문호는 이윽고 진중한 물음을 던졌다.

"묻겠다. 기병으로 방진을 깰 생각을 한 자가 네놈이냐?"

아달휼은 묵묵히 고개를 끄덕였다.

"본래 방진이란 기병의 천적. 그러나 네 군사는 죽음을 각오했고 내 군사는 금세 흩어졌다. 그 까닭은 무엇이냐?"

"나는 그런 것은 잘 모른다. 다만 이 오천의 군사는 과거 버림받아 굶주렸던 숙신족. 태왕 폐하께서 몸소 밥을 지어 먹여 살려낸 이들이다."

문호는 할 말을 잊은 듯 잠시 입을 다물고 있었다. 그러고는 갑자기 크게 웃기 시작했다.

"왕이 밥을 지었다고!"

"그렇다."

"밥이라! 나는 낙랑군을 위해 무엇을 했는가!"

문호는 껄껄 웃으며 자신의 창을 잡아 들었다.

"애초에 이길 수가 없는 싸움이었구나. 천시(天時), 지리(地

利), 인화(人和)라 했거늘 우리는 무엇으로 저들을 대적했는가! 군사를 부림에 한참 미치지 못했음을 이제야 알겠다."

허탈한 웃음을 멈추지 못하던 문호는 이내 아달흘을 향해 창을 겨누었다.

이미 늙은 몸이었으나 여전히 진나라 제일의 무장이라 불리는 문호였다. 단기로 사마사의 수백 군사를 베어 죽인 그의 형 문앙도, 유주 벌판에서 사흘 밤낮을 날뛰며 사마염의 장수를 모조리 베어 죽인 모용외도 혀를 내둘렀던 그의 창이 날을 번뜩이며 아달흘을 향해 날아들었다.

온 낙안평이 어둠으로 뒤덮인 가운데 몇 개의 횃불만이 이들의 싸움을 밝혔다.

새벽녘이 되어 새로운 동이 틀 즈음에야 결판이 지어진 싸움. 그 끝에 한 세상을 풍미하던 늙은 장수가 힘을 잃고 바닥에 쓰러지는 순간 고구려의 수만 군사가 동시에 지르는 환호성이 낙안평을 가득 메웠다.

"아아, 정녕 나의 능력이 모자란 것이냐!"

낙안평 동쪽으로 한참 떨어진 산속에서 원통한 외침이 연신 울려 퍼졌다. 뒤따르는 이 하나 없이 주먹으로 바위를 치며 억울함을 토하는 방정균의 목소리였다.

"을불! 을불! 네놈 을불!"

전날 밤 문호의 위기를 외면하고 을불을 향해 달려간 방정균은 고구려 진영에 드는 순간 그것이 함정임을 알 수 있었다. 고구려왕의 복색을 갖춘 것이 을불이 아님을 알아본 탓이었다. 곧이어 사방에 매복한 군사가 쏟아져 나오니 낙랑군은 방진을 펼치지 못한 채 전투를 벌여야만 했다. 혼전 속에 수많은 군사를 잃고 겨우 생로를 뚫어 패주한 방정균은 낙랑성으로 회군했으나 그를 맞이한 것은 먼저 돌아와 있던 손정의 창이었다.

"네놈이 대장군을 구했더라면!"

문호의 죽음을 통곡하던 손정은 방정균이 성에 들자 분노에 찬 창을 겨누었다. 방정균이 가장 가까이 두었던 부장들마저 문호의 죽음에 울먹이며 손정의 편을 드니 그는 아군의 창에 쫓겨 도망하는 신세가 되어 홀몸으로 여기까지 이른 것이었다.

"을불, 어찌하면 그놈을 죽일 수 있는가."

피가 흐르도록 이를 갈며 생각하고 또 생각하던 방정균이 해가 질 무렵이 다 되어서야 떠올린 것은 모용외였다. 과거 낙랑성에서 목격했던 그의 무력이라면 능히 고구려를 제압할 수 있을 것이란 생각이 들었다.

곧 방정균은 모용외가 웅거하고 있는 북쪽의 극성을 향해 길을 잡았다.

한편 낙랑성 안의 손정은 최비가 주위를 모두 물리고 자신을 찾자 서둘러 그의 방으로 들었다. 손정을 맞은 최비는 그 어느 때보다 평온한 얼굴이었지만 손정은 심상치 않은 느낌을 지울 수 없었다.

"정아."

"에, 주군."

"우리가 참 오랜 시간을 함께했구나."

서릿발 같은 질책을 각오했으나 최비의 입에서 따뜻한 말이 흘러나오자 손정 또한 가슴이 울컥함을 느꼈다. 평생을 따랐지만 최비가 사감(私感)을 털어놓은 것은 지금이 처음이었다.

"주군. 제가 모자라 대장군을 구하지 못했습니다. 적장을 이기지 못하여 대장군을 죽게 만들었습니다."

"아니다. 너와 나, 그리고 문호는 이 시대를 부끄럼 없이 장식했다. 오로지 진의 옛 영광을 그리며 말이다."

"주군."

"정말 고맙구나. 너희가 없었다면 나는 변방의 역적으로 인생을 마쳤을 것이다."

손정은 최비의 편안한 웃음이 더욱 짙어짐을 알아보았다. 이어진 침묵은 불안이 되어 흘렀고 이내 이어진 최비의 말은 불안을 확신으로 바꾸었다.

"이제는 쉴 때도 되었구나."

"어째서 그런 말씀을 하십니까. 아직 진에는 십여 만의 군사가 있습니다. 낙랑성에서 버티며 원군을 청할 수 있습니다."

"정아, 이번에 고구려를 보며 느낀 것이 있다. 내가 지금 옛 시대를 억지로 붙잡고 있지 않은가, 이제는 새로운 시대를 보아야만 하거늘 흐르는 장강을 억지로 막지는 않았던가 하는 생각이 드는구나."

"주군······."

갈수록 굳어지는 손정의 낯빛과 달리 최비는 여전히 한없이 편안한 표정이었다.

"굳이 긴 말을 하고 싶지 않구나. 나는 이제 놓아주려고 한다. 진은 이미 끝이 났다. 흉노를 인정하고, 선비를 인정하고, 고구려를 인정해야만 하는 것이다. 옛 진은 이제 허상에 불과하다. 저 사마예나 네가 후일 이룩해야 할 것은 옛적의 진나라가 아닌 너희의 새로운 나라여야 한다."

"주군!"

최비는 손정의 양손을 꼭 잡았다.

"더 이상 말하지 말거라. 문호의 죽음을 접하고 생각을 굳혔다. 이제 나는 갈 때가 되었다. 내 뒤는 네가 잇도록 해라. 너는 나의 문(文)과 문호의 무(武)를 고루 지녔으니 분명 역사에 이름을 남길 인물이 될 것이다."

그 말을 마지막으로 최비는 낙랑성을 떠났다. 서쪽 뒷문을 홀로 나서는 최비를 바라보며 손정은 하염없이 눈물을 흘렸다.

다음 날.

마침내 고구려군이 낙랑성을 향해 마지막 공세를 펼치려는 순간이었다. 낙랑성은 그 거대한 몸집치고는 희귀하게 서쪽은 산 중턱에, 동쪽은 기슭에 걸쳐 있었다. 양옆 성벽은 울창하게 우거진 숲으로 인하여 적군의 침입을 어렵게 하고 서쪽의 뒷문은 좁은 산길이라 낙랑성을 무너뜨리기 위해서는 반드시 동쪽의 큰 성문을 쳐야만 했다. 그런 까닭에 동쪽의 성벽은 높고 두꺼웠으며 궁수들이 몸을 숨기고 화살을 쏠 수 있도록 성벽 사이로 수많은 구멍이 뚫려 있었다. 그야말로 요새라는 말이 어울리는 모습이었기에 고구려군은 압도적 우세에도 불구하고 쉬이 공성전을 펼치지 못한 채 전력을 다한 또 한 번의 큰 전투를 준비하고 있었다.

"요체는 시간이다."

을불은 장수들 앞에서 마지막 군명을 내리고 있었다.

"비록 어제의 싸움에서 승패는 갈렸으나 아직 최비에게는 남은 세력이 있고 저 낙랑성은 천혜의 요새이다. 더욱이 이제는 추운 계절. 낙랑성을 무너뜨리지 못한 채 시일을 끌면 우리는 낙랑을 눈앞에서 놓칠 것이다."

칼을 뽑아 든 을불은 칼끝을 낙랑성을 향해 겨누며 마지막 진군을 외쳤다.

"고구려의 용맹한 장수들이여, 전력을 다해 낙랑성을 쳐라! 오늘을 넘기지 말라!"

"적이 성문 밖에 진을 쳤구나."

성문 밖으로 나서 진영을 차린 수천의 적병을 보며 여노는 고개를 갸웃거렸으나 크게 마음을 쓰지는 않았다. 겨우 일만 명 남짓 남은 낙랑군이 어떠한 계략을 쓰더라도 거리낄 필요는 없는 것이었다. 곧 여노는 힘을 가득 모아 외쳤다.

"전군, 진격하라!"

그의 우렁찬 함성 소리와 함께 선두의 고구려 기병이 말을 박찼다. 비록 낙랑성이 요새라고는 하나 그들이 여태껏 지나온 것에 비하면 너무나 쉬운 싸움이었다. 장졸이 모두 가벼운 마음으로 낙랑성을 향해 힘차게 달렸다. 그렇게 멀찍이 적 진영이 눈에 들어올 즈음 적졸들의 얼굴을 알아볼 수 있을 만큼 근접한 때였다.

"아니!"

여노는 이상한 신음을 내며 급히 고삐를 잡아챘다.

"저것은!"

여노의 눈에 들어온 이들은 군사들이 아니라 발이 묶여있는 수천의 백성들이었다. 그들에게 투구와 갑주를 얼기설기 입히고 녹슨 병장기를 세워놓아 멀리서는 언뜻 군사로 보였던 것이다. 여노의 뒤를 따라 달려오던 선봉군도 급히 말을 멈추었다.

공포에 젖은 그들 사이에서 살려달라는 울부짖음과 비명 소리가 터져 나오고 있었다. 병장기를 든 고구려 군사들이 지척에 이르자 그들의 비명은 더욱 높아갔다.

"더러운 술책이로군."

고구려군이 당황하여 말을 멈춘 가운데 갑자기 성벽 위에서 화살이 무더기로 날았다. 곧 화살에 맞는 병사가 속출하자 여노는 찰나 간 생각에 빠졌다.

'조선 유민들이다. 어찌해야 하는가?'

"제발 살려주세요!"

결단을 내리려는 여노의 눈에 등짝에 화살을 맞은 여인이 단말마의 비명을 지르며 쓰러지는 모습이 들어왔다.

"물러서라!"

여노에게 이 소식을 전해 듣는 을불의 표정 또한 어두울 수밖에 없었다.

"장수가 사사로운 감정에 이끌려 명령을 수행치 못했으니 벌해주십시오."

"백성을 구하기 위해 군사를 내었는데 그들을 해친다면 오히려 그것이 실책이다. 장군은 잘못한 것이 없다. 나라도 그러했을 것이다!"

을불은 도리어 여노를 위로했다. 그 후로 이틀의 시간이 더 흘렀으나 성벽 아래에는 여전히 조선 유민들이 묶여있었고 고구려군은 더 이상 공세를 취하지 못했다.

"어차피 저들은 우리가 물러나면 죽은 목숨입니다. 부디 작은 정에 얽매여 대사를 그르치지 마십시오."

"시간이 요체라 하지 않으셨습니까. 이미 병사들은 추위와 굶주림을 느끼기 시작했습니다."

"낭야왕 사마예의 원군이 출발했다는 소식이 있습니다."

여러 장수들이 앞을 다투어 걱정을 비쳤으나 을불은 어두운 표정으로 고개를 저었다.

"간단한 문제가 아니다."

을불은 길고 떠들썩한 진중 회의를 뒤로한 채 진영을 나섰다. 근처의 한적한 언덕을 찾아 오르는 그의 뒤를 창조리가 따르고 있었다. 한참을 걸어 올라간 을불은 낙랑성이 훤히 보이는 곳을 찾아 멈추어 섰다.

낙랑성의 동쪽 성문 앞에는 아직도 수많은 유민들이 있었다. 묵묵히 이들을 바라보며 을불은 수십 번을 갈등했다.

'나아가느냐, 기다리느냐.'

두 길만이 그의 앞에 놓여있었다. 저들을 사이에 두고 전투를 벌이면 저들 중 살아남는 이가 없을 것이고 기다리자니 추위와 배고픔에 떨며 새로운 적군을 맞이해야만 할 것이었다. 무엇보다 숱한 장수와 군사들의 죽음으로 이루어낸 기적적인 군공이 허공에 흩어지는 것이었다.

"결정을 내리셔야만 합니다."

곁에서 묵묵히 따르던 창조리가 말했다.

"국상, 저기 우리 백성이 있소. 싸움을 벌이면 저들은 목숨을 부지할 수가 없소."

"그럴 테지요."

"정녕 저들을 구할 방법이 없단 말이오?"

을불의 안타까움과 더불어 다시 침묵이 흘렀다.

"폐하, 이 전쟁을 왜 일으키셨습니까?"

문득 창조리가 깊은 음성으로 물었다.

"우리 땅과 백성을 되찾기 위해서이지요."

"어떻게 말입니까? 적에게 부탁해 돌려달라고 하실 작정이었습니까?"

"아니오."

창조리의 음성이 점차 높아져 갔다.

"전쟁을 벌여 적을 물리치려던 게 아닙니까. 군사가 죽더라도 나아가 나라의 존망이 흔들리더라도 적과 싸워 되찾으려던 것이 아닙니까. 그런데 어째서 흔들리십니까? 민초의 피는 붉고 군사의 피는 푸르기라도 하다 여기시는 것입니까?"

"그러나 국상, 저들은 내가 되찾으려는 백성들이오. 저들을 다 죽이고 되찾을 것이 무엇이란 말이오."

"얼입니다."

"얼이요?"

"예. 저들 외에도 수많은 유민이 있습니다. 적이 그들을 인질로 잡고 협박할 때마다 지금처럼 갈등하시겠습니까?"

을불은 대답하지 못했다. 그의 여린 마음을 꾸짖기라도 하듯 평소 부드럽기만 하던 창조리는 연신 격정적인 목소리로 을불을 몰아세웠다.

"물러서서는 안 됩니다. 죽어간 군사들을 생각하십시오. 저가 어른을 생각하고 양우 장군을 생각하십시오. 장졸이 모두 잃어버린 땅을 찾고 동포를 구하기 위해 죽어도 좋다는 일념으로 예까지 왔는데 어째서 인질의 죽음만 안타까이 여기십니까!"

한참 창조리의 진심 어린 충언을 듣던 을불은 고개를 떨구었다. 그러나 을불은 이내 고개를 가로저었다.

"국상, 나는 못 하겠소."

"진군해야만 합니다! 부디 군사를 일으키던 그때를 떠올리십시오!"

"군사와 백성은 다르오. 백성에게는 자신의 목숨만큼 소중한 게 없소. 어떤 고초를, 어떤 치욕을 당하더라도 우선은 살고 싶은 것이 진실이오. 저들에겐 얼이나 나라가 아니라 자신들의 목숨이 더 소중한 것이오. 나는 백성들의 그 솔직하고 진정한 바람을 차마 꺾을 수가 없소."

"폐하……."

을불은 끝끝내 고개를 들지 않았다.

다음 날 아침. 태왕이 이날도 진군령을 내리지 않았다는 말에 고구려군의 진중은 뒤숭숭했다. 초겨울의 날카로운 바람에 몸을 움츠리며 병장기를 수선하던 한 병사는 앞의 늙수그레한 병사를 향해 한마디 불평을 던졌다.

"이러다 얼어 죽고 말겠소."

"자네 많이 추운가 보군."

늙은 병사가 자기 몸을 덮었던 모포를 그에게 건넸다.

"되었소. 노인장이나 덮으시오. 그보다 걱정이오. 마음 약한 태왕께서 저토록 결정을 못하시니. 적의 대군이 몰려온다는 소식도 있던데."

"설마 이대로 있기야 하겠나? 어떻게든 결단을 내리시겠지."

"모르는 소리 마시오. 곧 회군할 거란 소문이 파다하오."

"회군?"

"그래요."

툴툴거리며 병장기를 닦던 병사가 막사 안으로 돌아가자 늙은 병사는 얼굴을 들어 멀찍이 낙랑성 앞에 시선을 두었다. 수천의 조선 유민이 여전히 성문 앞에서 죽음만을 기다리고 있었다.

"회군이라……."

늙은 병사는 일어서 자신이 끌던 수레로 다가갔다. 느릿하게 수레와 말을 엮은 끌채를 풀어내 둘둘 말린 헝겊 뭉치를 꺼내 들었다. 이를 창대에 묶은 그는 수레에서 풀어낸 말에 올랐다.

잠시 후 병졸들은 진문을 나서는 인마 한 기를 목격했다. 대수롭잖게 여기며 하던 일을 계속하던 병사는 흠칫 고개를 들어 다시 이를 바라보았다.

"저거, 고노자 대장군의 기가 아닌가?"

옆에서 거들던 동료 병사도 이를 보고는 맞장구쳤다.

"맞는데!"

"죽었다는 소문도 있었는데 언제 오셨담? 그런데 홀로 어딜 가시는 거지?"

"어?"

이들은 곧 입을 떡하니 벌렸다. 장군기를 동여맨 창 한 자루를 높이 들고 갑주를 탄탄히 갖추어 입은 고노자. 행방을 알 수 없던 그가 나타나 질풍같이 내달리는 곳은 바로 낙랑성인 까닭이었다.

수레를 벗어난 것이 무척이나 가벼운 듯 고노자를 태운 말은 낙랑성 성벽 아래까지 단숨에 내달았다. 이 광경을 힘겹게 뜬 눈으로 멍하니 지켜보던 유민들은 또다시 고구려군의 공격이 시작되었다 여기며 너 나 할 것 없이 높은 비명을 지르기 시작했다.

　"잠깐!"

　고노자가 카랑카랑한 목소리로 외치자 오직 그 혼자임을 알아보고서야 유민들의 비명은 잦아들었다. 이윽고 말에서 내린 고노자는 온화하나 힘이 가득 실린 목소리를 내보냈다.

　"조선 유민들은 들어라!"

　이에 유민들뿐 아니라 성벽 위의 낙랑군 병사들까지 하나둘씩 고개를 내밀었다. 그들이 서둘러 활을 찾아 드는 사이 고노자의 음성이 이어졌다.

　"그대들은 어째서 비명을 지르는가! 그 비명은 누구를 향한 것인가!"

　도무지 노인이라고 믿어지지 않는 칼칼한 음성이었다. 그의 범상치 않은 기상에 유민들은 점차 그를 향해 시선을 모아가기 시작했다.

　"당장 너희들의 목숨을 위태롭게 만든 고구려를 향한 것이냐! 아니면 너희의 목숨을 이토록 가볍게 여긴 낙랑을 향한 것이냐! 두려움이냐! 원통함이냐!"

한마디 말을 던지고 유민들을 살피던 고노자는 말을 이었다.

"원망스러운가!"

"……"

"그대들은 고구려가 원망스러운가 말이다!"

유민들 중 소리 내어 대답하는 이는 없었다. 그러나 멍하니 죽음만 기다리던 이들은 어느새 고노자의 말에 귀를 기울이고 있었다.

"고구려가 이곳에 온 이유는 하나다! 바로 그대들을 사람답게 살게 하기 위해서! 나라를 잃고 노예로 살아가는 그대들에게 자유를 주기 위해서! 지금 이러한 꼴을 다시는 당하지 않도록 하기 위해서 그대들을 구하러 온 것이란 말이다!"

"……"

"진정 그대들의 바람이 무엇인가! 그대들의 고통스러운 애원을 듣고 고구려가 돌아가 주기를 바라는 것인가! 정말 그런 것인가!"

"……"

"정녕 그대들의 뜻이 그렇다면 우리는 돌아갈 것이다! 지금 태왕께서는 그대들의 애원을 들어주자 하신다. 같은 핏줄인 그대들의 목숨을 도저히 거둘 수 없다 하신다!"

여기까지 말한 고노자는 말을 멈추었다. 그리고 무릎을 꿇고 바닥에 엎드리며 외쳤다.

"부탁한다!"

곧이어 비장하고 비통한 목소리가 흘러나왔다.

"그 한목숨을 버려달라."

굳어버린 유민들을 향해 고노자는 바닥에 머리를 찧으며 다시 한번 외쳤다.

"그대들의 자식을 위해 죽어달라. 그대들의 자식이 살아갈 나라를 위해. 그대들과 같은 삶을 되풀이하지 않기 위해! 이 자리에서 죽어달라!"

그때 머리를 숙인 고노자를 향해 성벽에서 화살비가 내렸다. 대개가 비껴갔으나 그중 한 대가 그의 어깻죽지에 정통으로 꽂혔다. 고노자는 이미 육십이 넘은 노인이었다. 그 늙은 장수가 화살을 맞고도 깊이 숙인 고개를 들지 않는 모습에 유민들은 무언지 모를 전율을 느꼈다.

"정말이오? 정말로 고구려 태왕께서 우리의 목숨을 걱정하여 돌아가려 한단 말이오?"

마침내 마음이 움직인 것인지 유민 하나가 일어서며 외쳤다.

"그렇다. 하지만 나와 그대들은 이 자리에서 죽어야만 한다. 지금 목숨을 아껴 비겁하면 그대들의 후손도 같은 처지가 된다. 그러나 지금 그대들이 용기를 내면! 그러면 그대들의 후손은 어깨를 펴고 살 수 있을 것이다."

고노자의 호소에 다른 누군가 다시 외쳐 물었다.

"어떻게 믿소?"

고노자가 대장군기를 들어 보이며 외쳤다.

"내 죽음으로도 믿어줄 수 없겠는가! 나는 고구려의 평락대장군 고노자다!"

순간 비장하게 외치던 고노자의 목소리가 끊어졌다. 화살 한 대가 그의 복부를 꿰뚫은 탓이었다. 이어서 십여 대의 화살이 그의 온몸에 박혀 들었다. 그럼에도 고노자는 눈을 부릅뜨고 조선 유민들에게서 시선을 떼지 않았다.

이 모습을 지켜보던 한 사내가 초연히 일어섰다. 고노자에게 달려간 그는 낙랑성을 향해 돌아서며 두 팔을 쫙 벌렸다.

"그래, 죽어주마! 내 자식이 이 빌어먹을 삶을 되풀이하지 않는다니, 내 통쾌히 죽어주마!"

화살 몇 대가 사내의 가슴팍에 꽂히자 사내가 피를 흘리며 쓰러졌다.

"내 아들은 지금부터 고구려의 백성이다아!"

또 다른 사내가 자리를 박차며 일어섰다. 그 역시 고노자에게 달려와 날아드는 화살을 온몸으로 받으며 죽어갔다. 이제 화살은 소낙비가 되어 내리고 있었다. 그리고 이 화살비를 향해 줄을 이어 불나방처럼 달려든 조선 유민들은 양팔을 활짝 벌렸다. 마치 죽는 것이 기쁘기라도 한 듯 가슴에 잔뜩 화살이 박힌 채 쓰러지는 이들의 얼굴에는 옅은 웃음조차 떠올라 있었다.

"고맙다!"

마지막 힘으로 버티며 유민들을 바라보던 고노자는 이 한마디를 남기고 무너져 내렸다. 그의 앞으로 끝없이 조선 유민 포로들이 발을 끌며 몰려들었다.

사내들을 이어 여인들, 그리고 소년들까지 몰려들었다. 하나같이 비장한 얼굴로 낙랑성을 향해 양팔을 벌리고 선 이들의 모습에 성벽 위의 군사들은 미친 듯이 활을 쏘았지만 아무도 피하거나 움츠리지 않았다.

"나아갑시다! 고구려 태왕이 우리의 주검을 딛고 저 안에 들어가 우리 자식들을 구해줄 수 있도록 우리가 성문을 두드립시다."

"와아!"

한 사내의 외침을 신호로 유민들은 움직이기 시작했다.

"더 쏴라! 더 쏴보란 말이다!"

"죽여보란 말이다!"

발을 끌며, 엎어져 기며 성문에까지 다다른 이들은 악을 쓰며 힘껏 성문과 성벽을 두드렸다. 그들의 귀기 어린 모습에 주춤거리며 뒤로 물러나던 낙랑 병사들은 성문이 거의 부서질 지경이 되고서야 정신을 차릴 수 있었다. 곧 성문을 열고 뛰쳐나온 그들이 사정없이 휘두른 창칼에 유민들은 추풍낙엽처럼 쓰러져갔다. 그리고 그 주검의 이편에서 아직 정신이 남아있는 고노자가 얼굴에 꿋꿋한 미소를 떠올리고 있었다.

"저놈을 죽여라!"

낙랑의 장수들이 달려 나와 고노자를 에워싸고 칼을 휘둘렀다. 고노자는 칼을 맞으면서도 웃었다. 그의 편안한 얼굴에 낙랑군 장수들은 오히려 몸서리를 쳤다.

장수들은 마지막 칼을 날려 고노자의 목을 친 후 곧바로 성안으로 뛰어들었다. 목이 달아난 고노자의 어깨 너머로 수만의 고구려 군사가 일제히 흙먼지를 일으키며 달려오는 것이 보인 까닭이었다.

"저, 저런! 어서 성문을 닫아라!"

그러나 장수들이나 병사들이나 한 사람도 성안으로 들어갈 수 없었다. 수도 없는 조선 유민들이 맨몸으로 이들의 앞을 가로막고 나선 까닭이었다. 열린 성문을 닫기 위해 병사들이 유민들을 닥치는 대로 베어 넘겼지만 그 수는 베어도 베어도 끝이 없었다. 마침내 무서운 속도로 달려온 고구려 기병들이 성문을 통과해 낙랑성 안으로 물밀듯 밀려들었다.

"대장군!"

군사들을 따라 달려온 을불은 말에서 뛰어내림과 동시에 고노자의 수급을 주워 들고 몸뚱이를 끌어안았다.

"행방이 안 보여 그리도 찾았건만 어찌 이런 곳에 죽어있단 말이오!"

울부짖는 을불의 눈에서 두 줄기 눈물이 그치지 않았다.

"내 주저하는 마음이 대장군을 죽였소. 대장군! 부디 나를 용서하고 편히 눈을 감아주시오!"

고구려의 대군이 낙랑성에 들자 아직 도망가지 못한 낙랑과 진의 장졸들은 저항할 엄두를 내지 못한 채 병장기를 버리고 항복했다. 끝까지 남아 낙랑성을 지키던 손정은 함락 직전 몇몇 측근들만을 대동한 채 성을 벗어난 뒤였다.

을불은 유민들을 죽이도록 명령한 소수의 장수들만을 참살한 후 낙랑성 안의 일반 백성은 물론 투항한 군사들을 함부로 해치지 못하도록 하고 일체의 약탈을 막았다.

"모든 황하족은 앞으로 열흘 안에 낙랑을 떠나도록 하라!"

최비 대신 태수부에 앉아 한족 추방령을 내리는 을불의 목소리가 쩌렁쩌렁 울려 퍼지자 창조리와 여노 등의 신료는 물론 일반 장졸들, 그리고 조선 유민들의 눈에서도 한결같이 감동의 눈물이 흘러내렸다.

이로써 고구려는 마침내 한무제 유철이 조선을 짓밟은 이후 사백 년간이나 조선 땅을 지배해 온 낙랑을 완전히 축출했다. 을불은 낙랑의 모든 한족을 추방한 후 조선 유민들을 고구려 백성으로 편입시키고 고구려 각지의 백성을 낙랑으로 이주하도록 하는 조칙을 발표한 후 날을 잡아 순국 장졸을 위한 위령제를 거행했다.

유독 일찍 시작된 추위 탓에 을씨년스러운 초겨울 날씨였지만 뜨겁게 달아오른 을불의 목소리는 모여든 모든 백성과 군사들의 뇌리에 깊이 파고들었다.

— 고구려의 위대한 용사들아! 이제 우리만 살아남아 젊디젊은 그대들을 떠나보내자니 눈물조차 나오지 않는구나. 지난 십여 년 세월, 그대들은 오로지 낙랑 수복을 위해 밤잠을 아끼고 새벽길을 밟았으니 몸에서 흘린 땀은 내가 되고 강이 되어 흐르지 않았더냐! 이제 그대들이 흘린 피로 고구려는 한의 유철이 짓밟은 이 땅을 사백 년 만에 되찾았으나 기쁨보다는 슬픔이, 웃음보다는 눈물이 앞서는구나. 이 장엄한 순간을 그대들과 함께하지 못하는 까닭이다. 그대들의 죽음이 너무나 슬프다. 하지만 그럴수록 이제 무엇을 해야 하는지 더욱 알 것만 같구나. 나는 이제 다시는 저 황하의 자손들이 이 땅을 밟지 못하도록, 다시는 요하의 후손이 한 조각 업신여김도 당하지 않도록 이 한 몸을 바칠 것이다. 고구려는 그대들의 가족과 후손을 일일이 살필 것이니 비록 저승에서라도 편안히 쉬기 바란다.

저가 어른이시여! 나의 벗 양우여! 고노자 대장군이여! 나는 그대들이 자진해 택한 희생을 이어받아 백성들보다 한발 앞서 몸을 던지고 한발 앞서 화살을 맞는 태왕이 될 것이오! 부디 멀리서나마 나를 채찍질하고 이끌어주시오!

을불의 조사(弔詞)를 듣는 내내 모든 고구려인들의 눈시울이 붉게 물들었다. 그리고 백성들 속에서 이들과는 다른 이유로 눈을 벌겋게 달군 채 을불을 살피고 있는 눈동자가 있었다. 바로 모용외의 군사 사도중련이었다.

〈고구려 4권에 계속〉